CINQ PETITS COCHONS

Collection de romans d'aventures
créée par Albert Pigasse

Agatha Christie

CINQ PETITS COCHONS

Traduction de Jean-Michel Alamagny
entièrement révisée

ÉDITIONS DU MASQUE
17, rue Jacob 75006 Paris

Titre de l'édition originale :

Five Little Pigs

publiée par HarperCollins

ISBN : 978-2-7024-3625-7

À Stephen Glanville

INTRODUCTION

Carla Lemarchant

Hercule Poirot jaugea d'un œil approbateur la jeune femme qu'on faisait entrer dans son bureau.

La lettre qu'elle lui avait envoyée était fort peu explicite : c'était une simple demande de rendez-vous, concise et professionnelle, sans aucune allusion à son motif. Seule la fermeté de l'écriture indiquait que Carla Lemarchant était une jeune personne.

Et maintenant elle était là, en chair et en os, grande, mince, âgée d'une vingtaine d'années – le genre de jeune femme qui ne laissait pas indifférent. Elle portait des vêtements de qualité, un ensemble manteau et jupe bien coupé et coûteux, de luxueuses fourrures. Le port de tête altier, elle avait le front large, un nez délicatement dessiné et le menton volontaire. Ce qui primait en elle, plus que sa beauté, c'était qu'elle respirait la vie.

Hercule Poirot, qui avant son arrivée se sentait vieux, se trouvait à présent rajeuni, plein de vie, régénéré !

Tandis qu'il s'avançait pour la saluer, il fut conscient d'être observé par son regard gris sombre. Un examen attentif. Sérieux.

Elle s'assit et accepta la cigarette qu'il lui proposait. Après l'avoir allumée, elle resta une minute ou deux à fumer tout en continuant à l'étudier d'un air songeur, dubitatif.

— Cruel dilemme, n'est-ce pas ?

Elle sursauta :

— Je vous demande pardon ?

Une voix agréable, dont le léger voile ajoutait à la séduction.

— Vous êtes en train de vous demander si je suis un charlatan ou bien l'homme qu'il vous faut.

Elle sourit :

— Eh bien oui… en quelque sorte. C'est que vous… je ne vous voyais pas exactement comme ça, monsieur Poirot.

— Je suis plus âgé, n'est-ce pas ? Plus âgé que vous ne l'imaginiez ?

— Oui, il y a ça aussi. (Elle hésita.) Vous voyez que je suis franche. Je veux – il me faut – le meilleur détective.

— Alors soyez rassurée, dit-il. Je suis le meilleur !

— Ce n'est pas la modestie qui vous étouffe, observa Carla. Et pourtant… je serais tentée de vous prendre au mot.

— Il n'y a pas que les muscles qui comptent, fit benoîtement Poirot. Je n'ai pas besoin de me mettre à quatre pattes pour examiner les traces de pas, moi. Ni de ramasser les mégots ou d'examiner l'herbe couchée. Il me suffit de m'installer dans mon fauteuil et de *réfléchir*. C'est ça (il tapota son crâne en forme d'œuf) mon instrument de travail !

— Je sais, répondit Carla Lemarchant. C'est pour ça que je suis venue vous trouver. Parce que j'ai une chose extraordinaire à vous demander.

— Ah, fit Poirot en l'encourageant du regard, voilà qui est prometteur !

Elle inspira profondément :

— Je ne m'appelle pas Carla, mais Caroline. Comme ma mère : on ma donné son prénom. (Elle s'interrompit un instant.) Quant à mon nom de famille, je me suis habituée à celui de Lemarchant, mais en réalité, c'est Crale.

Le front plissé, Hercule Poirot demeura perplexe.

— Crale, murmura-t-il après un moment, ça me dit quelque chose…

Elle vint à la rescousse :

— Mon père était peintre – un peintre assez connu. Un grand peintre, même, d'après certains. Et moi, j'en suis intimement persuadée.

— Amyas Crale ?

— Oui.

Après un moment, elle ajouta :

— Et ma mère, Caroline Crale, a été accusée de l'avoir assassiné !

— Attendez, fit Poirot, je me souviens maintenant. Mais c'est assez vague. J'étais à l'étranger, à l'époque. Ça remonte à loin.

— Seize ans.

Son visage était tout pâle à présent, ses yeux deux charbons incandescents :

— Vous vous rendez compte ? *On l'a envoyée aux assises et condamnée…* Elle a échappé à la corde parce qu'on lui a trouvé des circonstances atténuantes, alors la sentence a été commuée en détention à vie. Mais elle est morte un an seulement après le procès. Tout est fait, tout est dit, tout est fini…

— Et ensuite ? demanda doucement Poirot.

Carla Lemarchant pressa ses mains l'une contre l'autre. Elle parla avec lenteur, par phrases entrecoupées, mais avec une singulière intensité.

— Il est important que vous compreniez – que vous compreniez bien – comment j'interviens dans cette histoire. J'avais cinq ans à l'époque de… des événements. Trop jeune pour savoir ce qui s'était passé. Je me souviens de mon père et de ma mère, bien sûr, et aussi d'avoir quitté la maison tout d'un coup, d'avoir été emmenée à la campagne. Je me rappelle les cochons, et la grosse fermière, une brave femme – tout le monde était aux petits soins pour moi – et puis surtout la drôle de façon qu'ils avaient de me regarder, les uns et les autres, leurs coups d'œil furtifs. Je me doutais, comme un enfant peut se douter, qu'il se passait quelque chose de grave, mais je ne savais pas quoi.

» Après, j'ai pris le bateau – c'était formidable, ça a duré des jours. Je me suis retrouvée au Canada, l'oncle Simon est venu me chercher, j'ai habité chez lui et la tante Louise à Montréal. Quand je demandais après papa et maman, on me répondait qu'ils allaient bientôt arriver. Et puis… et puis je crois que je les ai oubliés… je sentais confusément qu'ils étaient morts, sans que personne ne m'ait jamais rien dit, autant que je me souvienne. Car à ce moment-là, je ne pensais plus du tout à eux, voyez-vous. J'étais heureuse. L'oncle Simon et la tante Louise étaient très gentils avec moi, j'allais à l'école, j'avais un tas d'amis, je ne me rappelais même plus avoir jamais porté un autre nom que Lemarchant. Tante Louise m'avait expliqué que c'était mon nom canadien : j'ai trouvé ça logique, à l'époque. Je m'y suis faite au point d'oublier le premier.

Elle releva la tête avec un air de défi :

— Regardez-moi. Si vous me rencontriez comme ça dans la rue, vous vous diriez : « Voilà une fille qui n'a aucun problème dans la vie », n'est-ce pas ? J'ai de l'argent, une santé de fer, je ne suis pas désagréable à regarder, je peux profiter de l'existence. À vingt ans, il n'y avait pas une fille au monde avec qui j'aurais échangé ma place.

» Seulement voilà, j'avais déjà commencé à poser des questions, sur mon père et ma mère. Qui ils étaient, ce qu'ils faisaient. Et j'aurais fini par le découvrir…

» Mais je n'ai pas eu besoin. Quand j'ai eu vingt et un ans, ils m'ont tout expliqué. Ils étaient obligés, puisque j'entrais en possession de ma fortune. Et puis il y a eu la lettre. Une lettre que ma mère avait laissée pour moi quand elle est morte.

Son visage changea, se rembrunit. Ses yeux n'étaient plus deux braises ardentes, mais deux cavités sombres :

— C'est là que j'ai appris la vérité. Que ma mère avait été condamnée pour meurtre… C'était épouvantable.

Elle s'interrompit, puis reprit :

— Il y a autre chose que je dois vous dire. J'avais un fiancé, je voulais me marier. On me disait qu'il fallait attendre, que ce n'était pas possible avant mes vingt et un ans. Quand j'ai lu cette lettre, j'ai compris pourquoi.

Pour la première fois depuis le début du récit, Poirot se manifesta et la coupa :

— Quelle a été la réaction de votre fiancé ?

— John ? Ça ne lui faisait ni chaud ni froid. Il disait que ça ne changeait rien, en ce qui le concernait du moins, que nous étions John et Carla, que le passé n'avait pas d'importance.

Elle se pencha en avant :

— Nous sommes toujours fiancés. Seulement vous savez, ça a quand même de l'importance. Pour moi. Et pour John aussi… Pas tant le passé que le futur. (Elle serra les poings.) Nous voulons des enfants. Aussi bien lui que moi. Et nous ne voulons pas les voir grandir dans la peur.

— Mais voyons, fit Poirot, la violence et le mal ont existé chez nos ancêtres à tous !

— Oui, bien sûr, seulement en général, on ne le sait pas. Nous, si. C'est très proche de nous. Et parfois, j'ai vu John me regarder… oh, des petits coups d'œil furtifs, rien qu'un éclair… Alors supposez que nous soyons mariés, que nous nous disputions, que je le voie me regarder comme ça, et… et se *demander*…

— Comment votre père a-t-il été tué ? s'enquit Poirot.

La réponse fusa, claire et ferme :

— Empoisonné.

— Ah.

Il y eut un silence.

Puis la fille reprit, d'une voix calme, dénuée d'émotion :

— Dieu merci, vous me paraissez sensé. Vous mesurez l'importance et les conséquences du problème, vous n'essayez pas de les masquer et de me débiter de belles paroles de consolation.

— Tout à fait, dit Poirot. Ce que je ne saisis pas, en revanche, c'est ce que vous attendez de *moi*.

— Je veux épouser John ! répondit simplement Carla. Et je l'épouserai ! Je veux au moins deux filles et deux garçons. Et c'est vous qui allez rendre ça possible !

— Vous… vous voulez que je parle à votre fiancé ? Non, bien sûr, c'est idiot ce que je dis là ! Vous attendez sans doute quelque chose de tout à fait différent. Je vous en prie, livrez-moi le fond de votre pensée.

— Écoutez, monsieur Poirot, que les choses soient bien claires : je vous engage pour enquêter sur une affaire de meurtre.

— Vous voulez dire… ?

— Oui, je veux dire. Une affaire de meurtre est une affaire de meurtre, qu'elle soit vieille d'un jour ou de seize ans.

— Mais mademoiselle…

— Attendez, monsieur Poirot. Vous ne savez pas tout. Un détail très important.

— Oui ?

— Ma mère était innocente.

Hercule Poirot se frotta le nez.

— Bien sûr, murmura-t-il. Il est naturel que vous…

— Ce n'est pas du déni. Il y a sa lettre. Elle l'a laissée pour moi avant de mourir, on devait me la remettre à ma majorité. Elle l'a écrite pour cette seule et unique raison : que je n'aie pas le moindre doute. C'est tout ce qu'elle disait, qu'elle n'avait rien fait, qu'elle était innocente, que je sois sûre de ça, à jamais.

Poirot leva un regard pensif sur ce jeune visage énergique qui le considérait si gravement.

— Tout de même…

Carla sourit :

— Non, maman n'était pas comme ça ! Vous pensez qu'elle aurait pu mentir… mentir par amour pour moi ?

Elle se pencha en avant avec ferveur :

— Écoutez, monsieur Poirot, il y a des choses qu'un fils ou une fille sait. Les souvenirs que j'ai de ma mère sont fragmentaires, bien sûr, mais je me rappelle très bien le genre de personne qu'elle était. Elle ne racontait pas d'histoires pour faire plaisir. Si quelque chose devait faire mal – aller chez le dentiste, ôter une épine de votre doigt –, elle ne le cachait jamais. La vérité était une seconde nature pour elle. Je ne lui étais pas particulièrement attachée, mais je lui faisais confiance. Et je lui fais *toujours* confiance ! Si elle dit qu'elle n'a pas tué mon père, c'est qu'elle ne l'a pas tué. Je ne la vois pas un seul instant écrire solennellement un mensonge alors qu'elle se savait sur le point de mourir.

Lentement, comme à regret, Hercule Poirot eut un hochement de tête compréhensif.

— Plus rien ne s'oppose donc à ce que j'épouse John, poursuivit Carla. Mais si *moi* j'ai cette certitude, *lui*, il ne peut pas l'avoir. Il s'imagine que c'est par réflexe naturel que je la crois innocente. Il faut faire la lumière, monsieur Poirot. Et c'est *vous* qui allez la faire !

— En admettant que ce que vous dites soit vrai, mademoiselle, seize ans ont passé !

— Oh, bien sûr, fit Carla Lemarchant, ce ne sera pas facile ! Il n'y a que vous qui puissiez y arriver !

Les yeux de Poirot pétillèrent :

— Vous me passez de la pommade, hein ?

— J'ai entendu parler de vous, expliqua-t-elle. De vos succès. De la façon dont vous les avez obtenus. C'est l'élément psychologique qui vous intéresse, n'est-ce pas ? Eh bien lui ne change pas avec le temps. Ce sont les éléments tangibles qui disparaissent : un mégot, des traces de pas, l'herbe couchée. Eux sont définitivement perdus. Mais rien ne vous empêche de reprendre l'affaire de zéro, de vous entretenir éventuellement avec les gens qui étaient là à l'époque – ils sont tous encore vivants. Ensuite, comme vous avez dit tout à l'heure, vous vous installerez dans votre fauteuil pour *réfléchir*. Et vous découvrirez ce qui s'est très exactement passé…

Hercule Poirot se leva. Il caressait sa moustache de la main.

— Mademoiselle, ce sera un grand honneur ! Je justifierai la foi que vous avez en moi. Je vais enquêter sur votre affaire, fouiller dans ces événements d'il y a seize ans et découvrir la vérité.

Carla se leva à son tour, le regard brillant.

— Bien, dit-elle simplement.

Poirot brandit cependant un index de mise en garde.

— Un petit instant. J'ai dit que j'allais découvrir la vérité. Je pars, comprenez-le bien, sans idée préconçue. Votre certitude de l'innocence de votre mère n'est pas une preuve pour moi. Que se passera-t-il si je la découvre coupable ?

Elle rejeta fièrement la tête en arrière :

— Je suis sa fille. Je veux la vérité !

— En avant, donc ! s'écria Hercule Poirot. Ou plutôt non, c'est le contraire : en arrière…

LIVRE I

1

L'AVOCAT DE LA DÉFENSE

— Si je me souviens de l'affaire Crale ? demanda sir Montague Depleach. Bien sûr que je m'en souviens. Très bien, même. Une fort jolie femme. Fragile, par contre. Aucun sang froid.

Il lança un regard oblique à Poirot :

— Pourquoi venez-vous me poser cette question ?

— Le cas m'intéresse.

— Quel manque de tact, très cher, fit Depleach en montrant soudain toutes ses dents, son fameux « sourire de loup » qui était réputé glacer d'effroi les témoins. Car ça n'a pas été un de mes succès. Je n'ai pas pu la tirer d'affaire.

— Je sais.

— Certes, poursuivit sir Montague avec un haussement d'épaules, je n'étais pas aussi expérimenté qu'aujourd'hui. Mais je crois avoir fait tout ce qui était humainement possible. Sans un minimum de coopération de l'accusé, on est désarmé. Enfin, nous sommes quand même parvenus à faire commuer la peine. En invoquant la provocation, évidemment. De nombreuses épouses et mères de famille respectables ont fait une pétition. Il y a eu tout un mouvement de sympathie pour elle.

Il se renversa dans son fauteuil et étendit ses longues jambes :

— Si encore elle l'avait tué avec une arme à feu, ou à coups de couteau, j'aurais joué à fond la carte de la non-préméditation. Mais avec le poison, on ne peut pas finasser. Délicat, le poison. Très délicat.

— Quelle a été votre ligne de défense, alors ? demanda Hercule Poirot.

Il le savait déjà pour avoir lu les archives des journaux, mais il n'eut aucun scrupule à jouer les parfaits ignorants devant sir Montague.

— Oh, la thèse du suicide. Qu'aurait-on bien pu plaider d'autre ? Mais ça n'a pas convaincu. Ça ne cadrait pas du tout avec le personnage du mari. Vous n'avez jamais rencontré Crale, je suppose ? Eh bien, c'était un solide gaillard, fort en gueule. Redoutable coureur de jupon et grand buveur de bière devant l'Éternel. Jouisseur qui s'adonnait avec délices à tous les plaisirs de la chair. Difficile de persuader un jury qu'un énergumène de cet acabit puisse s'asseoir bien sagement dans un fauteuil et s'empoisonner. Inimaginable. Non, je savais depuis le début que l'affaire était perdue d'avance. Et elle qui ne voulait même pas jouer le jeu ! Dès qu'elle est allée à la barre, j'ai compris que nous ne pouvions gagner. Aucune volonté de se défendre. Seulement voilà, si vous n'appelez pas votre client à la barre, le jury en tire aussi ses conclusions.

— C'est ce que vous entendiez par coopération de l'accusé ? fit Poirot.

— Absolument, très cher. Nous ne sommes pas magiciens, vous savez. Le sort de la bataille dépend pour moitié de l'impression que l'accusé fait sur le jury. Des jurys, j'en ai vu rendre des verdicts diamétralement opposés aux conclusions du juge. « Y a pas à tortiller, c'est lui » – voilà le genre d'argument. Ou bien : « Allons donc, jamais lui n'aurait fait une chose pareille ! » Or, Caroline Crale n'a même pas essayé de se défendre.

— Pourquoi ça ?

Sir Montague haussa les épaules.

— Alors là, mystère. Elle aimait son mari, c'est sûr. Elle a été brisée quand elle a repris ses esprits et compris ce qu'elle avait fait. Je crois qu'elle ne s'est jamais remise de ce choc.

— Donc selon vous, elle était coupable ?

Depleach eut l'air surpris.

— Mais, euh… j'étais persuadé que nous tenions vous et moi le fait pour acquis.

— Vous a-t-elle jamais avoué qu'elle était effectivement coupable ?

Depleach parut offusqué :

— Bien sûr que non… Nous avons notre déontologie, vous savez. Nous, euh… présumons toujours l'innocence de notre client. Mais si cela vous intéresse tant, il est vraiment dommage que vous ne puissiez voir le vieux Mayhew. Les Mayhew étaient les avoués qui m'avaient confié l'affaire. Lui, il aurait pu vous en dire bien plus que moi. Seulement voilà, il n'est plus de ce monde. Reste bien le jeune George

Mayhew, mais c'était encore un gosse, à l'époque. Ça remonte à si loin !

— Oui, je sais. J'ai encore de la chance que vous vous en souveniez aussi bien. Vous avez une mémoire remarquable.

Depleach se rengorgea.

— Vous savez, on se rappelle toujours les grandes lignes d'un procès, surtout quand l'accusé risque la peine capitale. Et puis, bien sûr, l'affaire Crale a bénéficié d'une belle publicité de la part de la presse. Sexe et célébrité. La fille mouillée dans l'affaire était à tomber à la renverse. Et pas du genre à avoir froid aux yeux, si vous voulez mon avis.

— Pardonnez-moi d'insister, dit Poirot, mais encore une fois, la culpabilité de Caroline Crale ne faisait aucun doute pour vous ?

De nouveau, Depleach eut un haussement d'épaules :

— Franchement, d'homme à homme, je ne crois pas qu'il y ait la moindre ambiguïté à ce sujet. Elle était coupable, c'était évident.

— Quelles étaient les preuves contre elle ?

— Accablantes. D'abord, le mobile. Depuis des années, son mari et elle se battaient comme des chiffonniers. Des scènes incessantes. Il la trompait à tour de bras, c'était plus fort que lui. Il y a des hommes comme ça. Dans l'ensemble, elle encaissait assez bien. Elle mettait ça sur le compte de son tempérament d'artiste – c'était un peintre de tout premier ordre, vous savez. Ses toiles ont pris énormément de valeur. Énormément. Moi, je ne cours pas après ce genre de peinture – c'est laid et violent –, mais ça a *quelque chose*, c'est indéniable.

» Donc, comme je vous le disais, il y avait déjà eu des histoires de femmes. Mme Crale n'était pas du genre résignée qui souffre en silence. Ça se bagarrait ferme. Mais, en fin de compte, il lui revenait toujours, ses aventures n'étaient que des passades. Sauf la dernière : cette fois-là, ç'a été vraiment différent. Il s'agissait d'une jeune fille – une toute jeune fille. Elle n'avait que vingt ans.

» Elle s'appelait Elsa Greer. C'était la fille unique d'un industriel du Yorkshire. Elle avait de l'argent, elle avait du culot et elle savait ce qu'elle voulait. Or, ce qu'elle voulait, c'était Amyas Crale. Elle s'est mise en quatre pour qu'il fasse son portrait – lui qui ne sombrait jamais dans la représentation mondaine habituelle du genre « Mme Tartampion avec sa robe de satin et ses perles », mais donnait plutôt dans le genre silhouettes prises sur le vif. Peu de femmes auraient d'ailleurs supporté de poser pour lui : il ne ménageait pas ses modèles ! Il a pourtant accepté de peindre la petite Greer, et a fini par en tomber purement et simplement amoureux. Marié depuis des années, proche de la quarantaine, il était mûr pour faire une bêtise avec une gamine. Il est devenu fou d'elle et n'a plus eu qu'une idée en tête : divorcer pour épouser Elsa.

» Caroline Crale ne l'entendait pas de cette oreille. Elle l'a menacé. Deux personnes l'ont surprise en train de décréter que s'il ne laissait pas tomber cette fille, elle le tuerait. Et elle ne plaisantait pas ! La veille du jour où c'est arrivé, ils étaient allés prendre le thé chez un voisin qui se piquait d'être herboriste et concoctait chez lui toutes sortes de potions. Parmi ses spécialités se trouvait une préparation à base de cicutine – la ciguë tachetée. Il leur en a décrit les propriétés mortelles.

» Le lendemain, il s'est aperçu que la moitié de la fiole avait disparu. Il a eu une frousse de tous les diables. Sur quoi on en a découvert un flacon presque vide dans la chambre de Mme Crale, dissimulé au fond d'un tiroir.

Hercule Poirot s'agita dans son fauteuil.

— N'importe qui d'autre aurait pu placer le poison là.

— Peut-être bien. Seulement elle a reconnu devant la police l'avoir pris elle-même. Pas malin de sa part, évidemment, mais elle n'avait pas d'avocat pour la conseiller à ce moment-là. Quand ils lui ont posé la question, elle a avoué très franchement l'avoir subtilisé.

— Dans quel but ?

— Soi-disant pour se supprimer, elle. Elle n'a pu expliquer, en revanche, pourquoi le flacon était vide ni pourquoi il n'y avait que ses propres empreintes digitales dessus. C'est surtout ça qui lui a fait du tort. Elle soutenait, voyez-vous, qu'Amyas Crale s'était suicidé. Mais s'il avait bu la cicutine qu'elle avait cachée dans sa chambre, ses empreintes à lui auraient été trouvées sur la fiole en même temps que celles de sa femme.

— On la lui a versée dans de la bière, n'est-ce pas ?

— Oui. Elle est allée chercher la bouteille dans la glacière et l'a apportée en personne à l'endroit où il peignait dans le jardin. Elle lui en a servi un verre, le lui a tendu et l'a regardé le boire. Tout le monde est allé déjeuner sauf lui – il lui arrivait souvent de ne pas rentrer pour les repas. Plus tard, Caroline et la gouvernante l'ont retrouvé mort sur place. Mme Crale a affirmé qu'il n'y avait rien dans la bière qu'elle lui avait donnée. Nous, notre système de défense a été de dire que c'était lui-même qui, tenaillé par le remords, s'était administré le poison. Mais ça ne tenait pas la route : ce n'était vraiment pas le genre du bonhomme ! Et puis l'histoire des empreintes a été bougrement embêtante.

— Elle avait laissé ses empreintes sur la bouteille de bière ?

— Non, justement… Sur la bouteille de bière, on n'a retrouvé que ses empreintes à *lui* – et elles étaient truquées ! Voyez-vous, pendant que la gouvernante allait appeler un médecin, Caroline est restée seule avec le corps. Ce qu'elle a dû faire, c'est essuyer la bouteille, puis le verre, et appuyer les doigts du mort dessus. Elle voulait faire croire qu'elle ne les avait jamais manipulés. Seulement, ça n'a pas marché. Le vieux Rudolph, qui menait l'accusation, s'est régalé avec ça. Il a démontré par A plus B qu'un homme ne pouvait pas tenir une bouteille avec les doigts dans cette position ! Nous, bien sûr, nous avons fait de notre mieux pour prouver le contraire, que ses mains avaient pu se contorsionner au moment du dernier spasme – mais je dois avouer que ça n'était pas très convaincant.

— La cicutine devait avoir été mise dans la bouteille de bière avant qu'elle ne l'emporte au jardin, fit Poirot.

— Il n'y avait pas de cicutine dans la bouteille. Seulement dans le verre.

Sir Montague s'interrompit. Son large visage avenant prit soudain un air intrigué.

— Hé mais, dites, Poirot, où voulez-vous en venir ?

— Eh bien, si Caroline Crale était innocente, comment cette cicutine est-elle arrivée dans le verre ? La défense a dit à l'époque que c'était Amyas Crale lui-même qui l'y avait mise, mais vous venez de convenir que c'était hautement improbable – et là, je suis d'accord avec vous. Ce n'était pas le genre du personnage. Cependant, si Caroline Crale ne l'a pas fait, ça a bien dû être fait par quelqu'un d'autre.

— Mais enfin, sacrebleu, s'emporta Depleach qui en bafouilla presque, à quoi bon taper sur un cheval mort ? L'affaire est classée depuis des années. Elle était coupable, c'est évident. Vous n'en douteriez pas si vous l'aviez vue à l'audience, c'était écrit sur sa figure. J'ai même l'impression que le verdict a été un soulagement pour elle. Elle n'avait pas peur. Elle n'était pas nerveuse. Elle paraissait seulement impatiente que le procès se termine et que cela finisse. Une femme très courageuse, je dois le reconnaître…

— Et pourtant, dit Hercule Poirot, juste avant de mourir elle a laissé une lettre pour sa fille, où elle jurait solennellement qu'elle était innocente.

— Pardi ! fit sir Montague Depleach. Vous et moi, nous en aurions fait autant à sa place.

— Sa fille affirme qu'elle n'était pas femme à mentir.

— Sa fille affirme… peuh ! Qu'est-ce qu'elle en sait ? Mon cher Poirot, cette fille n'était qu'une enfant, à l'époque du procès. Elle pouvait avoir quoi… quatre ans ? Cinq ? On a changé son nom, on l'a expédiée quelque part à l'étranger, chez des parents – que voulez-vous qu'elle sache ou se rappelle ?

— Les enfants sentent fort bien les gens, parfois.

— Peut-être. Mais ça n'a rien à voir dans le cas qui nous occupe. Elle préfère croire sa mère innocente, c'est normal. Laissez-lui ses illusions, ça ne fait de tort à personne.

— Le problème, c'est qu'elle en veut la preuve.

— La preuve que Caroline Crale n'a pas tué son mari ?

— Oui.

— Elle ne l'aura pas, affirma Depleach.

— Vous croyez ça ?

Le célèbre avocat considéra son compagnon d'un air méditatif :

— Écoutez, Poirot, je vous ai toujours pris pour un honnête homme. Alors qu'essayez-vous de faire, là ? De gagner de l'argent sur l'affection naturelle d'une fille pour sa mère ?

— Vous ne la connaissez pas. Ce n'est pas une fille ordinaire, elle a une grande force de caractère.

— Sans doute. Ça ne m'étonne pas de la part de la fille d'Amyas et de Caroline Crale. Que veut-elle, exactement ?

— Connaître la vérité.

— Hum ! je crains fort qu'elle ne la trouve dure à avaler. Honnêtement, Poirot, je ne pense pas qu'il subsiste le moindre doute. C'est elle qui l'a tué.

— Sans vous offenser, mon cher ami, il n'y a que moi qui puisse m'en convaincre.

— Je ne vois pas ce que vous pourrez faire de plus. Lisez les comptes rendus des journaux sur le procès. C'est Humphrey Rudolph qui a plaidé pour la Couronne. Il est mort, mais attendez… qui était son assistant ? Ah, le jeune Fogg, je crois. C'est ça, Fogg. Vous pouvez aller bavarder avec lui. Et puis il y a aussi les gens qui étaient là au moment du crime. Je ne pense pas qu'ils apprécieront beaucoup de vous voir fourrager dans toute cette affaire, mais je crois quand même que vous obtiendrez d'eux ce que vous voulez. Vous savez vous montrer tellement convaincant…

— Ah oui, les personnes en cause. Très important. Qui étaient-elles, vous vous en souvenez ?

Depleach réfléchit.

— Voyons… tout cela est si loin. Il n'y avait que cinq personnes directement concernées, si je puis dire. Sans compter les domestiques, un couple de petits vieux tout effarouchés qui ne savaient rien de rien. Impossible de les soupçonner, ceux-là.

— Cinq personnes, dites-vous ? Parlez-m'en un peu.

— Philip Blake, d'abord. C'était le meilleur ami de Crale, un ami de toujours. Il habitait avec eux, à l'époque. Lui, il est toujours en vie, je le vois de temps en temps sur les terrains de golf. Il vit à St George's Hill comme agent de change. Il spécule sur les marchés et s'en sort toujours à son avantage. C'est un homme qui réussit. Et qui prend de l'embonpoint.

— D'accord. Et ensuite ?

— Ensuite, il y avait le frère aîné de Blake, le style hobereau pantouflard qui ne sort pas de chez lui.

Un petit couplet vint à l'esprit de Poirot. Il essaya de le chasser, il en avait assez de ces comptines puériles qui ne cessaient de lui trotter dans la tête. Une véritable obsession, depuis quelque temps. Mais le petit couplet persista.

Premier petit cochon est allé au marché,
Deuxième petit cochon n'est pas sorti de chez lui,
Troisième petit cochon a mangé tout le pâté,
Quatrième petit cochon n'a rien eu pour lui,
Cinquième petit cochon a pleuré groui, groui, groui…

— Il ne sortait pas de chez lui, murmura-t-il. Vous disiez ?

— C'est le garçon dont je vous ai parlé – celui qui tripote les drogues et les herbes, qui est un peu pharmacien. C'est son hobby. Comment s'appelle-t-il, déjà ? Un nom de romancier… Ah, j'y suis : Meredith. Meredith Blake. J'ignore s'il est encore en vie.

— Bon, qui d'autre ?

— Qui d'autre ? Eh bien celle par qui le malheur est arrivé : la fille, Elsa Greer.

— *Troisième petit cochon a mangé tout le pâté*, récita Poirot.

Depleach écarquilla les yeux.

— Pour ça, des pâtés, elle en a mangé, admit-il. Rien ne l'arrête. Elle a eu trois maris, depuis. Elle passe par le tribunal avec une facilité déconcertante. À chaque mariage, elle grimpe d'un échelon. Lady Dittisham, voilà comment elle s'appelle aujourd'hui. Ouvrez n'importe quel exemplaire du *Tatler* et vous êtes sûr de la trouver en bonne place.

— Et les deux derniers ?

— La gouvernante. J'ai oublié son nom. Une femme sympathique et très capable. Thompson… Jones… quelque chose comme ça. Et puis il y avait la jeune fille. La demi-sœur de Caroline Crale. Elle devait avoir une quinzaine d'années. Elle a fait son chemin, par la suite, en effectuant des fouilles et des expéditions en pleine nature sauvage. Warren, Angela Warren. C'est devenu une jeune femme plutôt bizarre. Je l'ai aperçue l'autre jour.

— Elle n'est donc pas le cinquième petit cochon qui pleurait, groui, groui, groui… ?

Sir Montague regarda Poirot d'un air étrange.

— Elle aurait pourtant de quoi pleurer groui, groui, groui, répliqua-t-il avec sérieux, elle est défigurée. Elle a une vilaine cicatrice sur tout un côté du visage. C'est… oh ! et puis on vous racontera, j'en suis sûr.

Poirot se leva.

— Merci de votre amabilité, dit-il. Si jamais Mme Crale n'a *pas* tué son mari…

Depleach l'interrompit :

— Elle l'a tué, mon vieux, elle l'a tué. Vous pouvez m'en croire.

Poirot poursuivit, imperturbable.

— … alors il semblerait logique de supposer que c'est l'une de ces cinq personnes qui l'a fait.

— Une de ces personnes *aurait pu* le faire, certes, répondit Depleach sur un ton dubitatif. Mais je ne vois pas pourquoi l'une d'elles l'aurait fait. Il n'y a aucune raison ! À vrai dire, je suis intimement persuadé qu'aucune ne l'a fait. Ôtez-vous cette idée du crâne, mon vieux !

Hercule Poirot se contenta de sourire et de secouer la tête.

2

L'ACCUSATION

— Coupable à cent pour cent, commenta M. Fogg de façon laconique.

Hercule Poirot regarda d'un air songeur le visage fin et bien dessiné de l'homme de loi.

Quentin Fogg, avocat de la Couronne, était un homme très différent de Montague Depleach. Ce dernier possédait de la force, du magnétisme, et pouvait se montrer intimidant voire tyrannique. Il tirait ses effets de rapides et spectaculaires changements d'attitude : un instant gracieux, affable, charmeur, il devenait soudain, comme par magie – lèvres retroussées, sourire féroce – une bête assoiffée de sang.

Quentin Fogg, lui, était mince, pâle et manquait singulièrement de ce qu'on appelle du caractère. Il posait ses questions calmement, d'une voix neutre, mais avec une indéfectible ténacité. Si Depleach était incisif comme une dague, Fogg était lancinant comme une vrille. Imperturbablement. Il n'avait jamais atteint une notoriété extraordinaire mais c'était un juriste de premier ordre et il gagnait généralement ses procès.

Hercule Poirot le regarda d'un air pensif.

— Ainsi, c'est votre conviction ?

Fogg hocha la tête.

— Vous auriez dû la voir, à la barre des témoins. Le vieux Humpie Rudolph – l'avocat général, vous le savez – l'a aplatie comme une crêpe. Littéralement !

Il s'interrompit puis ajouta, de façon inattendue :

— C'était même trop, dans un sens.

— Je ne suis pas certain de bien saisir, dit Poirot.

Fogg fronça ses sourcils délicatement dessinés et sa main fine vint caresser le dessus de ses lèvres.

— Comment vous expliquer ? C'est un sentiment très anglais. On ne tire pas sur un oiseau en cage, si vous voyez ce que je veux dire.

— C'est peut-être très anglais, mais je pense comprendre quand même. Que ce soit au palais de justice, sur les terrains de sport d'Eton ou à la chasse, les Anglais aiment bien que la victime ait une chance de s'en tirer.

— Voilà, exactement. Eh bien, dans cette affaire-ci, l'accusée n'avait aucune chance de s'en sortir. Humpie Rudolph l'a manœuvrée comme il a voulu. Tout d'abord, c'est Depleach qui a posé ses questions. Elle, debout et docile comme une petite fille au milieu d'une assemblée d'adultes, donnait des réponses apprises par cœur. Une petite fille bien sage, qui savait sa leçon sur le bout du doigt – mais tellement peu convaincante ! On lui avait expliqué quoi dire, et elle le répétait. Ce n'était pas la faute de Depleach, il a joué son rôle à la perfection, ce vieux renard. Seulement dans une scène à deux, il faut être deux. Elle ne l'a pas suivi. L'effet a été désastreux sur le jury. C'est alors que Humpie s'est levé. Vous le connaissiez, je suppose ? Ah, nous avons perdu avec lui un personnage. Je le vois encore ajuster sa robe, bien se camper sur ses pieds, et hop ! C'était parti !

» Comme je vous l'ai dit, il l'a aplatie comme une crêpe ! Elle est tombée dans tous ses pièges. Il l'a obligée à reconnaître l'absurdité de ce qu'elle venait de déclarer, il l'a amenée à se contredire, elle s'est embourbée de plus en plus. Alors il a impitoyablement achevé le travail par une de ses envolées habituelles : “Et moi je dis, Mme Crale, que cette histoire selon laquelle vous auriez volé la cicutine pour vous suicider n'est qu'un tissu de mensonges. Je crois plutôt que vous avez prémédité de l'administrer à votre mari, qui s'apprêtait à vous quitter pour une autre femme, et que vous avez accompli votre geste de sang-froid.” Sur quoi cette ravissante créature, gracieuse et délicate, a levé sur lui de grands yeux et s'est écriée : “Oh, non… non, ce n'est pas vrai.” Piètre défense, la moins convaincante qu'on puisse imaginer. Depleach était au supplice, il savait que c'était cuit.

Fogg s'arrêta un instant, puis reprit :

— Et pourtant, je ne sais pas. D'une certaine manière, cette attitude était peut-être la plus adroite. Elle faisait appel à un certain esprit chevaleresque – ce code étrange qui régit les sports de chasse et qui nous fait passer pour les pires hypocrites aux yeux de la plupart des étrangers ! Les jurés ont estimé – la cour tout entière a estimé – qu'elle n'avait pas eu sa chance. Qu'elle n'avait pas pu se défendre, qu'elle partait battue d'avance contre un loup de la trempe du vieux Humpie. Ce *Oh, non… non, ce n'est pas vrai*, si faible, si peu crédible, avait quelque chose de poignant, de pathétique. Elle allait être mangée toute crue !

» Alors oui, dans un sens, c'était ce qu'elle pouvait faire de mieux. Les jurés n'ont délibéré qu'une demi-heure. Ils ont rendu un verdict de culpabilité assorti d'une recommandation de clémence.

» En fait, voyez-vous, elle a bénéficié du contraste qu'elle offrait avec sa rivale. L'autre fille s'est tout de suite montrée antipathique face aux jurés. Ça ne paraissait lui faire ni chaud ni froid. Très belle, dure, moderne. Aux femmes de la cour, elle est apparue comme le type même de la briseuse de ménages. Les couples courent de grands dangers avec des filles de ce genre dans leur entourage. Des filles à la sensualité explosive, dénuées de tout respect à l'égard des épouses et des mères de famille. Elle n'a pas essayé de se défiler, je dois dire. Elle a été franche. Remarquablement. Elle était tombée amoureuse d'Amyas Crale, lui d'elle, elle n'avait donc eu aucun scrupule à le séparer de sa femme et de sa fille.

» Je l'ai admirée, dans un sens. Elle avait du cran. Depleach a vraiment abordé des points déplaisants dans son contre-interrogatoire, elle a encaissé sans broncher. Mais la cour n'a eu aucune sympathie pour elle. Et le juge ne l'aimait pas. C'était le vieil Avis. Il n'était pourtant pas un saint dans sa jeunesse, lui non plus, mais dès qu'il enfilait sa robe de magistrat, il ne transigeait plus sur la morale. Son résumé de l'affaire a été des plus modérés pour Caroline Crale. Les faits étaient là, certes, mais il a lourdement insisté sur les provocations du mari.

— Il n'a pas retenu la théorie du suicide avancée par la défense ? demanda Poirot.

Fogg secoua la tête.

— Ça ne tenait pas debout. Remarquez, Depleach a vraiment fait tout son possible, je ne dis pas le contraire. Il a été superbe. Il a brossé le portrait touchant d'un homme au grand cœur, aimant le plaisir, fantasque, soudain pris de passion pour une jolie jeune fille, tenaillé par sa conscience et pourtant incapable de résister. Puis il a évoqué son dégoût, son écœurement de lui-même, son remords pour la manière dont il traitait sa femme et sa fillette, et enfin sa décision soudaine d'en finir avec tout cela ! La solution de l'honneur. Une plaidoirie terriblement émouvante, je puis vous l'assurer. La voix de Depleach vous faisait venir les larmes aux yeux. On voyait le malheureux artiste écartelé entre ses passions et son sens des convenances. L'effet fut extraordinaire. Seulement lorsqu'il en eut terminé et que le charme fut rompu, on sentit bien que ce personnage mythique ne pouvait entièrement correspondre à Amyas Crale. On le connaissait trop. Chacun savait qu'il n'était pas comme ça. Et Depleach n'avait pas réussi à produire la moindre preuve de nature à démontrer le contraire. Je dirais que Crale ne possédait pas une once de conscience. C'était un viveur sans foi ni loi, égoïste et heureux de l'être. Il n'avait de sens moral que pour sa peinture : quelle que soit l'offre, il n'aurait jamais accepté de peindre une croûte, j'en suis certain. Mais quant au reste, c'était un sanguin, un amoureux de la vie qui la croquait avec appétit. Le suicide ? Pas lui !

— Peut-être pas très heureux, comme tactique de défense ?

Fogg haussa ses maigres épaules et dit :

— Depleach avait-il le choix ? Il ne pouvait pas demander le non-lieu en invoquant le manque de preuves à charge : elles ne manquaient pas. Caroline avait manipulé le poison – et même avoué l'avoir dérobé, d'ailleurs. Le mobile, l'arme, les circonstances du crime… tout y était.

— On aurait pu essayer de montrer qu'il s'agissait d'un coup monté.

Fogg l'arrêta net :

— Mais elle avouait presque tout. Quand bien même, c'est trop tiré par les cheveux. Vous voulez dire, je suppose, que quelqu'un d'autre aurait assassiné le mari et maquillé les preuves de façon à lui faire porter le chapeau ?

— Vous trouvez cela vraiment inconcevable ?

— Je le crains, oui, répondit lentement Fogg. Ce mystérieux coupable, où irions-nous le chercher ?

— De toute évidence, dans le cercle de ses proches. Il y avait cinq personnes, n'est-ce pas, qui *auraient pu* être mises en cause ?

— Cinq ? Attendez voir. Il y avait cette vieille noix qui faisait des décoctions de plantes. Plutôt dangereux, comme passe-temps, mais le bonhomme était inoffensif, il planait complètement. Je ne le vois pas en mystérieux coupable. Ensuite, il y avait la fille : elle aurait pu liquider Caroline, mais certainement pas Amyas. Et puis l'agent de change. Crale tué par son meilleur ami, ça se voit dans les romans policiers mais pas dans la réalité. Il n'y a personne d'autre. Ah si, la demi-sœur, mais on ne peut pas sérieusement la compter, elle. Ça fait quatre, en tout.

— Vous oubliez la gouvernante, fit remarquer Poirot.

— C'est vrai. Elles n'ont pas de chance, les gouvernantes, on les oublie toujours. Mais je me la rappelle vaguement – entre deux âges, un physique plutôt ingrat, travailleuse. C'est sûr qu'un psychologue aurait pu lui trouver une passion coupable pour Crale qui l'aurait amenée à le tuer. La vieille fille refoulée, quoi ! Mais ça ne tient pas debout. Je n'y crois absolument pas. Pour autant que je me souvienne, elle n'avait rien d'une psychopathe.

— Ça remonte à loin.

— Quinze ou seize ans, il me semble. Oui, facilement. Alors bien sûr, mes souvenirs ne peuvent pas être très frais sur cette affaire.

— Au contraire, fit Poirot, vous vous la rappelez étonnamment bien. Je n'en reviens pas : vous en parlez comme si la scène se déroulait sous vos yeux.

— C'est vrai, reconnut Fogg. Je la revois très bien.

— Ce que je serais curieux de savoir, mon cher, c'est *pourquoi*.

— Pourquoi ? répéta Fogg, dont le fin visage d'intellectuel s'anima à cette question. Tiens, c'est vrai, pourquoi ?

— Et d'abord, demanda Poirot, qui est-ce que vous revoyez si bien ? Les témoins ? Le juge ? L'accusée debout dans son box ?

— Oui, voilà, vous avez mis le doigt dessus ! C'est *elle* que je reverrai toujours... Drôle de chose que l'amour. C'était un personnage de grande amoureuse. Je ne saurais vous dire si elle était vraiment belle... Elle n'était plus très jeune ; elle avait les yeux cernés et l'air infiniment las, mais tout se déroulait en fonction d'elle. Elle était le point de mire, le centre d'intérêt, le nœud même du drame. Et pourtant, la moitié du temps, elle semblait ailleurs. Loin, très loin. Seule son enveloppe charnelle était là, calme, attentive, un petit sourire poli figé sur ses lèvres. Elle était toute en demi-teinte, voyez-vous, mi-ombre mi-lumière. Et pourtant, malgré ça, il émanait d'elle plus de vie que de l'autre – cette fille au corps parfait, au beau visage et qui possédait la force brute de la jeunesse. Autant j'ai admiré Elsa Greer parce qu'elle avait du cran, parce qu'elle se battait, parce qu'à aucun moment elle n'a baissé les bras devant l'adversité, autant j'ai admiré Caroline Crale pour sa retenue, pour sa faculté à se retirer dans son monde d'ombres et de lumière. Elle n'a jamais perdu parce qu'elle n'a jamais livré bataille.

Il s'interrompit un instant.

— Je suis sûr d'une chose, reprit-il. Elle aimait l'homme qu'elle a tué. Elle l'aimait tellement qu'une moitié d'elle-même est morte avec lui.

L'avocat de la Couronne s'interrompit de nouveau et essuya ses lunettes.

— Mon Dieu, mes paroles doivent vous paraître bien surprenantes. Mais j'étais jeune à l'époque, voyez-vous. Jeune et ambitieux. De telles choses vous marquent. Je suis sûr que Caroline était une femme extraordinaire. Je ne l'oublierai jamais. Non, jamais…

3

LE JEUNE AVOUÉ

George Mayhew resta sur une prudente réserve.

Il se souvenait de l'affaire, évidemment. Mais ça demeurait assez flou. C'est son père qui s'en était occupé. Lui, il n'avait que dix-neuf ans au moment des faits.

Oui, ça avait fait grand bruit. Crale était une célébrité. Ses toiles étaient bonnes – très bonnes, même. Deux d'entre elles se trouvaient à la Tate Gallery. Pour autant que ça signifie quelque chose.

Que M. Poirot veuille bien l'excuser, mais il ne voyait pas quel intérêt… La *fille* ? Ça, par exemple ! Du Canada ? Il l'avait toujours crue en Nouvelle-Zélande.

George Mayhew commença à se détendre, à devenir plus prolixe.

Un sacré choc, dans la vie d'une fille. Il se mettait à sa place. En fait, il aurait mieux valu qu'elle n'apprenne jamais la vérité. Mais enfin, il était un peu tard pour regretter, maintenant.

Elle voulait savoir ? Mais qu'est-ce qu'il y avait à savoir ? Il y avait les comptes rendus d'audience, ça allait de soi. Parce que lui, il n'était pas tellement au courant.

Non, manque de chance, la culpabilité de Mme Crale ne faisait pas l'ombre d'un doute. Elle avait des excuses, c'était évident. Des gens pas faciles à vivre, ces artistes. Avec Crale, il y avait, semble-t-il, toujours eu des histoires de femmes.

D'autant qu'elle-même avait probablement dû être du genre possessif et incapable d'accepter la réalité. Aujourd'hui, elle aurait tout simplement divorcé, et s'en serait remise.

— Ce qui me rappelle que… euh…, ajouta-t-il d'un ton circonspect, je crois bien que la fille impliquée dans l'affaire n'est autre que l'actuelle lady Dittisham.

Ce que confirma Poirot.

— Les journaux en parlent de temps en temps, reprit Mayhew. Elle alimente régulièrement la rubrique des divorces. C'est une femme très riche, comme vous devez le savoir. Avant Dittisham, elle était mariée à un explorateur connu. Elle s'arrange toujours pour se trouver plus ou moins sous les feux de l'actualité. C'est le genre de femme qui a besoin de notoriété, j'imagine.

— Ou d'un héros à idolâtrer, suggéra Poirot.

L'idée sembla déconcerter George Mayhew.

— Oui, ça n'est pas impossible, dit-il d'un air dubitatif. Oui, si on veut.

— Votre étude s'occupait depuis longtemps des intérêts de Mme Crale ?

George Mayhew secoua la tête.

— Pas du tout. C'étaient Jonathan & Jonathan qui agissaient normalement pour les Crale. Étant donné les circonstances, cependant, M. Jonathan ne se sentait pas en mesure de défendre les intérêts de Mme Crale, aussi s'était-il entendu avec nous – avec mon père – pour que nous prenions l'affaire en main. Mais je crois, monsieur Poirot, que vous feriez bien d'aller voir le vieux M. Jonathan. Il s'est retiré de la vie active – il a plus de soixante-dix ans –, mais il a connu la famille Crale de façon intime et il pourrait vous renseigner bien mieux que je ne saurais le faire. Car je ne vois pas ce que je pourrais vous dire de plus. Je n'étais qu'un gosse, à ce moment-là. Je ne crois même pas avoir mis les pieds dans la salle d'audience.

Poirot se leva et George Mayhew fit de même.

— Peut-être aimeriez-vous échanger quelques mots avec Edmunds, notre premier clerc ? ajouta-t-il.

Il travaillait déjà pour nous, il y a quinze ans, et il s'était beaucoup intéressé à l'affaire.

Edmunds était tout sauf volubile, ses yeux reflétaient la prudence de l'homme de loi. Il jaugea longuement Poirot avant de se risquer au moindre commentaire.

— L'affaire Crale ? Pour sûr, que je m'en souviens.

Il ajouta d'un air sévère :

— Ç'a été une sale histoire.

Ses petits yeux rusés et inquisiteurs se fixèrent sur Poirot.

— Ça fait loin, pour remuer tout ça.

— Un verdict n'est pas toujours un point final.

Edmunds inclina lentement son large visage :

— Là, je ne dirais pas que vous avez tort.

— Mme Crale a laissé une fille, poursuivit Poirot.

— Oui. Je me rappelle. On l'avait envoyée chez des parents à l'étranger, n'est-ce pas ?

Poirot continua, imperturbable :

— Or, cette fille croit fermement à l'innocence de sa mère.

Les énormes sourcils broussailleux d'Edmunds se haussèrent.

— C'est donc ça ?

— Y a-t-il, à votre connaissance, le moindre élément pour étayer cette thèse ?

Le premier clerc réfléchit. Puis, lentement, il secoua la tête :

— En toute honnêteté, non, je ne vois pas. J'avais de l'admiration pour Mme Crale. Quoi qu'elle ait pu faire, c'était une dame ! Pas comme l'autre. Une garce, celle-là, ni plus ni moins. Effrontée comme pas deux. Une parvenue, voilà ce que c'était, et elle n'en avait pas honte ! Mme Crale, par contre, c'était la distinction.

— Mais meurtrière malgré tout ?

Edmunds répondit plus spontanément cette fois :

— C'est la question que je me suis posée à longueur de journée en la voyant assise sur le banc des accusés, si calme, si douce. « Je ne peux pas y croire », me répétais-je. Seulement voilà, il n'y avait rien d'autre à croire, monsieur Poirot. Cette ciguë, elle n'est pas venue toute seule dans la bière de M. Crale. Il a bien fallu que quelqu'un l'y mette. Et si ce n'est pas Mme Crale, qui est-ce ?

— Exactement. Qui ?

De nouveau, les yeux de vieux renard sondèrent le visage de Poirot.

— C'est donc par là que vous creusez ?

— Vous-même, qu'en pensez-vous ?

Il y eut un silence avant que le clerc ne réponde :

— Il n'y a rien qui permette d'aller dans cette direction. Rien du tout.

— Vous avez assisté à l'audience ?

— Tous les jours.

— Vous avez entendu la déposition des témoins ?

— Oui.

— Avez-vous remarqué quoi que ce soit d'anormal, quelque chose qui sonnait faux ?

— S'il y en avait un qui mentait, vous voulez dire ? lâcha-t-il sans détour. Qui aurait eu des raisons de vouloir la mort de M. Crale ? Excusez-moi, monsieur Poirot, mais nous sommes en plein mélodrame.

— Réfléchissez pourtant, insista Poirot.

Dans le visage aigu, les paupières se plissèrent, les petits yeux malins se firent pensifs. Enfin, l'air navré, Edmunds secoua la tête :

— Cette Mlle Greer, Dieu sait qu'elle s'est montrée fielleuse et vindicative ! Je trouve même qu'elle a souvent passé les bornes, mais c'est M. Crale vivant qu'elle voulait. Mort, il ne lui servait à rien. Sûr qu'elle aurait aimé voir Mme Crale se balancer au bout d'une corde, mais parce que la mort lui avait arraché l'homme qu'elle aimait. On aurait dit une tigresse en colère ! Comme je l'ai dit, c'est M. Crale *vivant* qu'elle voulait. M. Philip Blake aussi était remonté contre Mme Crale. Très partial. Il n'a pas raté une occasion de l'enfoncer. Ça se comprend, remarquez. Il était honnête avec lui-même, il avait été l'ami intime de M. Crale. Son frère, M. Meredith Blake, a fait piètre impression : imprécis, hésitant, il ne paraissait jamais sûr de ses réponses. J'ai vu beaucoup de témoins comme ça. On jurerait qu'ils mentent alors qu'ils n'arrêtent pas de dire la vérité. En tout cas, il fallait lui arracher les mots. Les avocats en ont profité : c'est un de ces hommes timides qui se laissent facilement désarçonner. Quant à la gouvernante, elle s'est bien débrouillée. Pas de paroles inutiles, des réponses immédiates et pertinentes. Impossible de dire, à l'écouter, de quel côté elle penchait. Elle n'a pas perdu la tête, elle. Un esprit vif. Elle en saurait plus long qu'elle ne l'a laissé paraître que ça ne m'étonnerait pas.

— Moi non plus, renchérit Hercule Poirot.

Il observa de nouveau le visage parcheminé d'Alfred Edmunds. L'expression était neutre, impassible. Poirot se demanda pourtant s'il ne venait pas de lui envoyer un signal.

4

LE VIEIL AVOUÉ

Caleb Jonathan vivait dans l'Essex. À l'issue d'un échange de lettres courtois, Poirot reçut une invitation, presque royale dans sa formulation, à venir dîner et passer la nuit. Un personnage, ce vieil homme. Après l'insipide George Mayhew, M. Jonathan possédait la saveur d'un verre de son meilleur porto.

On n'abordait pas un sujet de but en blanc avec lui, et ce ne fut guère avant minuit, en dégustant un vieux brandy au fin bouquet, que M. Jonathan parut vraiment se décontracter. À la manière orientale, il avait apprécié la délicatesse de Poirot de ne pas le brusquer. Maintenant, à l'heure qu'il jugeait propice, il était tout disposé à disserter sur la famille Crale :

— C'est vrai que notre étude les connaît depuis des générations. Personnellement, j'ai connu Amyas, son père Richard, et je me souviens même d'Enoch Crale, le grand-père. Tous des hobereaux, plus préoccupés des chevaux que des humains. Bons cavaliers, amateurs de femmes, réfractaires aux idées nouvelles. Ils s'en méfiaient. À la différence de la femme de Richard qui en avait la tête farcie, plus que de bon sens, et qui se piquait de poésie et de musique – elle jouait de la harpe, vous voyez le genre. Elle donnait aussi dans la langueur maladive : perpétuellement alanguie sur son sofa, elle offrait un spectacle assez pittoresque. Grande admiratrice de Kingsley, elle avait appelé son fils Amyas. Richard trouvait ce nom ridicule, mais avait cédé.

» Amyas Crale était le reflet de cette double ascendance. De sa mère souffreteuse, il avait hérité la fibre artistique, et de son père son autoritarisme et son égoïsme forcené. Tous les Crale étaient égoïstes. Ils ne considéraient jamais d'autre intérêt que le leur.

Tapotant délicatement du doigt l'accoudoir de son fauteuil, le vieil homme leva sur Poirot un regard aigu.

— Sauf erreur, monsieur Poirot, on dirait que vous vous intéressez, disons… au caractère des gens ?

— C'est même mon principal intérêt dans les affaires que je traite, répondit Poirot.

— Je comprends cela. Pour vous mettre dans la peau du meurtrier, en quelque sorte. Passionnant. Dans notre étude, voyez-vous, nous ne nous sommes jamais occupés d'affaires criminelles. Nous n'avions donc pas la compétence – même si nos principes nous l'avaient permis – pour assister Mme Crale dans son procès. Mayhew, en revanche, était une étude tout à fait qualifiée. Ils ont confié sa défense à Depleach. Peut-être pas le meilleur choix, d'ailleurs, car il était fort cher et tellement théâtral ! Ce qu'ils n'ont pas compris, c'est que Caroline Crale ne suivrait jamais sur ce registre. Le mélodramatique n'était pas son genre.

— C'était quoi, son genre ? C'est surtout ça que j'aimerais savoir.

— Oui, oui, bien sûr. Et comment elle en est arrivée à faire ce qu'elle a fait. La voilà, la vraie question. Je la connaissais déjà avant son mariage, voyez-vous, quand elle s'appelait encore Caroline Spalding. C'était une jeune personne turbulente, pas heureuse, mais pleine de vie. Sa mère s'est retrouvée veuve très jeune et Caroline lui était très attachée. Puis la mère s'est remariée et a eu une autre fille. Ah ! triste histoire, vraiment. Douloureuse. Une de ces jalousies dévorantes de la jeunesse.

— Elle était jalouse ?

— À la folie. Un incident navrant est survenu, que la pauvre gosse s'est amèrement reproché, par la suite. Vous savez ce que c'est, monsieur Poirot, ces choses qui se produisent parce qu'on ne sait pas s'arrêter à temps. Ça ne vient qu'avec la maturité, ça.

— Que s'est-il passé ?

— Elle a lancé un presse-papiers à la tête de l'enfant – du bébé. La petite a perdu un œil et s'est retrouvée défigurée à vie. Je vous laisse imaginer, enchaîna-t-il après un soupir, l'effet qu'un simple rappel de cet épisode a pu avoir sur le jury.

Il secoua la tête.

— Ça a donné l'impression que Caroline Crale était une femme qui ne savait pas se contrôler. Or, c'est faux. Totalement faux.

Il s'arrêta un moment avant de reprendre :

— Caroline Spalding venait souvent à Alderbury. Bonne cavalière, elle était passionnée de cheval. Richard Crale l'aimait bien. Mme Crale aussi, qu'elle aidait avec beaucoup d'adresse et de gentillesse. Cette petite n'était pas heureuse chez elle. À Alderbury, si. Elle se lia d'amitié avec Diana Crale, la sœur d'Amyas. Philip et Meredith Blake, les garçons du domaine voisin, venaient souvent à Alderbury. À mes yeux, Philip n'a toujours été qu'un sale petit rapiat. Je ne l'ai jamais aimé, je dois dire. Mais il paraît qu'il a toujours une bonne blague à raconter, et il a la réputation d'être fidèle en amitié. Meredith serait plutôt du genre gnangnan, comme on disait à mon époque. Il aimait la botanique, les papillons, observer les oiseaux et les insectes… ce qu'on appelle aujourd'hui les sciences naturelles. Eh oui, tous ces jeunes ont fait le désespoir de leurs parents. Pas un ne respecta la trilogie traditionnelle : chevaux, chasse, pêche. Meredith préférait regarder les animaux plutôt que de leur tirer dessus, Philip se sentait mieux à la ville qu'à la campagne et entra dans la finance. Diana épousa un homme du commun, un de ces officiers nommés à titre temporaire pendant la guerre. Jusqu'à Amyas, le fort, le beau, le viril Amyas, qui, le comble, trouva le moyen de devenir peintre. C'est du reste ce qui a tué Richard Crale, à mon avis.

» En fin de compte, Amyas épousa Caroline Spalding. Malgré leurs sempiternelles chamailleries, ce fut un mariage d'amour. Ils étaient fous l'un de l'autre et ce sentiment ne se démentit pas. Mais Amyas était comme tous les Crale, d'un égoïsme féroce. Il aimait Caroline mais ne lui accorda jamais la moindre considération. Il n'en faisait qu'à sa tête. Bien qu'il tînt à elle plus qu'à quiconque – je crois qu'on peut l'affirmer –, elle passait après ses tableaux. La peinture d'abord. Son art a toujours primé sur les femmes. Il a eu des aventures – ça le stimulait –, mais il laissait tomber net ses partenaires une fois qu'il en avait fini avec elles. Ce n'était ni un sentimental, ni un romantique. Pas vraiment un sensuel non plus. La seule femme qui trouvait grâce à ses yeux, c'était la sienne. Et c'est parce qu'elle le savait qu'elle lui passait tant de choses. Il était excellent peintre, vous devez le savoir. Elle en était consciente et le respectait pour cela. Il était coureur, mais il lui revenait toujours – généralement avec une toile.

» Les choses auraient pu continuer ainsi longtemps s'il n'y avait pas eu Elsa Greer. Elsa Greer…

M. Jonathan s'interrompit en secouant la tête.

— Que dire sur Elsa Greer ? demanda Poirot.

Le vieil homme eut alors cette réponse étonnante :

— Pauvre enfant.

— Vous la plaignez ? fit Poirot.

— C'est peut-être parce que je suis vieux, monsieur Poirot, mais il y a dans la fragilité des jeunes gens quelque chose qui m'émeut. Ils sont tellement vulnérables ! Tellement impitoyables aussi, tellement sûrs d'eux ! Tellement généreux et exigeants !

Il se leva, se dirigea vers la bibliothèque et prit un livre qu'il ouvrit. Après avoir tourné quelques pages, il lut à voix haute :

Si les intentions de ton amour sont honorables
Et le mariage ton but ultime, indique demain
À celui que je manderai vers toi
Le lieu et l'heure où tu accompliras la cérémonie.
Alors ma destinée à tes pieds je déposerai,
Et toi, mon seigneur, au bout du monde je te suivrai.

— Ainsi s'exprime l'amour allié à la jeunesse dans la bouche de Juliette, faisant fi de cette réserve, de cette retenue, de cette pudeur qu'on prête aux jeunes filles. Il montre l'intrépidité, la véhémence, la force impétueuse de la jeunesse. Shakespeare la connaissait. Juliette choisit Roméo. Desdémone veut Othello. Sans se poser de questions, sans crainte et sans orgueil.

— Ainsi, fit pensivement Poirot, vous retrouvez Elsa Greer dans les paroles de Juliette ?

— Oui. C'était une enfant gâtée par la fortune : jeune, jolie et riche. Elle a trouvé son compagnon – pas un jeune Roméo, certes, mais un homme mûr, marié, artiste peintre – et elle le veut. Aucun code moral ne pouvait retenir Elsa Greer, elle n'avait pour principe que celui des temps modernes : Ce que tu veux, prends-le. On ne vit qu'une fois !

Avec un soupir, il se rassit dans son fauteuil. Ses doigts se remirent à pianoter doucement sur l'accoudoir.

— Une Juliette prédatrice. Jeune, féroce, mais affreusement vulnérable ! Misant tout sur un seul coup d'audace. Elle semblait avoir gagné… jusqu'à ce que – au dernier moment – la mort ne fasse son entrée. Alors la vivante, l'ardente, la joyeuse Elsa est morte aussi pour ne laisser qu'une femme avide de vengeance, froide, dure, haïssant de toutes ses forces celle dont la main avait commis l'acte.

Sa voix changea de ton :

— Mon Dieu, excusez-moi, je me laisse aller au mélodrame. C'était une femme fruste, qui avait une vision fruste de la vie. Un personnage peu intéressant, à mon avis. *Jeunesse au teint délicat, ardente et langoureuse*… Si vous ôtez cela, que reste-t-il ? Une jeune fille médiocre qui cherche un nouveau héros en chair et en os pour garnir un piédestal vide.

— Si Amyas Crale n'avait pas été un peintre connu…, commença Poirot.

— Exactement, approuva immédiatement M. Jonathan. Vous avez parfaitement saisi. Toutes les Elsa de ce monde ont le culte du héros : un homme doit avoir fait quelque chose, doit être quelqu'un… Caroline Crale, en revanche, aurait aussi bien pu trouver des qualités chez un employé de banque ou un agent d'assurances ! C'est l'homme que Caroline aimait en Amyas Crale, pas le peintre. Elle n'était pas fruste. Elsa Greer, si.

» Mais tellement jeune et belle, ajouta-t-il, qu'à mes yeux elle en devenait pathétique.

C'est tout songeur que Poirot alla se coucher.

Pour Edmunds, le premier clerc, Elsa était une garce, ni plus ni moins.

Pour le vieux M. Jonathan, c'était la Juliette éternelle.

Et Caroline Crale ?

Chacun l'avait perçue différemment. Montague Depleach l'avait méprisée pour son défaitisme, pour avoir capitulé. Le jeune Fogg avait vu en elle l'amour personnifié. Edmunds l'avait définie comme une « dame ». M. Jonathan l'avait décrite turbulente et impétueuse.

Et lui, Hercule Poirot, comment l'aurait-il vue ?

De la réponse à cette question dépendait, il le sentait bien, le succès de son entreprise.

Jusqu'à présent, en tout cas, tout le monde se rejoignait sur un point : quoi qu'elle ait pu être par ailleurs, Caroline Crale était aussi une criminelle.

5

LE SUPERINTENDANT DE POLICE

Perplexe, l'ancien superintendant Hale tira une bouffée de sa pipe.

— Drôle d'idée que vous avez là, monsieur Poirot, marmonna-t-il.

— C'est peut-être un peu inhabituel, concéda prudemment Poirot.

— Il y a tellement longtemps, dit Hale.

Hercule Poirot n'allait pas tarder à se lasser de cette phrase.

— Ça ne va pas simplifier les choses, c'est sûr, dit-il avec retenue.

— Remuer ainsi le passé, murmura l'autre, songeur. Si encore il y avait une raison…

— Il y en a une.

— Laquelle ?

— Le souci de la vérité serait déjà en soi un assez noble motif. Mais n'oubliez pas non plus la jeune personne…

Hale acquiesça.

— De son point de vue à elle, je comprends. Mais – pardonnez-moi, monsieur Poirot – vous êtes suffisamment astucieux pour pouvoir lui inventer une petite histoire.

— Vous ne la connaissez pas, répondit Poirot.

— Allons donc, un homme de votre expérience !

Poirot se redressa sur son siège.

— Sachez, mon cher, qu'en dépit des talents que vous semblez me prêter pour le mensonge, cela heurterait mon sens de l'éthique. J'ai mes principes.

— Excusez-moi, monsieur Poirot, je ne voulais pas vous offenser. Mais ce serait pour son bien.

— Croyez-vous ? Je me le demande.

— Imaginez le drame, répondit lentement Hale, pour une jeune fille innocente et heureuse, d'apprendre juste au moment de se marier que sa mère était une criminelle. Non, à votre place, je lui expliquerais qu'il s'agissait finalement d'un suicide. Que l'affaire a été mal plaidée par Depleach. Assurez-la qu'il ne fait aucun doute, dans votre esprit à vous, que Crale s'est empoisonné !

— Mais les doutes, je les ai tous, au contraire ! Je ne crois pas un seul instant à cette théorie. Sérieusement, vous la trouvez envisageable, vous ?

Comme à regret, Hale secoua la tête.

— Ah, vous voyez ! Non, c'est la vérité que je dois trouver, pas un mensonge plus ou moins bien ficelé.

Hale lança à Poirot un regard vif. Son visage carré et rougeaud s'empourpra et enfla encore davantage.

— La vérité, dites-vous ? Permettez-moi de vous faire remarquer que nous pensons l'avoir bel et bien trouvée, dans l'affaire Crale.

— Je connais suffisamment votre honnêteté et votre compétence pour n'en pas douter, se hâta de glisser Poirot. Pourtant, dites-moi, n'avez-vous jamais éprouvé d'incertitude quant à la culpabilité de Caroline Crale ?

La réponse du superintendant fut immédiate :

— Pas la moindre, monsieur Poirot. Dès les premières constatations, elle nous est apparue suspecte, et le reste de l'enquête n'a fait que nous conforter dans cette opinion.

— Vous pourriez me donner une idée des preuves qui l'incriminaient ?

— Certainement. Quand j'ai reçu votre lettre, j'ai ressorti le dossier (il prit un petit carnet) et noté les faits marquants.

— Merci, mon cher. Je suis tout ouïe.

Hale se racla la gorge. Sa voix retrouva un peu du ton de l'ancien officier de police :

— Le 18 septembre, à 14 h 45, l'inspecteur Conway reçut un appel téléphonique du Dr Andrew Faussett. Ce dernier l'informa du décès subit de M. Amyas Crale, d'Alderbury. Vu les circonstances de la mort et les déclarations que lui avait faites un certain M. Blake, hôte de la maison, il estimait cette affaire du ressort de la police.

» L'inspecteur Conway, accompagné d'un sergent et du médecin légiste, se rendit immédiatement sur les lieux. Le Dr Fausset le conduisit auprès du corps, qui n'avait pas été déplacé.

» M. Crale s'était installé pour peindre dans un jardinet clos appelé jardin de la Batterie, en raison de sa position dominante au-dessus de la mer et d'un canon miniature placé sur un petit rempart. Il se trouvait à environ quatre minutes à pied de la maison. M. Crale n'était pas rentré déjeuner parce qu'il désirait profiter de certains effets de lumière sur la pierre et que, plus tard, le soleil aurait été trop bas. Il est donc resté seul dans le jardin de la Batterie, devant son chevalet. Cela n'avait, paraît-il, rien d'inhabituel. M. Crale ne se préoccupait guère des heures des repas. On lui faisait parfois porter un sandwich, mais il préférait la plupart du temps qu'on ne le dérange pas. Les dernières personnes à l'avoir vu vivant furent Mlle Elsa Greer, qui séjournait sur place, et M. Meredith Blake, un proche voisin. Tous deux rentrèrent ensemble déjeuner avec le reste de la maisonnée. À la fin du repas, le café fut servi sur la terrasse. Après avoir bu le sien, Mme Crale dit qu'elle "descendait voir si tout allait bien du côté d'Amyas". Mlle Cecilia Williams, la gouvernante, se leva pour l'accompagner : elle voulait retrouver un pull que la demi-sœur de Caroline, la petite Angela Warren dont elle avait la charge, avait égaré et aurait pu laisser en bas à la plage.

» Toutes deux se mirent en marche. Le sentier descendait, traversait un petit bois et débouchait directement sur la porte de la Batterie. On pouvait soit entrer dans le jardin soit continuer jusqu'à la plage.

» Mlle Williams poursuivit son chemin tandis que Mme Crale entrait dans la Batterie. Presque aussitôt, cependant, elle entendit Mme Crale crier. Elle fit demi-tour, se précipita. M. Crale était affaissé sur son siège, mort.

» À la demande pressante de Mme Crale, Mlle Williams remonta au pas de course vers la maison pour appeler un médecin. Mais en chemin, elle rencontra M. Meredith Blake et lui confia sa mission tandis qu'elle-même retournait auprès de Mme Crale qui pouvait avoir besoin d'assistance. Le Dr Faussett arriva sur les lieux un quart d'heure plus tard. Il constate tout de suite que M. Crale était décédé depuis un moment déjà : d'après lui, la mort serait survenue entre 13 et 14 heures. Rien ne semble en indiquer la cause. Aucune blessure apparente. La position du corps était tout à fait naturelle. Le Dr Faussett, cependant, qui connaissait bien l'état de santé de M. Crale et savait pertinemment qu'il ne souffrait d'aucune maladie ou faiblesse, commence à envisager des causes plus dramatiques. C'est alors que M. Philip Blake vint lui faire une déclaration.

L'inspecteur Hale s'interrompit, inspira profondément et passa, pour ainsi dire, au chapitre deux :

— M. Blake devait par la suite confirmer cette déclaration devant l'inspecteur Conway. Voilà ce dont il s'agissait. Il avait le jour même reçu un coup de téléphone de son frère Meredith, qui habitait Handcross Manor, à quelque trois kilomètres de là. M. Meredith Blake était chimiste amateur – herboriste serait peut-être un terme plus approprié. Quand il était entré dans son laboratoire ce matin-là, il avait été très surpris de constater qu'une fiole contenant une préparation de ciguë, pratiquement pleine la veille, était presque vide. Affolé, ne sachant quoi faire, il avait appelé son frère Philip pour lui demander conseil. Ce dernier lui avait alors dit de venir en discuter tout de suite à Alderbury. Philip alla d'ailleurs même jusqu'à faire une partie du chemin à sa rencontre et tous deux regagnèrent la maison ensemble. N'arrivant pas à se décider sur la conduite à tenir, ils résolurent d'en reparler après le déjeuner.

» Après enquête ultérieure, l'inspecteur Conway devait établir les faits suivants : la veille, dans l'après-midi, cinq personnes avaient quitté Alderbury pour aller prendre le thé à Handcross Manor : M. et Mme Crale, Mlle Angela Warren, Mlle Elsa Greer et M. Philip Blake. À cette occasion, M. Meredith Blake en avait profité pour leur faire tout un exposé sur son violon d'Ingres et avait emmené le petit groupe "jeter un coup d'œil" à son laboratoire. Au cours de la visite, il avait mentionné certaines substances bien particulières – parmi lesquelles la cicutine, principe actif de la ciguë tachetée. Il avait expliqué ses propriétés, déploré son bannissement de la pharmacopée et vanté ses mérites, à petites doses, dans le traitement de la coqueluche et de l'asthme. Il avait en outre souligné son caractère mortel et lu à ses invités un passage d'un auteur grec qui en décrivait les effets.

Le superintendant marqua une pause, bourra sa pipe et passa au chapitre trois :

— Le colonel Frere, chef de la police du comté, m'a confié le dossier. Le résultat de l'autopsie balaya tous les doutes. La cicutine ne laisse, paraît-il, pas de traces très nettes dans l'organisme, mais les médecins savaient ce qu'ils cherchaient et une importante quantité de poison fut décelée. Ils estimèrent qu'il avait dû être administré deux ou trois heures avant la mort. On analysa le fond de bière qui restait dans le verre et la bouteille qu'on avait retrouvés sur la table, devant M. Crale : pas de cicutine dans la bouteille, mais dans le verre, si. Mon enquête m'apprit que, bien qu'il y eût toujours une caisse de bière dans un petit pavillon d'été de la Batterie pour le cas où M. Crale aurait soif pendant qu'il peignait, ce matin-là, sa femme en avait descendu de la maison une canette toute fraîche. Il était occupé à peindre à ce moment-là, et Mlle Greer posait pour lui, assise sur un des créneaux.

» Mme Crale ouvrit la bouteille, versa la bière et mit le verre dans la main de son mari, qui se tenait debout devant le chevalet. Il le but d'un trait – habitude qu'il avait, m'a-t-on dit. Puis il reposa le verre sur la table avec une grimace : "Tout a un goût infect, aujourd'hui !" Ce qui fit rire Mlle Greer : "C'est le foie !" s'esclaffa-t-elle. "Enfin, au moins, elle était fraîche" rétorqua M. Crale.

Le superintendant s'interrompit.

— À quelle heure cela s'est-il passé ? demanda Poirot.

— Environ 11 heures et quart. M. Crale s'est remis à sa peinture. D'après Mlle Greer, il a plus tard commencé à se plaindre d'une raideur dans les membres, maugréant qu'il devait s'agir d'une petite crise de rhumatismes. Mais comme il n'était pas homme à avouer une faiblesse quelconque, il a certainement masqué son malaise. Son insistance pour rester seul, son irritation jusqu'à ce que les autres s'en aillent déjeuner me semblent tout à fait cadrer avec son caractère.

Poirot acquiesça et Hale poursuivit :

— Crale s'est donc retrouvé seul dans le jardin de la Batterie. Aucun doute qu'il a aussitôt dû se laisser choir sur son siège pour se reposer. La paralysie musculaire s'est installée. Et comme il n'avait personne pour le secourir, la mort est survenue.

De nouveau, Poirot hocha la tête.

— J'ai mené mon enquête selon la procédure habituelle, enchaîna Hale. Les faits n'ont guère été difficiles à établir. La veille, il y avait eu une prise de bec entre Mme Crale et Mlle Greer, qui s'était montrée très insolente à propos d'une histoire de disposition de meubles. « Quand je vivrai ici… », a-t-elle lancé. Mme Crale a bien sûr relevé : « Comment ça, quand vous vivrez ici ? » Mlle Greer a répondu : « Ne faites pas semblant de ne pas comprendre, Caroline. Ne jouez pas à l'autruche qui se cache la tête dans le sable. Vous savez très bien que nous nous aimons, Amyas et moi, et que nous allons nous marier. – Première nouvelle », a fait Mme Crale. « Eh bien vous voilà au courant, maintenant », a rétorqué Mlle Greer. Alors, Mme Crale a apostrophé son mari qui venait d'entrer dans la pièce : « Dis donc, Amyas, c'est vrai que tu vas épouser Elsa ? »

— Et qu'a répondu M. Crale ? demanda Poirot, plein d'intérêt.

— Apparemment, il se serait tourné vers Mlle Greer, furieux : « Bon sang, qu'est-ce qui te prend de déballer une chose pareille ? Tu n'as pas assez de jugeote pour tenir ta langue ? – J'estime que Caroline doit voir la vérité en face », a-t-elle répondu. « Est-ce que c'est vrai, Amyas ? » a demandé Mme Crale. Il aurait détourné le regard en grommelant quelque chose. « Allons, parle, a-t-elle insisté. J'ai besoin de savoir. – Bon, oui, c'est vrai. Mais je n'ai pas envie d'en discuter maintenant. » Sur quoi, il a quitté la pièce en claquant la porte. « Ah, vous voyez ! » a jubilé Mlle Greer, qui a continué en disant qu'il ne servirait à rien à Mme Crale de faire obstacle. Mieux valait que chacun soit raisonnable. Elle-même souhaitait que Caroline et Amyas restent toujours bons amis.

— Quelle a été la réponse de Mme Crale ? demanda Poirot.

— D'après les témoignages, elle se serait mise à rire : « Plutôt crever, Elsa. » Elle se dirigeait déjà vers la porte quand Mlle Greer l'a rappelée : « Qu'est-ce que vous voulez dire ? » Mme Crale s'est retournée et a répondu : « Que je tuerai Amyas plutôt que de vous le laisser à *vous*. »

Hale observa un silence, puis :

— Accablant, non ?

— Peut-être bien, fit Poirot qui semblait pensif. Dites-moi, qui a rapporté cette scène ?

— Mlle Williams se trouvait dans la pièce, ainsi que Philip Blake. Ils ne savaient plus où se mettre.

— Et leurs témoignages concordent ?

— À peu de chose près. Il n'y a jamais deux témoins qui se rappellent quoi que ce soit de manière rigoureusement identique. Ce n'est pas à vous que j'apprendrai ça, monsieur Poirot.

Lequel acquiesça de la tête, l'air toujours songeur.

— Oui, ce sera intéressant de vérifier…

Il laissa sa phrase inachevée.

— J'ai fait fouiller la maison, reprit Hale. Dans la chambre de Mme Crale, j'ai trouvé, tout au fond d'un tiroir, sous une pile de bas, un petit flacon étiqueté « parfum au jasmin ». Il était vide. J'ai relevé les empreintes : il n'y avait que celles de Mme Crale. À l'analyse, on a trouvé à l'intérieur de faibles traces d'huile de jasmin et une forte solution d'hydrobromure de cicutine.

» J'ai informé Mme Crale de ses droits et lui ai montré le flacon. Elle m'a expliqué sans se troubler qu'elle était très déprimée. Après avoir entendu

M. Meredith Blake décrire les propriétés de cette substance, elle était revenue en douce dans le laboratoire, avait vidé un flacon de parfum au jasmin qu'elle avait dans son sac et l'avait rempli avec de la solution à la cicutine. Je lui ai demandé les raisons de ce geste : “Il y a certaines choses sur lesquelles je préfère ne pas m'étendre, a-t-elle répondu, mais je venais de subir un choc émotionnel important. Mon mari voulait me quitter pour une autre. En le perdant, je perdais ma raison de vivre. Voilà pourquoi j'ai pris ce poison.”

— Après tout… c'est plausible, commenta Poirot.

— Peut-être, monsieur Poirot. Mais ça ne correspondait pas à ce qu'on l'avait entendu dire. D'ailleurs, il y a eu une autre scène, le lendemain matin. M. Philip Blake en a surpris une partie, Mlle Greer une autre. Elle s'est déroulée entre M. et Mme Crale, dans la bibliothèque. Une ou deux répliques sont parvenues aux oreilles de M. Blake qui traversait le hall à ce moment-là. Mlle Greer, assise dans le jardin à proximité de la fenêtre ouverte de la bibliothèque, a pu en recueillir beaucoup plus.

— Et qu'ont-ils entendu ?

— M. Blake, que Mme Crale disait : « Toi et tes coucheries ! Il y a des fois où j'ai envie de te tuer. D'ailleurs, un jour, je le ferai. »

— Elle n'a pas parlé de suicide ?

— Absolument pas. Pas un mot du genre : « Si tu fais ça, je me tue. » Le témoignage de Mlle Greer va dans le même sens. Selon elle, M. Crale aurait dit : « Essaie d'être raisonnable, Caroline. Je t'aime profondément et je veillerai toujours sur vous deux – toi et la petite. Mais je vais épouser Elsa. Nous avons toujours été d'accord que chacun de nous restait libre. » Ce à quoi Mme Crale a répondu : « Très bien. Je t'aurai prévenu. – Que veux-tu dire ? – Tout simplement que je t'aime et que je ne veux pas te perdre. Je préférerais te tuer plutôt que te laisser à cette fille. »

Poirot esquissa un petit geste.

— Je trouve cette Mlle Greer pas très futée de soulever la question du mariage, fit-il doucement remarquer. Car enfin, Mme Crale pouvait très bien refuser le divorce à son mari.

— Nous avons un témoignage sur ce point aussi, dit Hale. Apparemment, Mme Crale se serait en partie confiée à M. Meredith Blake, qui était un intime de la famille. Bouleversé, ce dernier serait parvenu à en toucher un mot à M. Crale. La veille dans l'après-midi, je crois. M. Blake aurait fait, avec délicatesse, des remontrances à son ami, lui expliquant combien il serait affligé de voir le couple se briser de façon aussi désastreuse. Il aurait souligné la responsabilité qu'il prenait en risquant de traîner une jeune fille telle que Mlle Greer devant le tribunal pour un divorce. À quoi M. Crale a répondu en rigolant – une brute au cœur de pierre, celui-là – qu'Elsa n'avait aucune intention de paraître à l'audience et que tout ça se réglerait selon la procédure habituelle.

— La réflexion de Mlle Greer était donc d'autant plus imprudente, observa Poirot.

— Bah, vous connaissez les femmes ! s'écria le superintendant Hale. Toujours prêtes à se voler dans les plumes. Il faut dire qu'elles se trouvaient mises dans une situation impossible. Je n'arrive pas à comprendre que M. Crale n'y ait pas songé avant d'inviter cette fille à séjourner au domicile conjugal. D'après M. Meredith Blake, il voulait finir son tableau. Vous comprenez ça, vous ?

— Peut-être bien.

— Eh bien pas moi. Il cherchait les problèmes, ce type !

— Il devait surtout être furieux contre sa jeune Dulcinée de s'être laissée aller comme elle l'avait fait.

— Ça oui ! M. Meredith Blake l'a confirmé. Mais s'il tenait tant à terminer son tableau, il aurait pu aussi bien prendre des photos d'elle et travailler avec. Je connais un gars qui fait des paysages à l'aquarelle – eh bien c'est comme ça qu'il procède.

Poirot secoua la tête :

— Non, moi, je peux comprendre Crale en tant qu'artiste. Il faut bien vous rendre compte, cher ami, qu'à ce moment-là, sa toile était probablement ce qui comptait le plus pour lui. Même s'il avait très envie d'épouser cette fille, le tableau passait avant tout. C'est pourquoi il espérait pouvoir installer Elsa sous son toit sans provoquer d'esclandre. Elle, bien sûr, ne l'a pas pris comme ça. Avec les femmes, c'est toujours l'amour qui est la préoccupation première.

— Ça, j'en sais quelque chose ! affirma, ému, le superintendant.

— Les hommes – surtout les artistes – sont différents, poursuivit Poirot.

— L'art ! jeta le superintendant avec une moue de mépris. Les gens n'ont que ce mot-là à la bouche ! Je n'y ai jamais rien compris et je n'y comprendrai jamais rien ! Vous auriez dû voir ce tableau de Crale. Complètement de guingois. La fille avait l'air d'avoir mal aux dents, les remparts étaient tout de traviole. Une vraie mocheté, ce truc – vraiment pas le genre de chose qu'on a envie de regarder. Il m'a fallu un bon bout de temps pour me l'ôter de l'esprit. J'en ai même rêvé. En plus, ça m'a donné des visions : je voyais des murailles, des remparts, des machins – des femmes, aussi ! – de guingois partout.

Poirot sourit :

— Sans le savoir, vous rendez là un bel hommage à l'art d'Amyas Crale.

— Jamais de la vie. Ils ne pourraient pas nous faire des choses jolies et agréables à regarder, ces peintres, au lieu de nous imposer des horreurs ?

— Certains d'entre nous, très cher, voient la beauté là où d'autres ne la soupçonnent même pas.

— La fille était du tonnerre, je dois dire. Plus de maquillage que de vêtements. C'est indécent, la façon dont s'accoutrent ces jeunes femmes. En plus, c'était il y a seize ans, souvenez-vous. Maintenant ça n'étonne plus personne. Mais à ce moment-là, moi, eh bien ça m'a choqué : un pantalon, une de ces chemises en toile ouverte au cou… et rien d'autre en dessous, je parierais !

— Vous semblez vous rappeler particulièrement bien tous ces détails, glissa sournoisement Poirot.

Le rouge monta aux joues du superintendant.

— Je ne faisais qu'exprimer des impressions, se récria-t-il sévèrement.

— Bien sûr, bien sûr, l'apaisa Poirot.

Il poursuivit :

— Il semblerait donc que les principaux témoins à charge contre Mme Crale aient été Philip Blake et Elsa Greer ?

— Oui, et virulents au possible. Mais la gouvernante a été citée par l'accusation, elle aussi, et ce qu'elle a dit a eu encore plus de poids. Car elle était entièrement du côté de Mme Crale, voyez-vous. Tout acquise à sa cause. Mais c'était une femme honnête, et elle a donné un témoignage exact, sans essayer de minimiser quoi que ce soit.

— Et Meredith Blake ?

— Il a été complètement anéanti par cette histoire, le pauvre. Il y avait de quoi ! Il s'en voulait d'avoir préparé le poison. Le coroner le lui a reproché aussi, d'ailleurs : la cicutine et les alcaloïdes sont inscrits au tableau A de la loi sur les substances toxiques. Il en a pris pour son grade. En plus, il était ami des deux parties et ça l'a beaucoup affecté, d'autant qu'il est du genre hobereau qui a toujours peur d'apparaître en public et d'être montré du doigt.

— La jeune sœur de Mme Crale n'est pas venue déposer ?

— Non. Ce n'était pas nécessaire. Elle n'était pas là quand Mme Crale a menacé son mari, et elle n'aurait pu apporter aucun élément nouveau. Certes, elle avait vu Mme Crale sortir la bière de la glacière et la défense aurait pu la citer pour confirmer que Mme Crale l'avait emportée directement en bas sans y ajouter quoi que ce soit. Mais cette précision n'avait guère d'importance, puisque nous n'avons jamais dit que la cicutine se trouvait dans la bouteille.

— Comment a-t-elle réussi à la verser dans le verre alors que deux personnes la regardaient ?

— Eh bien, tout d'abord, ils ne regardaient pas. M. Crale était en train de peindre, l'œil fixé sur sa toile et sur son modèle. Quant à Mlle Greer, elle gardait la pose, pratiquement de dos par rapport à l'endroit où se tenait Mme Crale, le regard perdu au loin, par-dessus l'épaule du peintre.

Poirot hocha la tête.

— Je disais donc, reprit Hale, qu'aucun des deux ne voyait Mme Crale. Elle devait transporter le poison dans une de ces pipettes dont on se sert pour remplir les stylos : on l'a retrouvée en miettes sur le chemin menant à la maison.

— Vous avez réponse à tout, bougonna Poirot.

— Allons, monsieur Poirot, il faut regarder les choses en face ! C'est elle qui menace de le tuer et qui subtilise le poison dans le laboratoire. Le flacon vide est retrouvé dans sa chambre à elle, et personne d'autre qu'elle ne l'a manipulé. Enfin, elle décide de lui descendre de la bière… Bizarre, non, quand on sait combien ils étaient fâchés ?

— Très curieux en effet. Je m'en étais déjà fait la remarque.

— Oui, c'est assez révélateur. Pourquoi diable se montrer soudain aussi attentionnée ? Ensuite, il se plaint du goût de la bière – or, la cicutine a effectivement très mauvais goût. Caroline s'arrange pour que ce soit elle qui découvre le corps, et elle envoie la gouvernante téléphoner. Dans quel but ? Pour pouvoir essuyer la bouteille et le verre et appliquer ses doigts à lui dessus. Après quoi, elle n'a plus qu'à clamer qu'il était tellement bourrelé de remords qu'il s'est suicidé. Vous parlez d'un scénario !

— Un peu gros, vous avez raison.

— Je ne vous le fais pas dire. Si vous voulez mon avis, elle n'a pas pris la peine de réfléchir. Elle était trop dévorée de haine et de jalousie. Elle n'avait qu'une chose en tête, le supprimer. C'est une fois son geste accompli, quand elle le voit mort, là, sous ses yeux – et alors *seulement* – qu'elle recouvre d'un coup ses esprits, comprend que ce qu'elle vient de faire, c'est un meurtre – et que, pour un meurtre, on est généralement pendu. Alors, en désespoir de cause, elle opte pour la seule explication qui lui passe par la tête : celle du suicide.

— C'est très bien pensé, ce que vous venez de dire là, admit Poirot. Oui... Elle pourrait bien avoir raisonné comme ça.

— Dans un sens, le crime était prémédité, et dans un autre sens, non, dit Hale. Je ne crois pas qu'elle ait vraiment tout planifié. Elle l'a fait comme ça venait.

— Je me demande..., murmura Poirot.

Hale lui adressa un regard interrogateur.

— Vous ai-je convaincu, monsieur Poirot, qu'il ne pouvait y avoir de doute dans cette affaire ?

— Presque. Mais pas complètement. Il reste un ou deux points obscurs.

— Avez-vous une autre explication à proposer... et qui tienne la route ?

— Quels ont été les faits et gestes des autres personnes, ce matin-là ?

— Nous avons tout épluché, je vous le garantis. Chacun y est passé. Personne n'avait de véritable alibi – c'est impossible dans les cas d'empoisonnement. En effet, rien n'empêcherait un assassin potentiel de donner à sa victime une capsule de poison la veille en lui disant qu'il s'agit d'un remède contre l'indigestion à prendre juste avant le déjeuner, et de filer à l'autre bout de l'Angleterre.

— Et vous n'y croyez pas pour l'affaire qui nous concerne ?

— M. Crale ne souffrait pas d'indigestion. Et puis non, je n'y crois pas. C'est vrai que M. Meredith Blake avait toujours quelque potion magique de son cru à recommander, mais je ne vois guère M. Crale en essayer une. Et puis s'il l'avait fait, il en aurait parlé, il en aurait même fait un sujet de plaisanterie. De plus, pourquoi diable Meredith Blake aurait-il voulu tuer M. Crale ? Tout indique qu'il se trouvait dans les meilleurs termes avec lui. Les autres aussi, d'ailleurs. Philip Blake était son meilleur ami. Mlle Greer l'aimait. Mlle Williams désapprouvait – fortement, j'imagine – son comportement, mais la réprobation morale ne conduit pas jusqu'au crime. La petite Warren n'arrêtait pas de l'asticoter, elle était à un âge pénible – elle allait juste entrer au collège, je crois – mais ils s'adoraient, tous les deux. Elle était traitée avec une tendresse et des égards tout particuliers dans cette maison. On vous a peut-être expliqué ce qui lui était arrivé ? Elle a été gravement blessée toute petite par Mme Crale, dans une sorte de crise de folie furieuse. C'est bien le fait de quelqu'un qui ne sait pas se contrôler, ça, quand même ? S'en prendre ainsi à une enfant et la défigurer à vie !

— Cela pourrait surtout montrer, répondit pensivement Poirot, qu'Angela Warren avait de bonnes raisons d'en vouloir à Caroline Crale.

— Peut-être, mais pas à Amyas. Et puis Mme Crale était aux petits soins pour sa jeune sœur ; elle lui avait donné un toit à la mort de ses parents et, comme je l'ai dit, l'entourait d'une vive affection. Elle la gâtait même bien trop, à ce qu'il paraît. La petite aimait visiblement beaucoup Mme Crale. Cette dernière fit, je crois, tout son possible pour la tenir à l'écart du procès et à l'abri de ses retombées. La gamine en a malgré tout été bouleversée et ne cessait de demander qu'on l'emmène voir sa sœur en prison. Caroline Crale refusa, ce n'était pas un spectacle pour une adolescente, affirmait-elle. Elle s'arrangea pour lui faire poursuivre ses études à l'étranger.

» Mlle Warren est devenue quelqu'un de très connu. Elle voyage aux quatre coins du monde, donne des conférences à l'Institut Royal de Géographie… c'est une célébrité elle aussi, quoi !

— Et tout le monde a oublié le procès ?

— D'abord, elles ne portaient pas le même nom. Elles n'avaient pas non plus le même nom de jeune fille. Elles étaient de pères différents. Mme Crale était née Spalding.

— Cette Mlle Williams, c'était la gouvernante de la fille de Mme Crale ou celle d'Angela Warren ?

— Celle d'Angela Warren. La toute petite avait une nurse – même si Mlle Williams lui donnait chaque jour quelques leçons par-ci par-là, j'imagine.

— Où se trouvait l'enfant, à l'époque ?

— Partie avec la nurse chez sa grand-mère, lady Tressilian. Une veuve qui avait perdu ses deux filles en bas âge et qui adorait cette petite.

— Je vois, dit Poirot avec un hochement de tête.

— Quant aux allées et venues des autres personnes le jour du meurtre, je peux vous en fournir le détail.

» Après le petit déjeuner, Mlle Greer était allée s'asseoir sur la terrasse, près de la fenêtre de la bibliothèque. C'est de là, comme je vous l'ai dit, qu'elle a entendu la scène entre Crale et sa femme. Après ça, elle a accompagné Amyas à la Batterie et a posé pour lui jusqu'à l'heure du déjeuner, avec seulement deux brèves interruptions pour se dégourdir les jambes.

» Philip Blake est resté dans la maison après le petit déjeuner et a entendu une partie de la dispute. Une fois Crale et Mlle Greer partis, il a lu le journal jusqu'à ce que son frère l'appelle au téléphone. Il est alors descendu en direction de la plage pour aller à sa rencontre. Ils ont remonté le chemin ensemble et sont passés devant la Batterie. Mlle Greer venait à peine de retourner à la maison chercher un pull parce qu'elle avait froid, et Mme Crale était avec son mari en train de discuter du départ en pension d'Angela.

— Discussion calme, cette fois ?

— Pas tant que ça. Crale lui criait après, paraît-il, furieux qu'on vienne l'ennuyer avec des détails du quotidien. J'imagine que Caroline voulait mettre certaines choses au point s'il devait vraiment y avoir rupture.

Poirot acquiesça.

— Les deux frères ont échangé quelques mots avec Amyas Crale, poursuivit Hale. Mlle Greer est alors revenue, a repris la pose, et Crale son pinceau, visiblement désireux de les voir s'éclipser. Ils ont saisi le message et sont partis. C'est pendant qu'ils se trouvaient à la Batterie, au fait, qu'Amyas Crale s'est plaint que toute la bière du pavillon était chaude et que sa femme lui a promis de lui en apporter de la fraîche.

— Tiens, tiens !

— Exactement : tiens, tiens ! En l'occurrence, elle s'est montrée tout sucre et tout miel. Les deux frères sont donc remontés à la maison. Ils se sont assis dehors, sur la terrasse. Mme Crale et Angela leur ont apporté à boire. Plus tard, Angela Warren est descendue se baigner, accompagnée de Philip Blake.

» Meredith, lui, est allé s'installer dans une clairière au-dessus du jardin de la Batterie. D'où il était, il pouvait voir Mlle Greer en train de poser sur son rempart, entendre le son de sa voix et de celle de Crale tandis qu'ils conversaient. Il réfléchissait à cette histoire de cicutine : ça l'ennuyait beaucoup, il ne savait toujours pas quoi faire. Elsa Greer l'aperçut et lui fit signe de la main. Lorsque la cloche du déjeuner retentit, il descendit la rejoindre à la Batterie et ils rentrèrent ensemble. Il remarqua alors que Crale avait l'air – pour reprendre son expression – très bizarre, mais il n'y prêta pas plus attention sur le moment. Amyas faisait partie de ces gens jamais malades, on ne pouvait donc imaginer qu'il le fût. Par ailleurs, c'est vrai qu'il avait des moments de colère et de découragement lorsque sa peinture n'avançait pas comme il le voulait. Dans ces cas-là, mieux valait le laisser seul et lui parler le moins possible. Ce que firent Elsa et Meredith.

» Quant aux autres, les domestiques étaient occupés aux travaux de la maison et à préparer le déjeuner. Mlle Williams est restée une partie de la matinée dans la salle d'étude à corriger des cahiers d'exercices, après quoi elle est sortie sur la terrasse faire du raccommodage. Angela a passé son temps aux quatre coins du jardin, à grimper aux arbres et à grignoter n'importe quoi. Vous savez ce que c'est, une gamine de quinze ans ! Des prunes, des pommes aigres, des poires vertes, tout est bon ! Plus tard, elle est rentrée à la maison et, comme je l'ai dit, est descendue à la plage avec Philip Blake pour prendre un bain avant le déjeuner.

Le superintendant Hale se tut quelques instants.

— Au bout du compte, reprit-il avec une pointe d'agressivité, vous trouvez une faille, vous, là-dedans ?

— Non, aucune, répondit Poirot.

— Ah, vous voyez !

Trois mots qui pesaient des tonnes.

— Mais quand même, dit Poirot, je veux en avoir le cœur net. Je…

— Qu'est-ce que vous allez faire ?

— Rendre visite à ces cinq personnes pour connaître le son de cloche de chacun.

Le superintendant eut un soupir profondément attristé :

— Vous êtes cinglé, mon vieux ! Vous allez obtenir cinq versions contradictoires ! Tout le monde sait pourtant ça : deux personnes ne se rappellent jamais des choses de la même façon. À plus forte raison après tant d'années ! Vos cinq « sons de cloches », comme vous dites, ce sera comme si on vous parlait de cinq crimes différents !

— J'y compte bien, répliqua Poirot. Cela sera très instructif.

6

PREMIER PETIT COCHON EST ALLÉ AU MARCHÉ

Philip Blake était bien tel que l'avait décrit Montague Depleach : prospère, rusé, jovial – avec une nette tendance à l'embonpoint.

Hercule Poirot avait pris rendez-vous un samedi après-midi à 6 heures et demie. Philip Blake venait de finir ses dix-huit trous. Un bon parcours, d'ailleurs ; il avait raflé cinq livres à son adversaire. Il était d'humeur loquace.

Poirot se présenta et expliqua le but de sa visite. Il n'invoqua pas cette fois son amour immodéré pour une vérité sans tache. Il s'agissait plutôt, à ce que comprit Blake, d'une série de livres sur les crimes célèbres.

— Seigneur ! fit ce dernier en fronçant les sourcils, à quoi bon sortir des bouquins pareils ?

Hercule Poirot haussa les épaules. Il forçait son allure et son accent étrangers. Et s'attendait à lui inspirer du mépris mais aussi de la condescendance.

— Vous savez, dit-il, les gens aiment ça. Ils s'en délectent.

— Des charognards, commenta Blake.

Cela dit sur un ton badin, sans l'acrimonie ou le dégoût qu'une personne plus sensible aurait pu manifester.

Hercule Poirot haussa de nouveau les épaules.

— L'être humain est ainsi fait, dit-il. Vous et moi, monsieur Blake, qui connaissons le monde, nous ne nous faisons plus d'illusions sur nos semblables. Non qu'ils soient foncièrement mauvais, mais il ne faut pas trop les idéaliser.

Philip Blake abonda dans ce sens.

— Il y a belle lurette que j'ai abandonné mes illusions sur mes congénères.

— Au lieu de quoi, vous racontez de bonnes blagues sur leur compte, paraît-il ?

Les yeux de Blake s'allumèrent :

— Ça, oui. Tenez, connaissez-vous celle-là ?

Poirot s'esclaffa au moment opportun. L'histoire n'avait rien d'édifiant, mais elle était drôle.

Philip Blake se renversa dans son fauteuil, détendu, l'œil rieur.

Hercule Poirot lui trouva soudain un air de petit cochon repu.

Un petit cochon. *Premier petit cochon est allé au marché…*

Quel genre d'homme était-il, ce Philip Blake ? Un individu qui n'avait guère de soucis, apparemment. Prospère. Satisfait. Sans remords, sans le moindre tiraillement de conscience quant à son passé, pas hanté par ses souvenirs. Non, c'était un petit cochon bien nourri qui était allé au marché financier – et à qui ça avait rapporté gros…

Mais jadis, peut-être, Philip Blake avait-il été mieux que ça. Jeune, il avait dû être bel homme. Les yeux toujours un rien trop petits, certes, un tantinet trop rapprochés, mais à part ça bien bâti, d'un physique agréable. Quel âge pouvait-il avoir, à présent ?

Entre cinquante et soixante, à vue de nez. Avoisinant donc la quarantaine à l'époque de la mort de Crale. Moins figé dans ses idées, moins attaché aux plaisirs de l'instant. Attendant sans doute davantage de la vie, et en recevant moins…

— Vous voyez le sens de ma démarche ? glissa simplement Poirot, pour réamorcer le dialogue.

— À vrai dire, non, pas du tout.

L'agent de change se redressa sur son siège, le regard plus matois que jamais.

— Pourquoi vous ? Vous n'êtes pas écrivain, que je sache ?

— Pas précisément… non. En fait, je ne suis qu'un simple détective.

Modestie plus qu'inhabituelle dans la bouche de Poirot.

— Je suis au courant. Tout le monde sait ça. Le fameux Hercule Poirot !

Mais une pointe de dérision perçait dans ses paroles. Philip Blake avait la fibre trop anglaise pour ne pas rabattre le caquet à un étranger.

À ses copains, il aurait dit : « Un faiseur. Tout juste bon à épater la gent féminine. »

Et, bien que cette attitude condescendante fût exactement celle que Poirot avait voulu susciter, il en éprouva un certain agacement.

Comment ? Un homme d'affaires de ce calibre, ne pas être impressionné par Hercule Poirot ? Scandaleux !

— Je suis flatté, répondit-il avec la plus parfaite hypocrisie, d'être aussi connu de vous. Je dois mon succès, voyez-vous, à la psychologie, à l'éternelle recherche du *pourquoi* des comportements humains.

C'est cet aspect des choses qui intéresse le public, aujourd'hui. Avant, c'était le côté sentimental : on ne rendait compte des grandes affaires criminelles que sous l'angle de l'histoire d'amour qui s'y rattachait. Tout a changé, maintenant. Les gens aiment lire que le Dr Crippen a assassiné sa femme parce qu'elle rayonnait de joie de vivre et que lui, chétif et insignifiant, se sentait diminué face à elle. Ou que telle grande criminelle a tué parce que son père l'avait rabrouée à l'âge de trois ans. Comme je disais, c'est le *pourquoi* du crime qui intéresse, de nos jours.

Philip Blake réprima un léger bâillement.

— Le pourquoi de la plupart des crimes saute généralement aux yeux. Souvent, c'est l'argent.

— Ah ! mais, cher monsieur, se récria Poirot, il n'est jamais bon que ce pourquoi soit par trop évident ! Sinon il risquerait fort de n'être là que pour en masquer un autre.

— Et c'est là que vous entrez en jeu ?

— Comme vous dites, c'est là que j'entre en jeu ! Il s'agit de réécrire l'histoire de certains crimes du passé, vus sous leur aspect psychologique. La psychologie criminelle, c'est justement ma spécialité. J'ai accepté l'offre.

Philip Blake eut un large sourire :

— Entreprise des plus lucratives, pas vrai ?

— Je l'espère… oui, je l'espère beaucoup.

— Félicitations. À présent peut-être consentirez-vous à me dire là où *moi*, j'entre en jeu.

— Certainement. L'affaire Crale, cher monsieur.

Philip Blake ne parut guère surpris. Songeur, plutôt.

— Oui, bien sûr, l'affaire Crale…

— J'espère que cela ne vous ennuie pas, monsieur Blake ? affecta de s'inquiéter Poirot.

— Bah ! fit Blake avec un haussement d'épaules. Rien ne sert de se révolter contre l'inévitable. Le procès de Caroline Crale appartient au domaine public. Tout le monde a le droit d'écrire un livre dessus, que je désapprouve ou non l'entreprise. Dans un sens – je ne me gêne pas pour vous le dire – c'est vrai que ça me déplaît fortement. Amyas Crale était l'un de mes meilleurs amis, et cela me désole vraiment de voir de nouveau remuer toute cette fange. Mais bon, c'est la vie.

— Vous êtes très philosophe, monsieur Blake.

— Pas du tout. Je sais simplement qu'il est inutile de se taper la tête contre les murs. Et puis je suis persuadé que vous ferez ça avec plus de tact que d'autres.

— J'espère à tout le moins écrire avec subtilité, et en évitant les fautes de goût, affirma Poirot.

Philip Blake eut un rire sonore, qui sonnait creux.

— C'est amusant, de vous entendre dire ça.

— Je vous assure, monsieur Blake, que j'agis parce que le sujet me passionne – et pas seulement pour une question d'argent. Je veux véritablement reconstituer le passé, comprendre le déroulement des événements, ne pas m'arrêter aux apparences, saisir les pensées et les sentiments des acteurs du drame.

— Je ne crois pas qu'il y ait eu grand-chose de très subtil dans cette histoire, vous savez. C'était même très clair : jalousie de bonne femme, un point c'est tout.

— J'aimerais beaucoup savoir quelles ont été vos propres réactions au cours de cette affaire.

Philip Blake s'échauffa soudain et son visage s'empourpra.

— Mes réactions ! Pas de pédantisme, je vous en prie. Vous croyez peut-être que je suis resté là tranquillement à analyser mes réactions ? Vous ne semblez pas vous rendre compte que mon ami – *mon ami*, je dis bien – venait de se faire assassiner, empoisonner ! Et qu'avec de meilleurs réflexes, j'aurais pu le sauver !

— Qu'est-ce qui vous fait penser cela, monsieur Blake ?

— Eh bien voilà. Vous connaissez les détails de l'affaire, j'imagine ?

Poirot fit signe que oui.

— Parfait. Ce matin-là, donc, mon frère Meredith m'a appelé par téléphone. Il était dans tous ses états : l'une de ses potions du diable, un violent poison, avait disparu. Alors qu'est-ce que j'ai fait ? Je lui ai dit de venir me retrouver pour qu'on en discute, qu'on décide de la conduite à tenir. La conduite à tenir ! Ça me démonte, maintenant, de voir quel idiot j'ai été d'hésiter ! J'aurais dû comprendre qu'il n'y avait pas un instant à perdre, filer tout de suite chez Amyas et le prévenir. Lui dire : « Caroline a piqué un poison mortel chez Meredith. Méfiez-vous, Elsa et toi. »

Blake se leva. Il se mit à arpenter la pièce d'un pas nerveux.

— Bon sang, vous croyez que ça n'a pas eu le temps de me tarauder le cerveau, cette histoire ? Je *savais*. J'avais la possibilité de le sauver. Au lieu de ça, je suis resté à tergiverser, j'attendais Meredith ! Comment n'ai-je pas compris que Caroline ne se poserait pas de questions, qu'elle n'hésiterait pas ? Elle avait pris ce poison pour s'en servir et elle s'en est servie, bon Dieu ! à la première occasion. Avant que Meredith s'en aperçoive. Je savais, je savais bien, qu'Amyas était en danger de mort, et je n'ai rien fait !

— Je crois que vous vous adressez des reproches injustifiés, très cher monsieur. Vous ne disposiez que de très peu de temps…

L'autre l'interrompit aussitôt.

— Très peu de temps ? Au contraire ! Je l'avais, le temps. Et le choix des moyens, aussi. Comme je viens de vous le dire, j'aurais pu alerter Amyas. Bien sûr, le risque existait qu'il ne me croie pas, ce n'était pas le genre de type à admettre qu'il était en danger. Il aurait trouvé ça ridicule. Et puis il n'a jamais vraiment compris combien Caroline pouvait être démoniaque. Ou alors j'aurais pu aller la trouver, elle : « Je sais ce que vous manigancez, je connais votre plan. Si jamais Amyas ou Elsa meurent d'empoisonnement à la cicutine, vous vous balancerez au bout d'une corde ! » Elle y aurait regardé à deux fois. J'aurais pu aussi prévenir la police. Oh, il y en avait, des choses à faire. Au lieu de ça, je me suis laissé influencer par les atermoiements, par la frilosité de Meredith. « Il faut qu'on soit sûrs… qu'on en discute… qu'on soit certains de ne pas accuser à tort… » Le vieil abruti ! Pas une fois dans sa vie il n'a été capable de prendre une décision rapide ! Il en a eu de la chance, d'être l'aîné et d'avoir un héritage qui le fasse vivre. S'il avait dû *gagner* de l'argent, il aurait perdu jusqu'à sa chemise.

— Vous n'aviez vous-même aucun doute sur l'identité de la personne qui avait subtilisé le poison ?

— Bien sûr que non. J'ai compris tout de suite que ça ne pouvait être que Caroline. Je la connaissais très bien, vous savez.

— Ah, parfait, dit Poirot. Je veux justement savoir, monsieur Blake, quel genre de femme elle était.

— Certainement pas la pauvre créature meurtrie et innocente que les gens ont vue en elle au moment du procès ! jeta sèchement Philip Blake.

— Quoi donc, alors ?

Blake se laissa retomber dans son fauteuil.

— Vous tenez vraiment à le savoir ? demanda-t-il gravement.

— Beaucoup, oui.

— Caroline était une garce jusqu'au bout des ongles. Pleine de charme, remarquez ; avec la douceur de ses manières et son air fragile et délicat, on lui aurait donné le bon Dieu sans confession. Quand je repense à mes livres d'histoire, j'ai l'impression qu'elle devait un peu ressembler à Mary Stuart : une femme au charme magnétique, au destin tragique, mais en réalité froide, calculatrice, intrigante, capable de faire impunément assassiner Darnley, son mari. Caroline était ainsi, froide, calculatrice, intrigante. Avec un caractère épouvantable.

» Je ne sais pas si on vous a raconté – ça n'a aucun rapport direct avec le procès, mais c'est très révélateur – ce qu'elle avait fait à sa sœur, qui n'était alors qu'un bébé ? Par jalousie. Sa mère s'était remariée et n'avait plus d'yeux et d'affection que pour la petite Angela. Caroline ne l'a pas supporté, elle a pris un pied-de-biche et essayé d'assommer la gamine. Heureusement, le coup n'était pas mortel, mais tout de même, c'est affreux de faire une chose pareille.

— C'est exact.

— Eh bien voilà, c'était ça, la vraie Caroline. Elle d'abord, et avant tout. Elle ne pouvait pas tolérer de passer après les autres. Il y avait en elle un égoïsme froid, démoniaque, qui pouvait la faire aller jusqu'au meurtre.

» Sous des dehors impulsifs, c'était une calculatrice. Quand elle est arrivée à Alderbury, jeune fille, elle nous a tous bien jaugés, et puis elle a dressé son plan de campagne. Elle ne possédait pas un sou. Moi, j'ai tout de suite été mis hors course : je n'étais qu'un frère cadet et je n'avais pas encore de situation. (C'est comique, parce qu'aujourd'hui, je pourrais sans doute en imposer à Meredith, et à Crale s'il était encore en vie.) Elle a d'abord un peu tourné autour de mon frère, mais c'est finalement sur Amyas qu'elle a jeté son dévolu. Amyas allait hériter d'Alderbury, et même s'il n'y avait guère d'argent à la clé, son talent de peintre était exceptionnel. Or, le génie, ça se monnaye. Elle a misé là-dessus.

» Et elle a eu raison. Amyas a connu très tôt la notoriété. Sans être vraiment un artiste à la mode, sa valeur était reconnue et ses toiles se vendaient bien. Avez-vous déjà vu un de ses tableaux ? Tenez, il y en a un là-bas. Venez.

Il se dirigea vers le salon et montra le mur de gauche.

— Voilà. C'est de lui.

Poirot regarda sans mot dire. C'était fantastique qu'un homme ait pu à ce point imprégner de sa magie personnelle un sujet aussi galvaudé. Un vase de roses sur un guéridon en acajou. Le poncif des poncifs. Comment donc Amyas Crale parvenait-il à enflammer ses roses, à les animer d'une exhubérance quasi obscène ? Jusqu'au bois satiné du meuble qui semblait frémir d'on ne sait quelles sensations troubles. Comment expliquer cette exaltation jubilatoire qui se dégageait de la toile ? Car c'était bien d'exaltation qu'il s'agissait. Les proportions du guéridon auraient horrifié le superintendant Hale, qui se serait offusqué du fait qu'aucune variété de roses connue n'avait tout à fait cette forme ou cette couleur. Mais après cela, il se serait inconsciemment demandé pourquoi les roses qu'il voyait lui paraissaient si fades, pour quelle mystérieuse raison les guéridons en acajou le dérangeaient tant.

Poirot poussa un léger soupir et murmura :

— Oui… tout y est. Tout est là.

Ils retournèrent au bureau de Blake.

— Je n'ai jamais rien compris à l'art, marmonna ce dernier. Je me demande bien ce que je lui trouve, à ce machin. Pourtant, je n'arrête pas de le regarder. C'est… Bon sang, c'est *beau*.

Poirot acquiesça vigoureusement.

Blake offrit une cigarette à son hôte et en alluma une lui-même.

— Voilà, dit-il, c'est cet homme-là, l'homme qui a peint ces roses, l'auteur de la *Femme au shaker à cocktails*, celui de cette fantastique et douloureuse *Nativité*, c'est cet homme-là qui a été fauché dans la force de l'âge, qui a été privé de la puissance rayonnante de sa vie par une femme méprisable et vindicative !

Il s'interrompit. Puis reprit :

— Vous allez dire que je suis dur, que je me suis injustement monté la tête contre Caroline. C'est vrai qu'elle avait du charme – je n'y ai pas été insensible. Mais je voyais, j'ai toujours vu la véritable femme qui se cachait derrière ce masque. Et cette femme, monsieur Poirot, était malfaisante. Elle était cruelle, maligne et cupide !

— Pourtant, je me suis laissé dire que Mme Crale avait eu à souffrir bien des déboires dans son ménage.

— Oui, elle ne s'est pas privée de le faire savoir ! Toujours à se donner des airs de martyr ! Pauvre vieil Amyas. Sa vie conjugale n'aura été qu'un interminable enfer. Elle l'aurait été, du moins, s'il n'avait eu ce don exceptionnel. Son art a toujours été pour lui un refuge. Quand il peignait, il pouvait s'affranchir de Caroline, de son harcèlement, des scènes et des disputes incessantes. Ça ne s'arrêtait jamais, vous savez : il ne se passait pas de semaine sans esclandre. Elle s'y complaisait. La bagarre la stimulait, je pense. C'était un exutoire qui lui permettait de déverser tout son fiel. Après quoi elle redevenait tout miel, ronronnante et caressante comme une grosse chatte repue. Mais lui, ça l'épuisait. Il avait besoin de calme, de repos – de mener une vie tranquille. Bien sûr, il n'aurait jamais dû se marier, il n'était pas fait pour fonder un foyer. Un homme comme Crale doit avoir des liaisons, pas se laisser mettre un fil à la patte, sinon le fil devient vite un boulet.

— Il se confiait à vous ?

— Mettons qu'il savait que j'étais un ami sûr. Il se dévoilait un peu mais sans jamais se plaindre, ce n'était pas son genre. Parfois, il disait des trucs comme « Satanées bonnes femmes », ou bien « Te marie pas, mon vieux. Attends de mourir pour connaître l'enfer. »

— Vous connaissiez son attachement pour Mlle Greer ?

— Oh oui. Je l'ai senti venir, du moins. Il m'avait dit qu'il avait rencontré une fille merveilleuse. Différente, d'après lui, de toutes celles qu'il avait connues jusque-là. Sur le moment, je n'y ai pas vraiment prêté attention ; chaque fois qu'Amyas rencontrait une femme, elle était « différente ». Un mois plus tard, si vous lui en reparliez, il vous regardait avec de grands yeux en se demandant de qui il s'agissait ! Mais avec cette Elsa Greer, c'est vrai que ce n'était pas pareil. Je m'en suis aperçu au moment de mon séjour à Alderbury. Elle lui avait proprement mis le grappin dessus. Il venait lui manger dans la main comme un toutou.

— Vous non plus, vous n'aimiez pas Elsa Greer ?

— Non, je ne l'aimais pas. C'était un oiseau de proie. Elle aussi, elle voulait Crale corps et âme. Mais je crois quand même qu'elle lui aurait mieux convenu que Caroline : une fois son but atteint, elle lui aurait sans doute fichu la paix. Ou elle se serait lassée et serait allée voir ailleurs. Le mieux, pour Amyas, aurait été de ne pas s'empêtrer dans des histoires de coucheries.

— Mais lui, semble-t-il, ne l'entendait pas de cette oreille ?

— Cet idiot-là se laissait toujours piéger, soupira Philip Blake. Et pourtant, les femmes ne signifiaient pas grand-chose pour lui. Les deux seules à avoir vraiment compté dans sa vie étaient Caroline et Elsa.

— Et la petite, il l'aimait ?

— Angela ? Tout le monde l'adorait. Elle était tellement mignonne ! Et elle n'avait pas froid aux yeux. Sa pauvre gouvernante ne savait plus à quel saint se vouer. Oui, Amyas aimait bien Angela. Mais parfois elle allait trop loin, alors il se fichait en boule,

Caroline intervenait et prenait systématiquement le parti de la gamine, ce qui achevait de le mettre en colère. Il avait horreur qu'elles se liguent toutes les deux contre lui. Il y avait un peu de jalousie dans tout ça, vous savez. Amyas était jaloux de la façon dont Caroline faisait toujours passer Angela d'abord et se mettait en quatre pour elle. Et Angela était jalouse d'Amyas et se rebellait contre son autoritarisme. C'était lui qui avait décidé de l'envoyer en pension à l'automne, ça la rendait furieuse. Non pas tellement que l'idée de la pension lui déplût, je crois qu'elle avait plutôt envie d'y aller, mais c'était la conduite tyrannique et brutale d'Amyas qui l'exaspérait. Elle se vengeait en lui faisant toutes sortes de coups pendables. Une fois, elle a glissé une dizaine de limaces dans son lit. L'un dans l'autre, je crois qu'Amyas avait raison : il était temps de lui inculquer un peu de discipline. Mlle Williams était une gouvernante très efficace, mais même elle reconnaissait qu'Angela devenait un peu trop difficile à mater.

Il s'interrompit, et Poirot dit :

— Quand je vous ai demandé si Amyas aimait bien la petite, je parlais de sa fille à lui.

— Ah ! la petite Carla, vous voulez dire ? Elle, c'était la favorite. Il adorait jouer avec elle, quand il était de bonne humeur. Mais toute l'affection qu'il lui portait ne l'aurait pas empêché d'épouser Elsa, si c'est ce que vous voulez savoir. Ça n'allait pas jusque-là.

— Et comment se comportait Caroline Crale vis-à-vis de l'enfant ?

Une espèce de grimace déforma le visage de Blake quand il dit :

— Je ne pourrais pas dire que ce n'était pas une bonne mère. Non, ce serait faux. C'est justement ça, que…

— Oui, monsieur Blake ?

— C'est justement ce que je trouve le plus navrant, dans toute cette histoire, poursuivit lentement Philip, sur un ton douloureux. Cette gosse… démarrer sa vie au milieu d'un tel drame. Ils l'ont envoyée à l'étranger chez une cousine d'Amyas et son mari. J'espère – j'espère vraiment – qu'ils auront fait en sorte qu'elle n'apprenne pas la vérité.

Poirot secoua la tête.

— La vérité, monsieur Blake, a la manie de se faire connaître. Même après de nombreuses années.

— Je me demande, murmura l'agent de change.

— Et dans l'intérêt de cette vérité, enchaîna Poirot, je vais vous demander de faire quelque chose.

— Quoi donc ?

— D'avoir l'obligeance de me rédiger un compte rendu exact de ce qui s'est passé ces jours-là à Alderbury. Un compte rendu détaillé du meurtre et de ses circonstances.

— Mais mon pauvre monsieur, après tout ce temps ? Mes souvenirs seront désespérément imprécis.

— Pas nécessairement.

— J'en suis pourtant certain.

— Moi pas. Et d'abord parce qu'avec le passage du temps, l'esprit retient l'essentiel et rejette le superficiel.

— Ah bon, ce sont seulement les grandes lignes de l'affaire que vous voulez ?

— Pas du tout. Il me faudrait un rapport circonstancié des événements tels qu'ils se sont déroulés, ainsi que de chaque conversation que vous pouvez vous rappeler.

— Et à supposer que je ne me les rappelle pas bien ?

— Faites-en déjà une transcription la plus exacte possible. Il y aura peut-être des trous, tant pis.

Blake lui lança un regard intrigué.

— Mais quel intérêt ? Les rapports de police vous donneront des informations beaucoup plus précises.

— Non, monsieur Blake. Nous sommes maintenant dans l'aspect psychologique de l'affaire. Ce n'est pas un froid récapitulatif que je veux, mais votre propre sélection des faits, sélection qui aura été effectuée par le temps et par votre mémoire. Certaines actions pourraient avoir été accomplies, des paroles prononcées, que je chercherais en vain dans les rapports de police. Des actions et des paroles que vous n'avez pas rapportées parce que vous les jugiez hors de propos, ou parce que vous préfériez ne pas les répéter.

— Ce compte rendu que vous me demandez, il sera publié ? demanda brusquement Blake.

— Absolument pas. Il ne sera qu'à mon usage personnel, afin de m'aider à tirer mes propres conclusions.

— Et vous ne le citerez pas sans mon autorisation ?

— Absolument pas, vous dis-je.

— Hum, je suis un homme très pris, monsieur Poirot.

— Je sais que ça va vous coûter du temps et du dérangement. Aussi serais-je disposé à m'entendre avec vous pour une… rétribution raisonnable.

Il y eut un moment de silence. Puis Philip Blake se décida soudain.

— Non, si je le fais… ce sera pour rien.

— Le ferez-vous ?

Philip le prévint de nouveau :

— Rappelez-vous, je ne peux pas garantir l'exactitude de mes souvenirs.

— Je le comprends fort bien.

— Dans ce cas, dit-il, j'accepte. En un sens, je crois que je le dois à Amyas Crale.

7

DEUXIÈME PETIT COCHON N'EST PAS SORTI DE CHEZ LUI

Hercule Poirot n'était pas homme à rien laisser au hasard.

Sa démarche auprès de Meredith Blake fut soigneusement préparée. Meredith, il en était d'ores et déjà convaincu, serait une tout autre affaire que Philip. Une manœuvre précipitée serait vouée à l'échec. Il faudrait au contraire un assaut en douceur.

Hercule Poirot savait qu'il n'existait qu'une façon de pénétrer dans la citadelle : montrer patte blanche avec les références adéquates, sociales plutôt que professionnelles. Heureusement, tout au long de sa carrière, il avait noué des amitiés dans de nombreux comtés. Le Devon ne faisait pas exception. Il passa en revue les ressources que lui offrait la région et découvrit deux personnes plus ou moins proches de Meredith Blake. Il débarqua donc chez lui armé de deux lettres, l'une de lady Mary Lytton-Gore, veuve de haute naissance mais fort impécunieuse et qui vivait en ermite ; l'autre d'un amiral en retraite dont la famille habitait le comté depuis quatre générations.

Meredith Blake reçut Poirot, non sans quelque perplexité.

Les choses – il le constatait avec une fréquence croissante – n'étaient décidément plus ce qu'elles étaient. Dans le temps, sacrebleu, un détective privé n'était qu'un détective privé, un type à qui on faisait garder les cadeaux pendant les banquets de mariage, ou qu'on allait voir – en catimini – pour découvrir le pot aux roses dans des affaires plus ou moins sordides.

Or là, il y avait ce mot de lady Lytton-Gore : « Hercule Poirot est un très vieil et très cher ami à moi. Apportez-lui toute l'aide possible. Vous m'obligerez. » Mary Lytton-Gore n'était pourtant pas – grands dieux non ! – du genre à se commettre avec des détectives et tout ce qu'ils représentaient. Et celui de l'amiral Cronshaw : « Un type bien, tout ce qu'il y a de recommandable. Merci de faire ce que vous pourrez pour lui. Vous ne vous ennuierez pas : il en connaît de tordantes ! »

Et voilà qu'il l'avait sur les bras, maintenant. Un énergumène impossible, habillé comme ça n'est pas permis, chaussé de bottines à boutons et affublé d'une invraisemblable moustache en croc ! Pas du tout son genre, à Meredith Blake. Le bonhomme n'avait jamais dû tenir un fusil, une canne à pêche ou un club de golf. Un étranger.

Avec un plaisir narquois, Hercule Poirot lut clairement tout cela dans les pensées de son hôte.

Son impatience n'avait cessé de croître au fur et à mesure que le train l'emportait vers l'ouest. Il allait enfin voir de ses propres yeux l'endroit où s'étaient déroulés ces lointains événements.

C'était ici, au manoir de Handcross, qu'avaient vécu deux frères qui s'étaient liés d'amitié avec leurs voisins d'Alderbury, avaient joué au tennis et fraternisé avec le jeune Amyas Crale et une adolescente du nom de Caroline. C'était de là que, seize ans plus tôt, Meredith était parti vers Alderbury en ce matin fatal. Hercule Poirot observa avec intérêt l'homme qui l'accueillait avec une politesse quelque peu embarrassée.

Comme il s'y attendait, Meredith Blake avait en tous points l'allure de ces hobereaux anglais à la bourse plate et aux goûts bucoliques.

Avec sa vieille veste de tweed râpée, son visage tanné et plutôt aimable, ses yeux bleus délavés d'homme qui prenait de l'âge, ses lèvres un peu molles à demi dissimulées derrière une moustache clairsemée, Meredith Blake se situait aux antipodes de son frère. Il était du genre hésitant et ses facultés de réflexion étaient paresseuses. Comme si les années avaient ralenti son rythme de vie autant qu'elles avaient accéléré celui de Philip.

Ainsi que Poirot l'avait pressenti, mieux valait ne pas le brusquer. Il était tout imprégné de la langueur de la campagne anglaise.

Le détective lui trouva l'air beaucoup plus vieux que son cadet bien que, d'après ce que M. Jonathan avait dit, il n'y eût guère plus de deux ans entre eux.

Hercule Poirot se flattait de savoir s'y prendre avec ces gens de la haute société. Avant tout, pas question de faire anglais. Quand on est étranger, étranger il faut demeurer et se faire pardonner de l'être : « Évidemment, ils n'ont pas la manière, ces continentaux. Pour un peu ils vous serreraient la main au petit déjeuner ! Enfin, celui-ci a quand même l'air convenable… »

C'est dans ce registre que Poirot décida de jouer. La conversation se limita d'abord prudemment à lady Mary Lytton-Gore et à l'amiral Cronshaw. Puis d'autres noms furent cités. Par chance, Poirot avait rencontré le cousin de l'un, la belle-sœur de l'autre. Une certaine chaleur apparut enfin dans le regard de son interlocuteur : l'étranger semblait connaître les gens qu'il fallait.

En douceur, Poirot glissa vers l'objet de sa visite. Il eut vite fait de neutraliser l'inévitable recul qu'il provoqua. Le livre, hélas, serait publié. Mlle Crale, qui s'appelait aujourd'hui Lemarchant, tenait à ce qu'il en supervisât la rédaction. Les faits, que voulez-vous, appartenaient au domaine public. Mais on pouvait faire beaucoup pour veiller à ce qu'ils fussent présentés de façon à ne froisser aucune susceptibilité. Poirot laissa entendre qu'il avait déjà, dans le passé, usé discrètement de son influence pour faire supprimer certains passages trop explicites dans un livre de mémoires.

Meredith Blake rougit de colère contenue. Sa main trembla légèrement quand il bourra sa pipe, il en bégaya presque :

— C-c'est morbide, d'aller d-déterrer des choses pareilles. Seize ans ! Pourquoi ne pas laisser les morts en paix ?

— Je suis bien d'accord avec vous, dit Poirot avec un haussement d'épaules. Mais que voulez-vous, il y a une demande pour ce genre-là. Et chacun est libre de commenter un crime avéré.

— Je trouve ça ignoble.

— Hélas, soupira Poirot, nous vivons une époque qui n'est pas à la délicatesse… Vous seriez abasourdi, monsieur Blake, de voir le nombre de publications déplaisantes que j'ai réussi à – disons – faire édulcorer. Je suis déterminé à tenter l'impossible pour ne pas heurter les sentiments de Mlle Crale dans cette affaire.

— La petite Carla ! murmura Meredith Blake. Cette enfant devenue une femme ! C'est à peine croyable.

— Je sais. Le temps s'envole, n'est-ce pas ?

— Trop vite, admit Blake.

— Comme vous aurez pu le voir dans la lettre de Mlle Crale que je vous ai transmise, celle-ci désire vivement en savoir le plus possible sur ces tristes événements du passé.

— Pourquoi ? demanda Meredith avec une pointe d'irritation. À quoi bon exhumer tout ça ? Ce serait tellement mieux d'oublier, maintenant.

— Vous parlez ainsi, monsieur Blake, parce que ce passé, vous ne le connaissez que trop bien. Rappelez-vous que Mlle Crale en ignore tout, elle. Ou du moins qu'elle n'en sait que ce que lui ont appris les documents officiels.

— C'est vrai, concéda Meredith Blake en tressaillant, j'avais oublié. Pauvre gosse, ce doit être horrible pour elle. D'abord, le choc au moment où elle a appris la vérité. Et puis la lecture de ces comptes rendus d'audience, froids et insensibles.

— En outre, ce n'est pas dans une simple énumération de faits qu'on peut rendre justice à la vérité, ajouta Poirot. C'est justement ce qui n'y figure pas qui est le plus important : les émotions, les sentiments, la personnalité des acteurs du drame. Les circonstances atténuantes…

Il s'interrompit et son hôte enchaîna immédiatement, comme un comédien à qui l'on a donné sa réplique :

— Les circonstances atténuantes ! Justement. S'il y eut jamais circonstances atténuantes, c'est bien dans cette affaire. Amyas Crale était un vieil ami – sa famille et la mienne étaient liées depuis trois générations –, mais il faut reconnaître que sa conduite était franchement révoltante. C'était un artiste, certes, et ceci explique sans doute cela. Seulement il a eu un nombre incroyable de liaisons et s'est retrouvé dans une situation que tout honnête homme n'aurait pu envisager un seul instant.

— Ce que vous soulignez là m'intéresse beaucoup, dit Hercule Poirot. Cette situation m'intriguait, justement, car ce n'est pas ainsi qu'un homme de bonne éducation, un homme du monde, gère ses relations.

Le visage fin, hésitant, de Blake commençait à s'animer.

— Sans doute, mais voilà, Amyas a toujours été hors du commun ! Il était peintre, et pour lui, la peinture passait avant tout. Je n'ai jamais compris ces prétendus artistes – jamais. Amyas un peu mieux, bien sûr, je l'ai connu toute ma vie. Nous étions issus de familles semblables. La plupart du temps, il se comportait comme tout un chacun. Ce n'est que lorsqu'il s'agissait d'art qu'il ne se conformait plus aux règles habituelles. Ce n'était pas un amateur, loin de là. C'était un peintre de premier plan, de tout premier plan. Certains affirment que c'était un génie. Ils ont peut-être raison. Mais cela avait pour résultat de perturber son équilibre. Lorsqu'il travaillait sur une toile, plus rien n'existait, rien ne devait se mettre en travers de son chemin. Il était comme dans un rêve, complètement obsédé par ce qu'il faisait. Ce n'est que lorsque le tableau était terminé qu'il redescendait sur terre et qu'il reprenait le fil de la vie normale.

Il adressa un regard interrogateur à Poirot. Ce dernier lui fit signe de poursuivre.

— Je vois que vous me comprenez, reprit Blake. Eh bien cela explique, je crois, comment une telle situation a pu se nouer. Il était amoureux de cette fille. Il voulait l'épouser. Il était prêt à abandonner femme et enfant pour elle. Mais il avait commencé à faire son portrait sur place, et il voulait l'achever. C'est tout ce qui comptait. Il ne voyait rien d'autre. Et le fait qu'il mette ainsi les deux femmes concernées dans une position insupportable ne semble même pas lui avoir effleuré l'esprit.

— Ont-elles réussi à comprendre son attitude ?

— Dans un sens, oui. Elsa, par exemple. Elle était folle de sa peinture. Seulement, bien sûr, c'était très délicat pour elle. Quant à Caroline…

Il s'interrompit.

— Oui, pour Caroline, j'imagine que ça devait être difficile, renchérit Poirot.

— Caroline, reprit Meredith Blake avec quelque difficulté, je l'avais toujours… enfin, j'ai toujours eu un faible pour elle. Un moment même… j'ai espéré l'épouser. Espoir qui a vite été tué dans l'œuf. Pourtant je suis toujours demeuré, si je puis dire, son… son humble serviteur.

Poirot hocha la tête d'un air pensif. Cette expression plutôt vieillotte décrivait très exactement, à son avis, l'homme qu'il avait en face de lui. Meredith Blake était typiquement du genre à vouer sa vie à un attachement romantique et platonique. À servir sa dame fidèlement et sans espoir de récompense. Oui, tout cela collait parfaitement au personnage.

Le détective pesa soigneusement ses paroles :

— Vous-même, vous avez dû souffrir de… de l'attitude de Crale envers elle ?

— Oh, que oui ! Je lui en ai d'ailleurs ouvertement fait le reproche.

— Quand cela ?

— Justement la veille du jour de… où c'est arrivé. Ils étaient tous venus ici pour le thé. J'ai pris Amyas à part et… et je lui ai dit ma façon de penser. Je me souviens même lui avoir fait remarquer que ce n'était honnête ni pour l'une ni pour l'autre.

— Vous avez dit ça ?

— Oui. J'avais l'impression qu'il ne se rendait pas compte.

— Peut-être que non, en effet.

— Je lui ai donc expliqué qu'il mettait Caroline dans une situation insoutenable. S'il voulait épouser cette fille, il ne devait pas l'amener à la maison et la lui jeter plus ou moins au visage. C'était, à mon avis, la suprême insulte.

— Qu'a-t-il répondu ? s'enquit Poirot.

— Que si ça ne plaisait pas à Caroline, c'était tant pis, répondit Meredith avec une expression de dégoût.

Hercule Poirot haussa les sourcils et dit :

— Pas très gentil.

— Abominable, oui. Alors je me suis mis en colère. Je lui ai dit que s'il se fichait de sa femme et de ses souffrances, il pourrait au moins se préoccuper un peu de l'autre fille. Ne voyait-il pas que pour elle aussi, c'était invivable ? Eh bien, sa réponse a été que pour elle aussi, c'était tant pis ! Et puis il a enchaîné en disant que je ne comprenais rien : « Ce tableau que je fais, Meredith, c'est le meilleur de toute ma vie. Il sera *excellent*, je te le garantis. Alors ce ne sont pas deux femelles jalouses qui vont tout flanquer par terre. Ça non, alors ! »

» Il était inutile d'essayer de le raisonner. Je lui ai dit qu'il dépassait les bornes, qu'il n'y avait pas que la peinture au monde. Il m'a interrompu : “Pour *moi*, si !”

» Ma colère ne m'avait pas abandonné. Je lui ai fait remarquer qu'il avait toujours traité Caroline de façon odieuse, que sa vie avec lui avait été un calvaire. Il a répondu qu'il le savait et qu'il en était désolé. Désolé ! “J'en suis conscient, Merry, même si tu n'y crois pas. C'est pourtant la vérité. Caroline a vécu un enfer avec moi, et elle l'a supporté comme une sainte. Mais je ne l'avais pas prise au dépourvu : je lui avais franchement expliqué d'emblée l'affreux égoïste que j'étais et la vie dissolue qui était et serait toujours la mienne."

» Je lui ai alors fortement déconseillé de briser son ménage. Il fallait penser à l'enfant. Bien sûr, je comprenais qu'une fille comme Elsa puisse tourner la tête d'un homme. Mais, ne fût-ce également que pour son bien à elle, il avait le devoir de rompre. Elle était très jeune. Elle se lançait dans cette aventure bille en tête, mais elle pourrait s'en mordre les doigts plus tard. Ne pouvait-il donc se reprendre, faire table rase et repartir du bon pied avec sa femme ?

— Qu'a-t-il répondu ?

— Il a juste paru… un peu embarrassé. Il m'a donné de petites tapes sur l'épaule et a dit : « Tu es gentil, Merry, mais tu es trop sentimental. Attends que le portrait soit fini, et tu reconnaîtras que j'avais raison.

— Au diable ton tableau ! » ai-je décrété.

» Il a souri de toutes ses dents et a répondu que même les femmes les plus hystériques du royaume n'arriveraient pas à l'y envoyer. Je lui ai fait remarquer qu'il aurait été plus correct de ne rien dévoiler à Caroline avant la fin de son travail. Ce à quoi il a rétorqué que ça, ce n'était pas sa faute à lui, c'était Elsa qui avait tenu à lâcher cette bombe. "Pourquoi ? ai-je demandé. – Parce qu'elle trouvait que le contraire serait malhonnête. Il fallait que les choses soient claires, que rien ne se fasse sous le manteau." Bien sûr, ça pouvait se défendre, dans un sens, c'était un souci respectable. Aussi odieuse que fût sa conduite, cette fille tenait au moins à agir avec franchise.

— Trop de franchise nuit parfois, fit observer Poirot.

Meredith Blake le regarda d'un air peu convaincu. Cette formule ne lui plaisait guère.

— Ç'a été une période terrible pour nous tous, soupira-t-il.

— Le moins affecté de la bande semble avoir été Amyas Crale, lança Poirot.

— Et pourquoi ? Parce que c'était un égoïste fini. Je le revois encore, avec son sourire, s'en aller en me disant : « Te bile pas, Merry. Tout ça finira bien par s'arranger ! »

— Un incurable optimiste, marmonna Poirot.

— Il n'arrivait pas à prendre les femmes au sérieux, dit Meredith. Moi, je savais que Caroline était à bout.

— Elle vous l'a dit ?

— Pas avec des mots. Mais je reverrai toujours son visage, cet après-midi-là. Blême, les traits tirés, cachant son désespoir sous un masque de gaieté. Elle parlait et riait beaucoup. Mais le chagrin, la douleur qu'on lisait dans ses yeux étaient la chose la plus émouvante que j'aie jamais vue. Une créature si douce…

Hercule Poirot le considéra un moment en silence. De toute évidence, l'homme qui était en face de lui ne trouvait pas incongru de parler ainsi d'une femme qui, le lendemain, avait délibérément tué son mari.

Meredith Blake poursuivit. Son hostilité initiale semblait l'avoir quitté. Poirot avait le don de savoir écouter. Et les gens comme Meredith Blake éprouvaient de la fascination à revivre le passé. Il se parlait à présent plus à lui-même qu'à son hôte :

— J'aurais dû me douter de quelque chose, j'imagine. C'est Caroline qui a amené la conversation sur mon… mon petit hobby. C'était pour moi, je l'avoue, une véritable passion. L'étude des vieux herboristes anglais est fort intéressante, vous savez. Tant de plantes qui étaient jadis utilisées en médecine ont aujourd'hui disparu de la pharmacopée officielle. Or, il est stupéfiant de voir les miracles que de simples infusions peuvent parfois accomplir. Il n'y a pas besoin des médecins, les trois quarts du temps. Les Français l'ont bien compris : certaines de leurs tisanes sont vraiment remarquables.

Il avait enfourché son cheval de bataille.

— La tisane de pissenlit, par exemple est extraordinaire. Et l'églantier, alors ! J'ai lu quelque part, l'autre jour, qu'il retrouvait grâce auprès de la médecine officielle. Je dois reconnaître que je tirais un immense plaisir à composer mes petits breuvages : choisir le bon moment pour cueillir les plantes, les sécher, les faire macérer, et tout le reste. J'ai même versé dans la superstition, parfois, en allant chercher mes racines à la pleine lune ou en suivant à la lettre les indications des anciens. Ce jour-là, je me souviens, j'ai fait à mes invités un petit exposé sur la ciguë tachetée. Elle fleurit deux fois l'an. On recueille les fruits quand ils mûrissent, juste avant qu'ils deviennent jaunes. La cicutine, vous le savez, n'est plus guère utilisée – je ne crois pas qu'elle apparaisse dans aucune formule du dernier codex – mais j'ai démontré son efficacité dans le traitement de la coqueluche. Et de l'asthme aussi, d'ailleurs…

— C'est dans votre laboratoire que vous avez parlé de tout ça ?

— Oui. Je leur ai fait faire le tour de ma petite installation en leur décrivant les vertus des différentes substances. La valériane, entre autres, et son pouvoir d'attraction sur les chats. Un seul reniflement, et hop, ça y est ! Je leur ai ensuite parlé de la belladone et de l'atropine. Ils ont paru fascinés.

— Qui ça, « ils » ?

Meredith Blake sembla un peu surpris, oubliant sans doute que son interlocuteur n'avait pas été témoin de la scène.

— Eh bien, tout le monde. Voyons, il y avait Philip. Amyas et Caroline, bien sûr. Angela. Et Elsa Greer.

— C'est tout ?

— Je crois… oui. En fait, j'en suis sûr.

Il regarda Poirot d'un air intrigué.

— Qui d'autre aurait bien pu être là ?

— Je pensais que la gouvernante, peut-être…

— Ah, je vois. Non, elle n'y était pas cet après-midi-là. J'ai oublié son nom, depuis le temps. Une femme bien. Très consciencieuse dans son travail. Angela lui causait pas mal de soucis, je pense.

— De quel ordre ?

— Eh bien, c'était une gentille enfant, mais plutôt turbulente. Toujours à manigancer de mauvaises plaisanteries. Un jour qu'Amyas était en plein travail, elle est allée jusqu'à lui mettre une limace, ou Dieu sait quelle bestiole dans le dos. Il a piqué une de ces colères ! Je ne vous dis pas comment il l'a envoyée promener. C'est après ça qu'il a insisté pour qu'on la mette en pension.

— En pension ?

— Oui. Je ne dis pas qu'il ne l'aimait pas, mais il avait souvent du mal à la supporter. Et je crois… enfin, il m'a toujours semblé…

— Oui ?

— Qu'il était un peu jaloux. Caroline était l'esclave d'Angela, voyez-vous. Alors peut-être Amyas digérait-il mal de passer toujours en second. Il y avait une raison à cela, bien sûr. Je ne vais pas m'étendre, mais…

— La raison étant, l'interrompit Poirot, que Caroline Crale se reprochait un geste qui avait défiguré la petite ?

— Ah, vous êtes au courant ? s'étonna Blake. Je ne voulais pas en parler. Tout ça, c'est le passé. Mais oui, je pense que c'était la cause de son attitude. Rien n'était jamais trop bon pour elle – façon de compenser, sans doute.

Poirot acquiesça d'un air pensif.

— Et Angela ? En tenait-elle rancune à sa demi-sœur ?

— Oh non, n'allez pas croire ça. Angela adorait Caroline. Elle n'y pensait plus, à cette histoire, j'en suis certain. C'est seulement Caroline qui ne se le pardonnait pas.

— Est-ce qu'Angela voyait d'un bon œil le fait d'aller en pension ?

— Ça non, par exemple ! Elle était furieuse contre Amyas. Caroline avait pris le parti de la petite, mais lui ne voulait pas revenir sur sa décision. Malgré son caractère emporté, Amyas était un homme conciliant dans bien des domaines. Mais quand il se braquait, il n'y avait pas à insister. Caroline et Angela ont dû toutes les deux céder.

— Elle devait partir en pension… quand ça ?

— À la rentrée d'automne. On lui préparait son trousseau, je me souviens. Sans ce drame, elle serait sans doute partie quelques jours plus tard. On avait parlé de faire ses valises le matin même.

— Et la gouvernante ? demanda Poirot.

— La gouvernante ?

— Que disait-elle de tout cela ? Parce que ça lui aurait fait perdre sa place, non ?

— J'imagine que oui. La petite Carla prenait bien quelques leçons, évidemment, mais quel âge pouvait-elle avoir ? Six ans, tout au plus. Elle avait une nurse. Ils n'auraient pas gardé Mlle Williams rien que pour elle. Ah, c'est ça son nom : Williams. C'est drôle comme les choses vous reviennent quand on en parle.

— Exact, oui. Vous vous êtes replongé dans le passé. Vous en revivez les scènes, vous revoyez les faits et gestes des gens, leurs expressions, n'est-ce pas ?

— Si on veut… oui…, reconnut Meredith Blake sur un ton hésitant. Mais il y a des trous, vous savez… Il manque des pans entiers. Je me rappelle, par exemple, le choc qu'a été pour moi d'apprendre qu'Amyas allait quitter Caroline, mais je n'arrive pas à me rappeler si c'est lui qui m'en a parlé ou Elsa. Je me souviens d'une discussion que j'ai eue là-dessus avec Elsa Greer, où j'essayais de lui montrer que ce qu'elle faisait était vraiment abject. Elle s'est contentée de ricaner avec cet air effronté qui était le sien et m'a trouvé vieux jeu. Bon, je veux bien être vieux jeu, mais je persiste à dire que j'avais raison.

Amyas avait une femme et une enfant, sa place était avec elles.

— Et c'est ce point de vue-là que Mlle Greer trouvait vieux jeu ?

— Oui. Rappelez-vous qu'il y a seize ans, on ne divorçait pas aussi facilement qu'aujourd'hui. Mais Elsa était le genre de fille qui se voulait moderne. Elle partait du principe que quand on n'est plus bien ensemble, il vaut mieux se séparer. Comme Amyas et Caroline n'arrêtaient pas de se disputer, elle considérait qu'il était préférable pour l'enfant de ne pas être élevée dans une atmosphère conflictuelle.

— Et cet argument ne vous a pas convaincu ?

— Vous savez, articula lentement Meredith Blake, elle m'a toujours donné l'impression de parler sans savoir, de simplement débiter comme un perroquet des choses qu'elle lisait dans des livres ou entendait dans la bouche de ses amis. C'est étrange à dire, mais elle en était presque pathétique. Si jeune et si pleine d'assurance. (Il marqua un temps.) Il y a dans la jeunesse, monsieur Poirot, quelque chose qui est – qui peut être – terriblement émouvant.

Ce dernier lui adressa un regard intense.

— Je sais ce que vous voulez dire…

Blake poursuivit, se parlant toujours davantage à lui-même :

— C'est en partie pour cela, je crois, que je suis allé dire deux mots à Crale. Il avait près de vingt ans de plus que cette fille. Ça n'était pas convenable.

— Il est hélas très rare, objecta Poirot, qu'on arrive à se faire entendre dans ce genre de cas. Quand quelqu'un s'est fixé un but, il n'est pas facile de l'en détourner.

— Je pense bien, approuva Meredith Blake avec une pointe d'amertume dans la voix. Mon intervention est restée sans effet. Il est vrai que je n'ai aucun don de persuasion. Je n'en ai jamais eu.

Poirot lui lança un bref coup d'œil. Il discernait dans cette légère aigreur de ton le dépit d'un hypersensible devant son propre manque de personnalité. À juste titre sans doute : Meredith Blake était incapable de convaincre autrui de faire ou de ne pas faire quelque chose. Ses tentatives, aussi bien intentionnées fussent-elles, étaient toujours repoussées. En douceur la plupart du temps, sans éclat, mais fermement. Elles n'étaient d'aucun poids. C'était un homme foncièrement inefficace.

— Vous avez toujours votre laboratoire de cordiaux et de potions ? demanda Poirot, feignant de passer à un sujet moins délicat.

— Non.

Le mot avait claqué sèchement, une rougeur lui était montée au visage.

— J'ai tout abandonné, dit-il avec une hâte presque angoissée, tout démoli. Je ne pouvais pas continuer – comment l'aurais-je pu après ce qui s'était passé ? Car enfin, on pourrait dire que c'est *ma* faute.

— Mais non, monsieur Blake. Vous êtes trop sensible, voyons.

— Pardi ! Si je n'avais pas rassemblé ici ces satanés produits, si je n'avais pas eu l'orgueil ridicule de les montrer à ces gens, de les leur mettre carrément sous le nez, cet après-midi-là ? Mais comment savoir… Comment imaginer que…

— Comment, en effet ?

— Alors j'ai étalé ma science, fier de mon maigre savoir. Comme un idiot prétentieux, j'ai sottement montré cette saleté de cicutine, j'ai été jusqu'à les amener à la bibliothèque pour leur lire le passage du Phédon décrivant la mort de Socrate. Ah, ce sont des pages superbes que j'ai toujours admirées. Mais depuis, elles ne cessent de me hanter.

— A-t-on retrouvé des empreintes sur la fiole de cicutine ?

— Les siennes.

— Celles de Caroline Crale ?

— Oui.

— Aucune des vôtres ?

— Non. Je n'ai pas touché la fiole. Seulement montrée.

— Mais vous l'aviez quand même manipulée, auparavant ?

— Oh, bien sûr. Seulement je passais périodiquement un coup de chiffon sur toutes mes fioles – je ne laissais pas les domestiques pénétrer là, vous vous en doutez. Or, je venais de le faire quatre ou cinq jours plus tôt.

— Vous fermiez toujours la porte à clé ?

— Invariablement.

— À quel moment Caroline Crale a-t-elle pu subtiliser le poison ?

— Elle était restée en arrière dans le laboratoire, répondit Meredith Blake à contrecœur. Je l'ai appelée, je me souviens, et elle s'est dépêchée de sortir, les joues un peu rouges, les pupilles dilatées, fébrile. Mon Dieu, je la revois encore.

— Lui avez-vous parlé, au cours de l'après-midi ? Au sujet de la situation entre son mari et elle, je veux dire.

— Pas directement, expliqua Blake d'une voix sourde. Comme je vous l'ai dit, elle n'avait pas du tout l'air dans son assiette. Je lui ai demandé, à un moment où nous étions plus ou moins seuls : « Il y a quelque chose qui ne va pas, Caroline ? » Elle m'a répondu : « Il n'y a plus rien qui va… » Il fallait entendre le désespoir contenu dans ces paroles ! Car c'était vrai, on ne peut le nier : Amyas Crale représentait tout pour Caroline. « C'est fichu, Meredith, a-t-elle poursuivi. Fini. Moi aussi, je suis finie. » Sur quoi elle a éclaté de rire, rejoint les autres et s'est soudain montrée d'une gaieté exhubérante et forcée.

L'air aussi impénétrable qu'un mandarin de porcelaine, Hercule Poirot hocha lentement la tête.

— Oui… Je vois… C'est bien ainsi que…

Meredith tapa soudain du poing sur la table. Sa voix se fit plus forte.

— Et puis écoutez-moi bien, monsieur Poirot ! cria-t-il presque. Quand Caroline Crale a affirmé au procès qu'elle avait pris le poison pour elle, je vous assure que c'était la vérité ! Elle n'avait aucune intention de meurtre à ce moment-là, je vous le jure ! C'est venu plus tard, ça.

— Êtes-vous sûr que ça lui est vraiment venu ? interrogea Poirot.

Blake écarquilla les yeux.

— Pardon ? Je ne comprends pas très bien…

— Je vous demande si vous êtes sûr que l'idée de meurtre lui est effectivement venue. Etes-vous convaincu, en votre âme et conscience, que Caroline Crale a tué de sang-froid ?

La respiration de Meredith Blake se fit saccadée.

— Mais alors… vous voulez dire que… que ce serait un accident ?

— Pas nécessairement.

— Voilà une idée bien extraordinaire.

— Vous trouvez ? Une créature si douce, disiez-vous de Caroline Crale. Est-ce que les douces créatures commettent des crimes ?

— Douce, elle l'était… mais il y avait quand même entre eux des scènes très violentes, vous savez.

— Elle n'était pas si douce que ça, alors ?

— Mais si, elle l'était… Ah, comme ces choses sont difficiles à expliquer !

— Je fais de mon mieux pour comprendre.

— Les paroles de Caroline dépassaient souvent sa pensée. Elle avait le verbe vif. Elle pouvait dire : « Je te déteste, je voudrais que tu crèves » sans pour autant le penser – et encore moins passer aux actes.

— Donc, pour vous, ça ne ressemblait absolument pas à Mme Crale de commettre un meurtre ?

— Vous avez une façon extraordinaire de présenter les choses, monsieur Poirot. Tout ce que je puis dire, c'est que non… ça ne lui ressemblait pas. Je ne puis l'expliquer que par l'extrême provocation dont elle était l'objet. Elle adorait son mari. En de pareilles circonstances, une femme… eh bien… pourrait tuer.

— Oui, je suis bien d'accord, affirma Poirot.

— Je suis resté abasourdi, au début. Pour moi, ce n'était pas vrai. Et je n'avais pas tort, dans un sens : ce n'était pas la vraie Caroline qui avait fait ça.

— Mais avez-vous la certitude que – au sens légal du terme – Caroline Crale ait effectivement tué ?

De nouveau, Meredith Blake ouvrit des yeux ronds.

— Mon cher monsieur, si ce n'était pas elle…

— Si ce n'était pas elle… ?

— Eh bien alors, je ne vois pas. Un accident ? C'est sûrement impossible.

— Rigoureusement impossible, dirais-je.

— Je n'arrive pas non plus à croire à la théorie du suicide. Il fallait bien l'évoquer, mais elle n'a convaincu aucun de ceux qui connaissaient Crale.

— Absolument.

— Que reste-t-il, alors ? demanda Meredith Blake.

— La possibilité qu'Amyas Crale ait été tué par quelqu'un d'autre, déclara froidement Poirot.

— Mais c'est absurde !

— Vous croyez ?

— J'en suis sûr. Qui aurait voulu le tuer ? Et qui aurait pu le tuer ?

— Vous êtes mieux placé que moi pour répondre.

— Vous ne pensez quand même pas sérieusement…

— Je n'affirme rien. Mais c'est une hypothèse que je trouve intéressante. Examinez-la avec la plus grande attention et dites-moi ce que vous en pensez.

Meredith le regarda fixement durant une longue minute, puis baissa les yeux. Au bout de quelques instants, il secoua la tête.

— Je ne peux vraiment pas imaginer une chose pareille. J'aimerais bien, pourtant ; s'il y avait la moindre raison de soupçonner quelqu'un d'autre, je serais le premier à me réjouir de l'innocence de Caroline. Je ne veux pas penser qu'elle ait pu faire ça. Je n'arrivais d'ailleurs pas à y croire, au début. Mais qui d'autre ? Qui d'autre y avait-il ce jour-là ? Philip ? C'était le meilleur ami de Crale. Elsa ? Ridicule. Moi ? Ai-je l'air d'un assassin ? Cette respectable gouvernante ? Deux ou trois vieux domestiques fidèles ? À moins que vous ne songiez à la jeune Angela ? Non, monsieur Poirot, il n'y a *aucune autre* possibilité. Personne d'autre que sa femme n'aurait pu tuer Amyas Crale. Seulement, il l'y a poussée. En ce sens, c'était quand même une sorte de suicide.

— À savoir qu'il s'est tué, sinon de sa propre main, du moins par sa conduite, c'est bien ce que vous voulez dire ?

— Oui. C'est peut-être un peu fantaisiste, comme théorie. Mais… bon… si on envisage la relation de cause à effet…

— Avez-vous jamais songé, monsieur Blake, qu'on découvre presque toujours les raisons d'un meurtre en étudiant la personnalité de la victime ?

— Non, pas vraiment. Mais je vous suis tout à fait.

— On ne peut commencer à voir clair dans un crime tant qu'on ne sait pas exactement quelle sorte de personne était la victime. C'est ce que je cherche à faire, et ce à quoi vous et votre frère Philip m'avez aidé : à recomposer le personnage d'Amyas Crale.

Le sens général de cette remarque échappa à Meredith Blake. Son attention s'était arrêtée sur un mot.

— Philip ? demanda-t-il vivement.

— Oui.

— Vous lui avez parlé à lui aussi ?

— Bien entendu.

— Vous auriez dû venir me voir d'abord, jeta sèchement Meredith Blake.

Amusé, Poirot fit un geste d'apaisement :

— Par ordre de primogéniture, oui. Je sais que vous êtes l'aîné. Mais comprenez que, votre frère habitant Londres, il était plus facile pour moi de lui rendre visite en premier.

Meredith Blake gardait son air renfrogné.

— Vous auriez quand même dû venir me voir d'abord, répéta-t-il en se tripotant la lèvre, mal à l'aise.

Cette fois, Poirot ne répondit pas. Il attendit.

— Philip est de parti pris, lâcha Meredith au bout de quelques instants.

— Ah ?

— Il n'a *que* des partis pris, et il a toujours été comme ça.

Il lança un bref regard inquiet en direction de Poirot.

— Il aura essayé de vous monter la tête contre Caroline.

— Quelle importance, après tout ce temps ?

Meredith poussa un soupir.

— C'est vrai. J'oubliais que l'eau avait coulé sous les ponts. C'est du passé, maintenant. On ne peut plus faire de mal à Caroline. Mais quand même, je ne voudrais pas que vous ayez une fausse impression.

— Or, vous pensez que votre frère aurait pu me donner une fausse impression ?

— Pour être franc, oui. Il y a toujours eu – comment dire ? – des conflits entre Caroline et lui.

— Pourquoi ?

La question sembla irriter Blake.

— Pourquoi ? Est-ce que je sais, moi ? C'est comme ça. Philip n'arrêtait pas de la critiquer. À mon avis, il n'a jamais digéré qu'elle épouse Amyas. Il a aussitôt cessé de les voir pendant plus d'un an. Amyas était pourtant son meilleur ami ou presque. J'imagine que c'est ça, la raison. À ses yeux, aucune femme n'était assez bien pour Amyas. Et il pensait sans doute que l'influence de Caroline risquait de gâcher leur amitié.

— Et ç'a été le cas ?

— Bien sûr que non. Amyas a toujours gardé la même affection pour Philip. Jusqu'à la fin. Il n'arrêtait pas de le traiter d'usurier et de marchand du temple, et de le taquiner sur sa brioche naissante. Philip ne relevait pas. Il se contentait de sourire et de dire qu'Amyas ne devrait pas se plaindre d'avoir au moins un ami respectable.

— Comment votre frère a-t-il réagi face à l'affaire Elsa Greer ?

— Vous savez que j'aurais du mal à vous répondre ? Son attitude était ambiguë. D'un côté, il ne supportait pas de voir Amyas faire l'idiot avec cette fille : il lui a dit plus d'une fois que ça ne pouvait pas marcher et qu'il finirait par s'en mordre les doigts. De l'autre, j'ai l'impression – oui, l'impression très nette – qu'il n'était pas mécontent de voir Caroline se faire plaquer.

Poirot leva les sourcils.

— Pas mécontent de…

— Ne vous méprenez pas. Tout ce que je prétends, c'est que ce sentiment l'habitait. Pourtant, je ne suis même pas sûr qu'il en ait été lui-même conscient. Philip et moi n'avons pas grand-chose en commun, mais il y a toujours entre nous le lien du sang. Un frère sait souvent ce que l'autre pense.

— Et après le drame ?

Meredith secoua la tête, l'air attristé.

— Pauvre Phil, dit-il. Il était complètement retourné, anéanti. Il avait toujours été en adoration devant Amyas, voyez-vous. Une forme d'idolâtrie. Amyas Crale et moi avions le même âge. Philip était de deux ans plus jeune et il regardait Amyas comme un grand frère. Oui, ça a vraiment été un grand choc pour lui. Et il en a voulu à mort à Caroline.

— Ce qui tendrait à prouver que lui, au moins, n'avait aucun doute sur sa culpabilité ?

— Aucun d'entre nous n'a jamais eu le moindre doute…

Il y eut un silence. Puis Blake reprit, avec l'irritation plaintive d'un homme faible :

— Tout était fini… oublié… Et voilà que vous venez remuer des ombres…

— Pas moi. Caroline Crale.

Meredith le regarda, ahuri :

— Caroline ? Que voulez-vous dire ?

— Caroline Crale la jeune, précisa Poirot en l'observant.

Le visage de Meredith parut se détendre.

— Ah oui, l'enfant. La petite Carla. Je… L'espace d'un instant, je n'ai pas saisi.

— Vous pensiez que je parlais de la *vraie* Caroline Crale, de sa mère ? Que c'était elle qui… comment dire ? S'agitait dans sa tombe ?

Meredith Blake frissonna.

— Taisez-vous, je vous en conjure.

— Savez-vous qu'elle a écrit à sa fille – ce sont les derniers mots qu'elle ait jamais écrits – qu'elle était innocente ?

Meredith le dévisagea.

— Caroline a écrit *ça* ? articula-t-il, incrédule.

— Oui.

Poirot demeura un moment silencieux, puis reprit :

— Cela vous surprend ?

— Il y a de quoi. Si vous l'aviez entendue, au procès, pauvre créature aux abois, sans défense. Qui n'essayait même pas de se battre.

— Par défaitisme ?

— Non, elle n'était pas comme ça. C'était plutôt de savoir qu'elle avait tué l'homme qu'elle aimait. C'est ce que je croyais, du moins.

— Vous n'en êtes plus aussi sûr maintenant ?

— Écrire une chose pareille, de façon aussi solennelle, au moment de mourir…

— Un mensonge pieux, peut-être, suggéra Poirot.

— Un mensonge pieux, répéta Meredith sur un ton peu convaincu. Non… ça ne lui ressemble pas…

Poirot hocha lentement la tête. C'est ce que Carla Lemarchant lui avait dit. Carla, qui ne pouvait s'appuyer que sur ses souvenirs et sa conviction d'enfant. Alors que Meredith Blake avait bien connu Caroline. Pour la première fois, Poirot obtenait confirmation que les certitudes de Carla n'étaient pas vaines.

Meredith Blake leva les yeux sur lui.

— Mais si – *si* – Caroline était innocente, alors toute cette histoire devient complètement folle ! Parce que je ne vois… pas d'autre solution…

Il s'adressa brusquement à Poirot :

— Et vous ? Quel est votre avis ?

Il y eut un silence.

— Pour l'instant, répondit enfin le détective, je n'en ai pas. Je me borne à recueillir les impressions des gens sur Caroline Crale, sur Amyas Crale, sur les autres témoins du drame. Sur ce qui s'est passé au juste pendant ces deux jours. C'est *ça* dont j'ai besoin. De reprendre méticuleusement les faits un par un. Là, votre frère veut bien m'aider : il va m'envoyer un compte rendu des événements tels qu'il se les rappelle.

— N'en attendez pas trop, fit aussitôt Meredith. Philip est un homme très occupé. Une fois qu'elles sont passées, les choses lui sortent de la tête. Il risque de se rappeler tout de travers.

— Il y aura des lacunes, bien sûr. Je m'y attends.

— Si vous voulez, proposa-t-il brusquement en rougissant un peu, je… je pourrais faire la même chose. Ça permettrait une sorte de contrôle, non ?

— Voilà qui me serait très utile, s'enthousiasma Poirot. Excellente idée !

— Alors, d'accord. Je dois avoir de vieux agendas quelque part. Mais je vous préviens, dit-il avec un rire maladroit, je n'ai rien d'un écrivain. Même mon orthographe laisse à désirer. Vous… vous ne m'en voudrez pas ?

— Ce n'est pas un exercice de style que je demande. Rien qu'un simple exposé de tout ce que vous pourrez vous rappeler. Ce que les gens ont dit, comment ils l'ont dit… le détail de ce qui s'est passé. Même ce qui ne vous paraît pas avoir de rapport, tout me sera utile pour recréer l'atmosphère, en quelque sorte.

— Oui, je comprends. Ça ne doit pas être facile de vous représenter des gens et des lieux que vous n'avez jamais vus.

Poirot acquiesça.

— Il y a une autre chose que je voulais vous demander. Alderbury est bien le domaine adjacent à celui-ci, n'est-ce pas ? Me serait-il possible d'y aller, afin de voir de mes propres yeux les lieux du drame ?

— Je peux vous y emmener tout de suite, proposa doucement Meredith. Mais bien sûr, ça a beaucoup changé.

— La maison n'a pas été reconstruite, au moins ?

— Dieu merci, non, on n'est pas allé jusque-là. Mais c'est une espèce d'hôtel, maintenant, ça a été racheté par je ne sais quelle société. Des hordes de jeunes y viennent, l'été. Bien sûr, toutes les pièces ont été subdivisées et cloisonnées en chambres minuscules, et les terrains ont été pas mal modifiés, eux aussi.

— Vos explications me permettront justement de tout reconstituer.

— Je ferai de mon mieux. Mais c'est dommage que vous ne l'ayez pas connu dans le temps : c'était une des plus belles propriétés que j'aie jamais vues.

Il précéda Poirot au-dehors et commença à descendre une pente gazonnée.

— Qui s'est occupé de la vente ?

— Les exécuteurs testamentaires, au nom de la petite Carla. Tout ce que Crale possédait lui est revenu. Comme il n'avait pas fait de testament, j'imagine que ses biens ont été divisés entre sa femme et sa fille. C'est ensuite également à cette dernière que Caroline a légué sa part.

— Sans rien laisser à sa demi-sœur ?

— Angela possédait pas mal d'argent qui lui venait de son père.

— Je vois, fit Poirot.

Il poussa soudain une exclamation :

— Hé mais… où donc m'emmenez-vous ? Nous arrivons sur le littoral !

— Ah, il faut que je vous explique la topographie de l'endroit. D'ailleurs vous verrez par vous-même dans une minute. Il y a une crique – la crique du Chameau, comme on l'appelle – qui s'enfonce à l'intérieur des terres. On dirait presque l'embouchure d'un cours d'eau, mais non, c'est seulement un petit bras de mer. Pour aller à Alderbury à pied sec, il faut faire tout le tour de la crique. Le plus court pour aller d'une maison à l'autre, c'est de traverser cette étroite langue de mer à la rame. Alderbury est juste de l'autre côté – d'ailleurs vous pouvez apercevoir la maison à travers les arbres.

Ils avaient débouché sur une petite plage. À l'autre extrémité, s'avançait un promontoire boisé tout en haut duquel on entrevoyait, parmi les frondaisons, une maison blanche.

Deux barques étaient à sec sur le rivage. Avec l'aide un peu empruntée de Poirot, Meredith Blake en tira une jusqu'à l'eau. Un instant plus tard, ils ramaient vers l'autre bord.

— C'est toujours par là que nous passions, avant, expliqua Meredith. À moins, bien sûr, qu'il n'y ait une tempête ou qu'il pleuve, auquel cas nous prenions la voiture. Mais ça fait près de cinq kilomètres, pour contourner.

Il aborda adroitement un petit débarcadère de pierre, sur la rive opposée – non sans jeter un regard dégoûté sur un ensemble de huttes en bois et de terrasses cimentées.

— Tout ça n'existait pas, dit-il. Il n'y avait qu'un hangar à bateaux – un vieux truc délabré – et rien d'autre. On suivait la côte jusqu'aux rochers, là-bas, pour aller se baigner.

Il aida son hôte à mettre pied à terre et, après avoir amarré la barque, le précéda sur un sentier escarpé.

— Je ne pense pas qu'on rencontrera âme qui vive, lança-t-il par-dessus son épaule. Il n'y a personne ici en avril, sauf pour Pâques. Sinon, ce n'est pas grave, je suis en bons termes avec mes voisins. Il fait un soleil superbe, aujourd'hui. On se croirait en été. Ce jour-là aussi, il faisait beau. On se serait cru en juillet plutôt qu'en septembre. Un soleil éclatant. Seul le vent était un peu frisquet.

Le sentier émergea du bois et longea un affleurement rocheux. Meredith en montra le sommet.

— Voilà ce qu'ils appelaient la Batterie. Nous sommes plus ou moins en dessous, maintenant. Nous la contournons.

Ils replongèrent dans la forêt, le sentier fit un nouveau coude et ils arrivèrent face à une porte enchâssée dans un haut mur. Le chemin continuait à monter en zigzaguant, mais Meredith ouvrit la porte. Les deux hommes entrèrent.

Après la pénombre du bois environnant, Poirot fut un instant aveuglé par la lumière. Le jardin de la Batterie était un plateau aménagé à flanc de colline, avec des remparts et un petit canon. Il donnait l'impression de surplomber la mer : il y avait des arbres au-dessus et derrière, mais devant, rien que l'azur éclatant des flots.

— Un bien bel endroit, commenta Meredith.

Il désigna d'un signe de tête méprisant une sorte de petit pavillon adossé contre le mur du fond.

— Ce truc n'existait pas, bien sûr. Il n'y avait qu'une vieille cabane délabrée où Amyas rangeait tout son fourbi de peintre, gardait quelques bouteilles de bière et quelques transats. Le sol n'était pas cimenté, à l'époque. Il y avait un banc et une table en fer laqué. C'était tout. Enfin, ça n'a pas encore trop changé.

Sa voix trahissait son émotion.

— C'est donc là que c'est arrivé ? demanda Poirot.

Meredith confirma.

— Le banc se trouvait là, contre la cabane. Amyas était affalé dessus. Il s'y allongeait, parfois, quand il peignait, restait étendu les yeux grands ouverts, puis se relevait tout d'un coup et se remettait frénétiquement à étaler ses couleurs sur la toile.

Il observa un moment de silence. Puis il dit :

— C'est pourquoi il semblait presque normal. Comme s'il s'était tout bêtement endormi. Seulement il avait les yeux ouverts et il était tout raide. Ce genre de poison vous paralyse, voyez-vous. On ne souffre pas… Je… ça m'a toujours consolé…

— Qui l'a découvert ? s'enquit Poirot, qui connaissait déjà la réponse.

— Elle. Caroline. Après le déjeuner. Elsa et moi avons été les derniers à le voir vivant, j'imagine. Le poison avait dû commencer à faire effet : il avait l'air bizarre. Mais je préfère ne pas en parler. Je vous expliquerai tout ça par écrit. Ce sera plus facile pour moi.

Il pivota brusquement et quitta la Batterie. Poirot le suivit sans mot dire.

Les deux hommes reprirent leur montée par le sentier qui serpentait entre les arbres. Un peu plus haut, ils parvinrent à un autre plateau, plus petit et ombragé, où se trouvaient un banc et une table.

— Ils n'ont pas fait tellement de transformations, remarqua Meredith. Mais le banc ne faisait pas faussement rustique comme celui-ci. C'était juste un machin en métal peint. Dur comme tout, mais la vue était splendide.

Poirot en convint. À travers le feuillage, le regard plongeait sur la Batterie et, au-delà, sur l'entrée de la crique.

— J'aimais m'asseoir ici une partie de la matinée, raconta Meredith. Les arbres n'étaient pas aussi grands, en ce temps-là. On voyait très bien les remparts de la Batterie. C'est là qu'Elsa posait. Assise sur un créneau, la tête tournée de côté.

Il eut un petit haussement d'épaules.

— Les arbres poussent plus vite qu'on ne croit. Ou bien c'est moi qui deviens vieux. Allez, montons à la maison.

Ils poursuivirent leur chemin. Le sentier les amena tout près de la bâtisse, une belle construction ancienne de la fin du XVIIIe. Elle avait été agrandie et, à côté, sur une pelouse bien verte, se dressaient une cinquantaine de mini-bungalows en bois.

— Les garçons dorment là, les filles dans la maison, expliqua Meredith. Je ne crois pas qu'il soit utile d'entrer, les pièces ont toutes été modifiées. Il y avait une petite serre attenante, là. Ces gens l'ont transformée en loggia. Que voulez-vous, il faut bien qu'ils profitent de leurs vacances. Les choses ne sont pas immuables. Dommage.

Il se détourna brusquement.

— Bon, nous redescendrons par un autre chemin. Je… celui-ci me rappelle trop de choses. Il y a des fantômes partout.

Ils regagnèrent l'embarcadère par un sentier plus long et plus tortueux. Sans mot dire. Poirot tenait à respecter le silence de son compagnon. Ce dernier ne reprit la parole que lorsqu'ils furent de retour à Handcross Manor.

— J'ai acheté le tableau, vous savez, dit-il brusquement, celui qu'Amyas était en train de peindre. Je ne pouvais pas supporter l'idée qu'il soit vendu à des individus grossiers qui ne seraient restés bouche bée devant que pour le battage fait autour de cette affaire. C'était une très belle œuvre. Sa plus belle, d'après lui, et je ne serais pas surpris que ce soit vrai. Le tableau était pratiquement achevé, il ne lui manquait plus qu'un ou deux jours de travail. Vous… vous voulez le voir ?

— Volontiers, s'empressa de répondre Poirot.

Blake le précéda dans le couloir, tira une clé de sa poche et déverrouilla une porte. Ils entrèrent dans une grande pièce poussiéreuse et qui sentait le renfermé. Les volets intérieurs étaient clos. Meredith les ouvrit et souleva, non sans difficulté, le panneau coulissant de la fenêtre à guillotine. Une bouffée d'air printanier, frais et odorant, entra dans la pièce.

— C'est mieux comme ça ! s'exclama-t-il.

Il resta à côté de la fenêtre et respira profondément. Poirot vint le rejoindre. Inutile de demander à quoi cette pièce avait servi jadis ; les étagères étaient vides mais gardaient des marques circulaires de bouteilles, de fioles et de flacons. Contre un des murs, quelques instruments de chimie étaient abandonnés près d'un vieil évier. Une épaisse couche de poussière recouvrait l'ensemble.

— C'est drôle, je m'en souviens comme si c'était hier, dit Meredith en regardant dehors. Je me tenais ici, je sentais l'odeur du jasmin, et je pérorais, je pérorais, pauvre fou que j'étais, sur mes précieuses potions et mes distillations !

L'esprit ailleurs, Poirot tendit la main par la fenêtre et saisit une ramille de jasmin dont il arracha les feuilles.

Meredith Blake traversa résolument la pièce. Un tableau était accroché au mur. D'un revers de la main, il chassa la poussière qui le recouvrait.

Poirot retint son souffle. Il avait vu, jusqu'alors, quatre tableaux d'Amyas Crale : deux à la Tate Gallery, un chez un marchand d'art de Londres, et le dernier, la nature morte aux roses. Mais là, il était devant celui que le peintre avait considéré comme son chef-d'œuvre, et il comprit tout de suite quel artiste exceptionnel cet homme avait été.

Au premier regard, avec sa texture satinée et ses contrastes violents, on aurait pu croire qu'il s'agissait d'une affiche. Une fille, une fille vêtue d'un chemisier jaune canari et d'un pantalon bleu marine, assise sur un mur gris dans l'éclatante lumière du soleil, avec, en arrière-plan, la mer d'un bleu agressif. Le sujet type pour une affiche.

Mais ce premier regard était trompeur : il y avait une subtile distorsion des formes, une brillance et une clarté extraordinaires dans la lumière. Quant à la fille…

Oui, elle était la vie. La vie dans toute sa splendeur – la jeunesse, et la vitalité radieuse à l'état brut. Le visage était vivant, les yeux étaient vivants.

Tant de vie ! Une jeunesse si ardente ! C'est donc cela qui avait frappé Amyas Crale en Elsa Greer, qui l'avait rendu aveugle, insensible à la douceur de sa femme. Elsa *était* la vie. Elsa était la jeunesse.

Une créature d'une beauté folle, mince, droite, pleine de morgue, la tête légèrement de côté, les yeux d'une triomphante insolence. Des yeux qui se posaient sur vous, qui vous détaillaient, qui étaient une invite…

Hercule Poirot écarta les mains, conquis.

— C'est magnifique… oui, magnifique…

— Elle était si jeune, dit Meredith Blake d'une voix entrecoupée.

« Qu'est-ce que la plupart des gens entendent par ces mots ? songea Poirot en hochant la tête. *Si jeune*. Ça veut dire quoi ? Innocent, attirant, sans défense ? Mais ça n'a rien à voir avec ça, la jeunesse ! La jeunesse est brutale, elle possède une force redoutable, elle est toute-puissante. Et elle est… oui, elle est cruelle ! Mais elle est aussi vulnérable. »

Il suivit son hôte jusqu'à la porte. Son intérêt était maintenant tout entier tourné vers Elsa Greer, qui serait sa prochaine visite. Comment les années auraient-elles changé cette jeune fille entière, fougueuse et conquérante ?

Sur le seuil, il se retourna vers le tableau.

Ces yeux. Qui le regardaient… qui le regardaient… Qui lui transmettaient un message…

Oui, mais si jamais il ne parvenait pas à déchiffrer ce message ? La femme de chair et de sang réussirait-elle à le lui faire comprendre ? Ou bien ces yeux ne disaient-ils pas quelque chose que la femme elle-même ignorait totalement ?

Tant d'arrogance, une telle certitude victorieuse !

Seulement, la Mort s'était interposée, avait arraché leur proie aux jeunes mains avides qui l'enserraient.

Et la flamme avait déserté ces yeux remplis d'un espoir passionné. Qu'étaient devenus les yeux d'Elsa Greer, à présent ?

Il quitta la pièce. Avec un dernier regard.

« Elle dévorait la vie à trop belles dents », songea-t-il.

Il en était un peu… oui, un peu effrayé.

8

TROISIÈME PETIT COCHON A MANGÉ TOUT LE PÂTÉ

Des jardinières de tulipes de Darwin ornaient les fenêtres de la maison de Brook Street. Dans le hall, un grand vase de lilas blancs envoyait ses effluves odoriférants jusqu'à la porte ouverte de l'entrée.

Un maître d'hôtel entre deux âges débarrassa Poirot de son chapeau et de sa canne et les tendit à un valet de pied qui les emporta.

— Si monsieur veut bien se donner la peine, déclara le maître d'hôtel avec déférence.

Poirot le suivit. Ils traversèrent le hall et descendirent trois marches. Après avoir ouvert une porte, le maître d'hôtel annonça son nom avec un accent français irréprochable.

La porte se referma derrière le détective. Un homme grand et mince se leva de son fauteuil près de la cheminée et vint à sa rencontre.

Lord Dittisham n'avait pas tout à fait quarante ans. Il était non seulement pair du royaume, mais aussi poète. Deux de ses « drames fantastiques en vers » avaient connu, à grands frais, les honneurs de la scène et remporté un succès d'estime. Le front proéminent, le menton volontaire, il avait des yeux et une bouche d'une beauté surprenante.

— Asseyez-vous, monsieur Poirot, dit-il.

Poirot s'exécuta et accepta une cigarette. Lord Dittisham referma la boîte, frotta une allumette et lui donna du feu, après quoi il s'assit à son tour et observa son visiteur d'un air pensif.

— C'est ma femme que vous désirez voir, je sais.

— Lady Dittisham a eu l'amabilité de m'accorder un rendez-vous.

— Exact.

Il y eut un silence.

— J'espère que vous n'y voyez pas d'inconvénient, lord Dittisham ? se risqua Poirot.

Le mince visage rêveur ébaucha un sourire fugace.

— De nos jours, on ne prend plus guère au sérieux les objections des maris, monsieur Poirot.

— Vous en avez donc ?

— Non, pas vraiment. Mais je redoute un peu, je dois l'admettre, l'effet que cela pourrait avoir sur ma femme. Je vais être très franc. Il y a bien des années, alors qu'elle n'était qu'une jeune fille, elle a vécu une épreuve terrible. Elle a maintenant, je l'espère en tout cas, surmonté le choc. Je pense même qu'elle l'a oublié. Alors votre venue soudaine, et les questions que vous ne manquerez pas de lui poser, risquent de réveiller ces vieux souvenirs.

— J'en serais navré, dit poliment Hercule Poirot.

— Et je ne sais pas vraiment quel effet cela pourra avoir sur elle.

— Je puis cependant vous assurer que je procéderai avec toute la retenue possible afin de ne pas bouleverser lady Dittisham. C'est sûrement une personne sensible et délicate.

De façon aussi soudaine qu'inattendue, son hôte éclata de rire :

— Elsa ? Elle a la force d'un cheval !

— Dans ce cas…

Poirot, déconcerté, observa un silence diplomatique.

— Ma femme est de taille à encaisser n'importe quel choc, reprit lord Dittisham. Savez-vous au moins pourquoi elle accepte de vous recevoir ?

— Par curiosité ? proposa calmement Poirot.

Une certaine considération apparut dans le regard de son interlocuteur.

— Ah, vous avez deviné ?

— Ça n'a rien d'extraordinaire. Un homme enverra paître un détective privé. Une femme acceptera *toujours* de le recevoir.

— Certaines femmes pourraient l'envoyer paître aussi.

— Une fois qu'elles l'auront vu. Pas avant.

— Possible, concéda lord Dittisham, qui resta un moment silencieux. Bon, qu'est-ce que c'est que cette histoire de livre ?

— On ressort bien les vieilles chansons, les vieux numéros de music-hall, les vieux costumes. Pourquoi pas les vieux meurtres ?

— Pouah !

— Si vous voulez ! Mais ce n'est pas avec des pouah que vous changerez la nature humaine. Le meurtre, c'est du drame, du spectaculaire. Or, la fascination pour le drame et le spectaculaire est très forte chez l'être humain.

— Je sais… je sais…, murmura lord Dittisham.

— Donc, voyez-vous, ce livre sera écrit. Mon rôle est de m'assurer qu'il n'y ait ni erreurs grossières ni déformation des faits connus.

— Les faits sont les mêmes pour tout le monde, il me semble.

— Sans doute, mais pas leur interprétation.

— Que voulez-vous dire au juste, monsieur Poirot ? demanda-t-il sèchement.

— Mon cher lord, il y a bien des façons de considérer, disons, un fait historique. Prenons un exemple : beaucoup de livres ont été écrits sur Marie Stuart. On la présente, selon les cas, comme une martyre, une catin sans foi ni loi, une sainte un peu naïve, une intrigante meurtrière, ou une victime du sort et des circonstances ! Faites vos jeux !

— Et dans cette affaire-ci ? Crale a été tué par sa femme, personne ne le conteste. Au procès, mon épouse a été très injustement – à mon avis – calomniée. Après quoi on a dû lui faire quitter le palais de justice par une porte dérobée. L'opinion publique lui était très hostile.

— Les Anglais sont un peuple doté d'un très grand sens moral, fit observer Poirot.

— Au diable leur morale, oui ! s'écria Dittisham.

Il regarda fixement Poirot.

— Et vous ?

— Moi ? C'est ma vie, qui est morale, pas seulement mes idées. Nuance.

— Je me suis parfois demandé quel genre de personne était vraiment cette Mme Crale. Cette histoire d'épouse bafouée... J'ai l'impression qu'il y avait quelque chose de pas clair derrière tout ça.

— Qu'en pense votre femme ? interrogea Poirot.

— Ma femme n'a jamais abordé le sujet avec moi.

Poirot le considéra avec plus d'intérêt encore.

— Ah, je vois...

— Vous voyez quoi ? coupa brusquement Dittisham.

— L'imagination créatrice du poète..., finit Poirot avec une petite inclinaison de la tête.

Lord Dittisham se leva et sonna.

— Ma femme vous attend, lâcha-t-il avec rudesse.

La porte s'ouvrit.

— Monsieur a sonné ?

— Conduisez M. Poirot chez lady Dittisham.

Ils montèrent deux étages. Des tapis moelleux dans lesquels les pieds s'enfonçaient. Des lumières tamisées.

Tout respirait l'argent. Plus que le goût. Si le cabinet où l'avait reçu lord Dittisham était d'une sombre austérité, là, dans la maison, c'était l'opulence. Le fin du fin. Pas forcément le plus tape-à-l'œil ou le plus extraordinaire, juste le genre « qui ne regarde pas à la dépense » allié à un manque d'imagination évident.

« … a mangé tout le pâté ? songea Poirot. Oh, oui ! Et quel pâté ! »

La pièce dans laquelle il pénétra n'était pas des plus vastes. Le grand salon se trouvait au premier. Là, il ne s'agissait que du boudoir de la maîtresse des lieux, laquelle se tenait debout à côté de la cheminée lorsque Poirot fut annoncé et introduit.

Il fut si surpris qu'une petite phrase jaillit dans son esprit et refusa de le quitter :

Elle est morte bien jeune…

Telle fut en effet sa première pensée lorsqu'il vit cette Elsa Dittisham qui avait été Elsa Greer.

Jamais il ne l'aurait reconnue à partir du tableau que Meredith Blake lui avait montré. C'était une représentation de la jeunesse, un hymne à la vie. Là, de jeunesse, point – y en avait-il d'ailleurs jamais eu ? Et pourtant, la beauté d'Elsa lui apparaissait plus frappante maintenant que dans la toile de Crale. Oui, elle était très belle, cette femme qui s'avançait vers lui. Et encore jeune. Quel âge pouvait-elle bien avoir ? Pas plus de trente-six ans, si elle avait eu vingt ans au moment du drame. Ses cheveux noirs étaient divinement arrangés autour d'un visage au contour parfait, aux traits presque classiques, rehaussés d'une subtile touche de maquillage.

Il éprouva une sensation étrange. Peut-être à cause du vieux M. Jonathan qui, parlant de Juliette… Il n'y avait rien de Juliette chez cette femme. À moins d'imaginer une Juliette survivante, une Juliette sans son Roméo… Or, n'était-ce pas l'essence même du personnage que de mourir jeune ?

Elsa Greer, elle, était restée en vie.

Elle l'accueillit d'une voix égale, un peu monocorde :

— Votre projet m'intéresse beaucoup, monsieur Poirot. Asseyez-vous et dites-moi ce que je peux faire pour vous.

« Ça ne l'intéresse pas pour deux sous, se dit Poirot. Rien ne l'intéresse. »

Ses grands yeux gris ressemblaient à deux étendues d'eau morte.

Fidèle à sa stratégie, Poirot força un peu sur la note de l'étranger.

— Je suis confus, madame, s'exclama-t-il. Vraiment confus.

— Mais non, pourquoi ?

— Parce que je mesure ce que cette… reconstitution d'un drame passé peut avoir de pénible pour vous !

Elle parut amusée. Un amusement qui n'avait rien de feint.

— C'est mon mari qui vous a mis cette idée dans la tête, n'est-ce pas ? Il a dû vous parler quand vous êtes arrivé. Que voulez-vous, il n'a jamais compris que je n'étais pas du tout la personne sensible et délicate qu'il imagine.

Elle poursuivit, toujours avec le même amusement dans la voix :

— Mon père était ouvrier et travaillait à l'usine. Il s'est élevé à la force du poignet, et il a fait fortune. Il faut avoir le cuir solide pour réussir comme ça. Je suis de la même veine.

Là, c'est vrai, songea Poirot. Il fallait avoir le cuir solide pour accepter un séjour chez Caroline Crale.

— Que puis-je pour vous, donc ?

— Vous êtes sûre, madame, que ce retour dans le passé ne sera pas trop pénible pour vous ?

Elle réfléchit un moment. Poirot eut soudain la conviction que lady Dittisham était franche de nature. Elle pourrait mentir par nécessité, jamais gratuitement.

— Pénible, non, répondit-elle enfin. J'en viens presque à le regretter.

— Pourquoi cela ?

— C'est tellement dommage, de ne jamais rien ressentir…, lança-t-elle avec impatience.

« Oui, Elsa Greer est bien morte… », se dit Poirot.

— Quoi qu'il en soit, ça me facilitera beaucoup la tâche, ajouta-t-il tout haut.

— Que désirez-vous savoir ? demanda-t-elle sur un ton enjoué.

— Avez-vous bonne mémoire, madame ?

— Raisonnablement bonne, je crois, oui.

— Encore une fois, ne craignez-vous pas que l'évocation détaillée de ces jours tragiques ne soit trop douloureuse ?

— Du tout. Les choses ne font mal qu'au moment où elles arrivent.

— C'est vrai pour certains, je sais, admit Poirot.

— Voilà ce qu'Edward – mon mari – n'arrive pas à se mettre dans la tête. Il est persuadé que le procès, et toute l'affaire, a été pour moi une terrible épreuve.

— Ce qui n'a pas été le cas ?

— Non, je me suis bien amusée, au contraire, expliqua-t-elle avec une nuance d'autosatisfaction dans la voix. Dieu sait pourtant que cette vieille brute de Depleach s'est acharnée contre moi ! C'est un avocat diabolique. Mais ça m'a fait plaisir de lui tenir tête. Et il ne m'a pas eue.

Elle regarda Poirot avec un sourire.

— Je ne chamboule pas trop vos illusions, j'espère ? Jeune fille de vingt ans, à l'époque, j'aurais peut-être dû me morfondre de honte ou de remords ? Eh bien non. Je me moquais complètement de ce qu'on disait de moi. Je ne voulais qu'une seule chose.

— Laquelle ?

— La faire pendre, bien sûr.

Poirot remarqua ses mains. De belles mains aux ongles longs et recourbés. Des mains de prédateur.

— Vous me trouvez vindicative ? Je le suis, quand on me fait du tort. Cette femme était, dans mon esprit, de la pire espèce. Elle savait qu'Amyas m'aimait, et elle l'a tué pour m'empêcher, *moi*, de l'avoir.

Elle jeta à Poirot un regard appuyé.

— Vous ne trouvez pas ça plutôt mesquin ?

— Vous ne comprenez ni n'admettez la jalousie ?

— Non, désolée. Quand on a perdu, on a perdu. Si vous n'arrivez pas à garder votre mari, au moins laissez-le partir de bonne grâce. C'est cette possessivité que je ne comprends pas.

— Vous l'auriez peut-être comprise plus tard, si vous l'aviez épousé.

— Je ne crois pas. Nous n'étions pas…

Elle lui adressa soudain un petit sourire. Un sourire qui lui fit froid dans le dos tant il le trouva dépourvu de sentiment.

— Que ceci soit bien clair, monsieur Poirot : n'allez pas imaginer qu'Amyas Crale a séduit une pauvre petite oie blanche. Pas du tout ! La responsable, c'est *moi* ! Je l'ai rencontré à une soirée, je suis tombée amoureuse de lui et j'ai décidé de tout faire pour l'avoir.

Elle était loin, Juliette – grotesquement parodiée :

Alors ma destinée à tes pieds je déposerai,

Et toi, mon seigneur, au bout du monde je te suivrai...

— Bien qu'il soit marié ?

— « Chasse interdite sous peine de poursuites », hein ? Ce n'est pas à coups de pancarte qu'on se protège du danger, vous savez. S'il n'était pas heureux avec sa femme et qu'il pouvait l'être avec moi, pourquoi pas ? On ne vit qu'une fois.

— Mais il paraît qu'il était heureux en ménage.

— Non, fit-elle en secouant la tête. Ils étaient comme chien et chat. Elle n'arrêtait pas de le houspiller. C'était une femme abominable !

Elle se leva et alluma une cigarette.

— Je suis sans doute un peu injuste envers elle, reprit Elsa Greer, mais je la trouvais vraiment odieuse.

Elle eut un sourire.

— Ç'a été une grande tragédie, articula Poirot.

— Une grande tragédie, oui, répéta-t-elle, tandis qu'un frémissement semblait enfin animer la langueur de son visage. Car elle m'a tuée moi aussi, vous comprenez ? Oui, elle m'a tuée. Depuis, il n'y a plus rien dans ma vie… Rien !

Elle baissa la voix, agita nerveusement les mains.

— Le vide ! Je suis comme un poisson empaillé dans sa vitrine !

— Amyas Crale comptait donc tant pour vous ?

Elle fit signe que oui. Par un petit hochement de tête timide, presque pitoyable.

— Je crois avoir toujours été femme d'un seul homme, avoua-t-elle d'un air sombre. Dans ces cas-là, il ne reste plus qu'à se plonger un poignard dans le cœur – comme Juliette. Seulement… seulement faire ça, c'est reconnaître que vous êtes battu, que la vie vous a démoli.

— Alors ?

— Alors tout devrait redevenir possible – tout devrait redevenir comme avant, une fois qu'on a repris le dessus. Et j'ai repris le dessus. J'avais tourné la page, je pensais pouvoir passer au chapitre suivant.

Passer au chapitre suivant. Poirot la voyait fort bien se démener de toutes ses forces pour parvenir à ses fins. Il la voyait, belle, riche, séduisante, chercher de ses griffes avides de prédatrice à remplir une vie devenue vide. D'abord auprès de célébrités – son mariage avec un aviateur connu, puis avec un explorateur, ce géant d'Arnold Stevenson qui n'était pas sans rappeler, physiquement du moins, Amyas Crale. Et enfin, retour vers les arts : Dittisham !

— Je ne suis pas hypocrite ! s'écria Elsa. Il y a un proverbe espagnol qui m'a toujours plu : *Prends ce qui te plaît, paies-en le prix et Dieu sera content*. Eh bien c'est ce que j'ai fait. J'ai invariablement accaparé tout ce dont j'avais envie. Et j'ai toujours accepté d'en payer le prix.

— Ne comprenez-vous pas, intervint Poirot, qu'il est des choses qu'on ne peut acheter ?

Elle le regarda, surprise.

— Je ne parle pas seulement d'argent.

— Non, non, je sais bien ce que vous voulez dire, dit Poirot. Mais ce n'est pas pour autant que, dans la vie, tout est étiqueté comme au marché. Certaines choses ne sont *pas à vendre*.

— Quelle blague !

Poirot ébaucha un sourire. Il percevait dans la voix de cette femme l'arrogance du parvenu.

Il éprouva soudain un sentiment de pitié. Il observa ce visage sans âge, sans âme, ces yeux las, et se rappela la fille peinte par Crale…

— Parlez-moi donc de ce livre, lança lady Dittisham. Quel est le but ? Qui en a eu l'idée ?

— Quel autre but pourrait-il y avoir, madame, que de servir les scandales d'hier à la sauce d'aujourd'hui ?

— Mais *vous*, vous n'êtes pas écrivain ?

— Non, je suis expert en affaires criminelles.

— Vous voulez dire qu'on vous consulte pour écrire des histoires de crimes ?

— Pas toujours. Dans le cas présent, je suis mandaté.

— Par qui ?

— J'ai été chargé de – comment dire ? – superviser cette publication. Et ce, par l'une des parties concernées.

— Laquelle ?

— Mlle Carla Lemarchant.

— Qui est-ce ?

— La fille d'Amyas et Caroline Crale.

Elsa resta un moment abasourdie.

— Mais oui, dit-elle enfin, c'est vrai qu'il y avait une enfant. Je me rappelle. Elle doit être grande, maintenant ?

— Oui, elle a vingt et un ans.

— Comment est-elle ?

— Grande, brune et jolie, je trouve. Elle a du courage et du caractère.

— J'aimerais bien la voir, médita Elsa.

— Elle ne partage peut-être pas ce désir.

Elsa parut étonnée.

— Pourquoi ? Enfin oui, évidemment. Mais c'est idiot, elle ne peut pas se souvenir, voyons ! Elle avait tout au plus six ans, à l'époque.

— Elle sait que sa mère a été accusée du meurtre de son père.

— Et elle croit que c'est de ma faute ?

— C'est une opinion comme une autre.

Mlle Greer haussa les épaules.

— Ça ne tient pas debout ! Si Caroline s'était conduite comme un être humain normal et raisonnable…

— Vous ne vous sentez donc aucune responsabilité ?

— Moi ? Quelle responsabilité ? Je n'ai rien à me reprocher. J'aimais Amyas. Je l'aurais rendu heureux.

Elle regarda Poirot dans les yeux. Il vit son visage se métamorphoser soudain : comme par enchantement il avait devant lui la fille du tableau.

— Si je pouvais vous faire comprendre, vous faire partager ma vision des choses. Si vous saviez…

— Mais c'est justement ça, que je cherche. M. Philip Blake, par exemple, qui était sur place au moment des faits, va me faire un compte rendu exact et détaillé de tout ce qui s'est passé. M. Meredith Blake également. Alors si vous…

Elsa Dittisham inspira profondément.

— Ah, ces deux-là ! jeta-t-elle avec mépris. Philip a toujours été un imbécile. Meredith tournait autour de Caroline mais il était plutôt gentil. Ce n'est pas d'*eux* que vous tirerez quoi que ce soit d'intéressant.

Il l'observait. Il vit une lueur apparaître dans ses yeux, une femme vivante prendre forme dans l'enveloppe morte de l'autre.

— Vous la voulez, la *vérité* ? lâcha-t-elle vivement, presque avec violence. Pas pour la publier, juste pour vous…

— Je ne publierai rien sans votre consentement.

— Eh bien, je vais vous l'écrire…

Elle resta un moment silencieuse, à réfléchir. Il vit la dureté de ses traits s'altérer, la joue prendre un contour plus jeune, la vie revenir en elle maintenant que son passé la réclamait.

— Revenir en arrière… Tout mettre par écrit… Pour vous montrer comment elle était…

Ses yeux lançaient des éclairs. Sa poitrine se soulevait de passion.

— Elle l'a tué. Elle a tué Amyas. Amyas qui ne demandait qu'à vivre, qui aimait la vie. La haine ne devrait pas être plus forte que l'amour, mais la sienne l'était. Alors moi aussi, je la hais… je la hais… je la hais…

Elle s'approcha de Poirot, lui agrippa la manche.

— Il faut que vous compreniez ce qu'Amyas et moi ressentions l'un pour l'autre. Il le faut. Je… je vais vous montrer quelque chose.

Elle se précipita de l'autre côté de la pièce, déverrouilla un petit secrétaire et ouvrit un tiroir dissimulé au fond d'un casier.

Elle revint avec une lettre à la main. Le papier était froissé, l'encre passée. Elle la lui tendit d'un geste catégorique, presque brutal, comme la fillette qui un jour, souvenir poignant, avait tendu à Poirot un de ses trésors soigneusement gardé, un coquillage ramassé sur la plage. De la même manière, l'enfant s'était ensuite reculée pour mieux observer, fière et inquiète à la fois, la façon dont il accueillait cette offrande.

Il déplia les feuilles jaunies.

Elsa, mon doux, mon merveilleux amour ! Tu es ce que j'ai vu de plus beau sur terre. Et pourtant j'ai peur… Je suis trop vieux, je suis un vieux démon au caractère épouvantable, sans stabilité aucune. Ne te fie pas à moi, ne crois pas en moi. En dehors de mon art, je ne vaux rien, car c'est à lui que je consacre le meilleur de moi-même. Te voilà prévenue, tu ne pourras pas dire le contraire.

Et pourtant, ma toute belle, tu seras mienne. Je me damnerais pour toi, tu le sais. Je te peindrai, ton portrait stupéfiera ce monde imbécile. Je suis fou de toi… Je ne dors plus… je ne mange plus. Elsa… Elsa… Elsa… Je suis à toi pour toujours… à toi jusqu'à la mort. Amyas.

Seize ans. L'encre avait pâli, le papier jauni. Mais ces mots vivaient toujours, vibraient toujours…

Il leva les yeux sur la femme pour laquelle ils avaient été écrits.

Ce n'était plus une femme qu'il avait devant lui.

Juste une gamine amoureuse.

Il repensa à Juliette.

9

QUATRIÈME PETIT COCHON N'A RIEN EU POUR LUI

— Puis-je vous demander pourquoi, monsieur Poirot ?

Ce dernier prit le temps de la réflexion avant de répondre. Il sentait braqués sur lui les yeux gris et malins de ce petit visage tout flétri.

Il était monté au dernier étage de Gillespie Building, immeuble de petits appartements sociaux, et avait frappé à la porte du numéro 584.

Là, dans un cube minuscule qui lui servait à la fois de chambre, de salon, de salle à manger et, par un habile positionnement du réchaud à gaz, de cuisine – tandis qu'une sorte de cagibi attenant contenait une baignoire sabot et les sanitaires – vivotait Mlle Cecilia Williams.

Aussi réduit fût-il, elle avait réussi à marquer ce décor du sceau de sa personnalité.

Les murs étaient badigeonnés d'un gris pâle ascétique, elle y avait accroché plusieurs reproductions : la rencontre de Dante et Béatrice sur un pont, puis ce tableau un jour décrit par un enfant comme représentant « une petite aveugle assise sur une orange » et intitulé Dieu sait pourquoi *Espoir*. Il y avait également deux aquarelles de Venise et un *Printemps* de Botticelli à la sépia. Sur le dessus d'une commode basse, trônait toute une série de photographies fanées dont la plupart devaient, vu le style des coiffures, remonter à une vingtaine – sinon à une trentaine – d'années.

Le carré de tapis était usé jusqu'à la corde, les meubles fatigués et de médiocre qualité. Hercule Poirot comprit tout de suite que Mlle Williams vivait très chichement. Pas de pâté, ici : c'était le petit cochon qui n'avait rien eu pour lui.

Claire, incisive et insistante, la voix de Mlle Williams répéta sa question :

— Vous voulez mes souvenirs sur l'affaire Crale ? Puis-je vous demander pourquoi ?

Certains amis et collaborateurs de Poirot, à des moments où il les exaspérait plus encore qu'à l'accoutumée, affirmaient volontiers que lorsqu'il s'agissait pour lui de parvenir à ses fins, il préférait l'affabulation à la simple relation des faits et qu'il n'hésitait pas alors à inventer les histoires les plus abracadabrantes plutôt que de s'en remettre à la seule vérité.

Cette fois pourtant, sa décision fut vite prise. Bien que n'étant pas issu de cette classe sociale où les enfants, en Belgique ou en France, ont eu une gouvernante anglaise, sa réaction fut celle, simple et disciplinée, de tant de petits garçons à qui on avait demandé : « Vous êtes-vous brossé les dents ce matin, Harold – ou Richard, ou Anthony ? », qui avaient un instant envisagé de mentir et s'étaient vite ravisés pour avouer, l'air penaud : « Non, Mlle Williams. »

Car Mlle Williams possédait cette mystérieuse qualité qui devrait être l'apanage de tout bon éducateur : l'autorité ! Quand elle disait : « Allez vous laver les mains, Joan », ou bien : « Vous me lirez ce chapitre sur les poètes élisabéthains et tâcherez d'être capable de répondre à mes questions sur le sujet », elle était toujours obéie. Et ne pouvait concevoir de ne pas l'être.

Hercule Poirot n'avança donc pas l'explication spécieuse d'un livre à paraître sur les grands crimes du passé. Il lui raconta simplement les circonstances dans lesquelles Carla Lemarchant était venue le solliciter.

La vieille demoiselle, toute menue dans sa robe aussi soignée qu'élimée, l'écouta attentivement. Puis elle décréta :

— J'aimerais beaucoup avoir des nouvelles de cette enfant, savoir ce qu'elle est devenue.

— C'est une charmante jeune femme, jolie, pleine de courage et de personnalité.

— Bien, fit laconiquement Mlle Williams.

— Et puis elle a de la suite dans les idées, si je puis dire. Ce n'est pas le genre de personne facile à dissuader ou à qui on peut refuser quelque chose.

L'ancienne gouvernante hocha la tête d'un air pensif.

— A-t-elle un tempérament d'artiste ?

— Je ne crois pas.

— Dieu merci ! se félicita-t-elle sobrement.

Le ton de sa voix ne laissait planer aucun doute sur l'opinion qu'elle avait des artistes.

— D'après ce que vous me dites, elle tiendrait plus de sa mère que de son père, dit-elle.

— C'est très possible. Vous pourrez en juger quand vous l'aurez vue. Vous aimeriez la rencontrer ?

— J'en serais ravie. Il est toujours intéressant de voir comment un enfant dont vous vous êtes occupé a évolué.

— Elle devait être très jeune quand vous l'avez vue pour la dernière fois ?

— Elle avait cinq ans et demi. C'était une enfant adorable – un peu trop sage, peut-être. Un peu rêveuse. Elle aimait jouer toute seule sans jamais solliciter personne. Naturelle. Pas gâtée pour deux sous.

— Une chance qu'elle ait été si jeune, lança Poirot.

— Absolument. Quelques années de plus, et cette tragédie aurait pu avoir sur elle un effet désastreux.

— Je crois pourtant qu'elle a été marquée, dit Poirot. Même si elle était trop petite pour comprendre, même si on a fait en sorte qu'elle ne sache pas, il a dû régner autour d'elle une atmosphère de mystère et de faux-fuyants, suivie d'un brutal déracinement. Tout cela est mauvais pour un enfant.

— En l'occurrence, peut-être moins que vous ne pensez, fit remarquer Mlle Williams, songeuse.

— Avant de quitter le sujet de Carla Lemarchant – Carla Crale, si vous préférez –, j'aurais une question à vous poser. Vous me semblez mieux placée que quiconque pour y répondre.

— Oui ? demanda-t-elle prudemment.

— Il est une chose, expliqua Poirot, gestes des mains à l'appui pour bien préciser sa pensée, une impalpable sensation que je n'arrive pas à m'expliquer. À chaque fois que je fais allusion à elle, on dirait que cette petite ne représente rien pour les gens. Quand j'en parle, la réponse est toujours mêlée de surprise, comme si mon interlocuteur avait oublié jusqu'à son existence. Ce n'est tout de même pas normal, mademoiselle, ne trouvez-vous pas ? En de pareilles circonstances, c'est important, un enfant. Non parce que c'est un enfant, mais parce que tout gravite autour de lui. Sans juger les raisons qu'avait Amyas Crale de quitter ou de ne pas quitter sa femme, dans les cas de rupture d'un couple marié, l'enfant est en général un élément clé. Or là, elle semble avoir compté pour quantité négligeable. Ça me paraît vraiment étonnant.

— Vous avez mis le doigt sur un point essentiel, monsieur Poirot, répondit aussitôt Mlle Williams. Je vous donne tout à fait raison, et c'est en partie la cause de ma remarque de tout à l'heure : que l'envoi de Carla sous d'autres cieux pouvait, par certains côtés, lui avoir été bénéfique. En grandissant, voyez-vous, elle aurait pu souffrir d'un manque d'affection familiale.

Elle se pencha en avant et continua à parler lentement, en choisissant ses mots :

— Au cours de ma carrière, j'ai vu plusieurs types de problèmes dans les relations entre parents et enfants. Nombre de jeunes êtres – la plupart, en fait –

souffrent d'un excès d'attention de leurs parents. Ils sont beaucoup trop couvés, surveillés. Ils en éprouvent un malaise, cherchent à se libérer, à s'isoler, à échapper aux regards. Avec des enfants uniques, c'est encore pire, et les mères sont bien entendu les plus coupables. Le résultat est souvent désastreux sur le ménage. Le mari accepte mal d'être relégué au second plan, il cherche une consolation – ou plutôt une flatterie, une attention – ailleurs, et le divorce intervient tôt ou tard. Le mieux pour un enfant, j'en suis convaincue, est d'être ce que j'appellerais « sainement négligé » par ses deux parents. C'est ce qui se produit dans les familles nombreuses et quelque peu désargentées. Les enfants n'ont pas toujours quelqu'un sur le dos parce que la mère n'a pas le temps de s'occuper d'eux. Ils savent qu'elle les aime, mais ne sont pas étouffés par les manifestations excessives de cet amour.

» Seulement on rencontre parfois un autre cas de figure : celui où le mari et la femme se suffisent tellement l'un à l'autre, vivent tellement l'un pour l'autre, que l'enfant entre à peine dans leur réalité. Je pense qu'il finira fatalement par en souffrir, par se sentir frustré, abandonné. Il n'est là aucunement question de *négligence*, vous le comprenez. Mme Crale, par exemple, était ce qu'on appelle une excellente mère, toujours aux petits soins pour Carla, à se préoccuper de sa santé, à être disponible au bon moment pour jouer avec elle, toujours gentille et gaie. Pourtant, elle ne pensait qu'à son mari. Elle n'existait, si l'on peut dire, que par lui et pour lui.

Mlle Williams s'arrêta un instant, puis ajouta posément :

— Ce qui explique, je pense, l'acte qu'elle a commis plus tard.

— Vous voulez dire qu'ils étaient plus amants que mari et femme ?

Mlle Williams eut une moue désapprobatrice devant cette terminologie si française.

— On peut dire ça comme ça.

— Était-il aussi épris d'elle qu'elle de lui ?

— C'était un couple très uni. Mais lui, bien sûr, c'était un homme.

Mlle Williams parvint à charger ce dernier mot d'une signification toute victorienne.

— Les hommes !... lâcha-t-elle sans aller plus loin.

Comme un riche propriétaire terrien diraient « les bolcheviks », un communiste fervent « les capitalistes », une bonne maîtresse de maison « les cafards » – voilà comment Mlle Williams avait dit « les hommes ! ».

Toutes ses fibres de vieille fille et de gouvernante vibraient d'un féminisme virulent. À l'entendre, nul n'aurait douté que pour Mlle Williams, la gent masculine était l'Ennemi.

— Vous ne portez pas les hommes dans votre cœur, constata Poirot.

— En ce bas monde, les hommes se taillent la part du lion, répondit-elle sèchement. J'espère que ça changera un jour.

Poirot l'observa avec curiosité. Il la voyait très bien en suffragette, s'enchaînant à une grille, puis faisant la grève de la faim avec endurance et résolution. Passant du général au particulier, il demanda :

— Vous n'aimiez pas Amyas Crale ?

— Non, je ne l'aimais pas. Et je désapprouvais sa conduite. À la place de Mme Crale, je l'aurais quitté. Il y a des choses qu'une femme ne doit pas tolérer.

— Et Mme Crale les tolérait ?

— Oui.

— Vous pensez qu'elle avait tort ?

— Absolument. Une femme devrait avoir un certain respect pour elle-même et ne pas se soumettre à l'humiliation.

— Lui avez-vous jamais fait part de vos pensées ?

— Ah, non. Ce n'était pas mon rôle. J'avais été engagée pour éduquer Angela, pas pour donner à Mme Crale des avis qu'elle ne demandait pas. Ç'aurait été très impertinent.

— Vous aimiez Mme Crale ?

— Beaucoup, oui.

Sa voix s'adoucit, se chargea de chaleur et d'émotion.

— Et j'avais beaucoup de peine pour elle, ajouta-t-elle.

— Et votre élève, Angela Warren ?

— Une des plus intéressantes que j'aie jamais eues. Extrêmement intelligente. Indisciplinée, impulsive, bien souvent très difficile à tenir, mais une personnalité très attachante.

Elle s'interrompit un instant et reprit :

— J'ai toujours pensé qu'elle pourrait faire quelque chose de bien. Je ne me suis pas trompée ! Vous avez lu son livre sur le Sahara ? Et puis tous ces tombeaux qu'elle a découverts à Fayoum ! Oui, je suis fière d'Angela. Je ne suis pas restée très longtemps à Alderbury – deux ans et demi –, mais je suis ravie d'avoir contribué à lui éveiller l'esprit et encouragé son goût pour l'archéologie.

— Je crois savoir qu'il avait été décidé de l'envoyer poursuivre son éducation en pension, dit doucement Poirot. Vous avez dû en être ulcérée.

— Pas du tout, monsieur Poirot. J'étais entièrement d'accord. Que je vous explique. J'aimais beaucoup Angela, avec son bon cœur et sa spontanéité, vraiment beaucoup. Mais c'était aussi ce que j'appelle une jeune fille difficile. Mettons qu'elle était dans une période délicate. Il vient toujours un moment dans la vie d'une adolescente où elle se sent peu sûre d'elle-même, plus tout à fait enfant et pas encore femme. Un instant, Angela pouvait faire preuve de bon sens et de maturité – d'une grande maturité, même – puis, l'instant d'après, redevenir gamine, reprendre ses allures de garçon manqué, commettre les pires bêtises, se montrer impolie et coléreuse. Les filles ont vraiment des problèmes, à cet âge-là, vous savez. Elles sont extrêmement susceptibles, tout ce qu'on leur dit les vexe. Elles ne veulent plus être traitées comme des gamines, mais perdent leurs moyens si on les traite en adultes. Angela était dans ce cas. D'humeur très changeante, elle pouvait tout à coup prendre la mouche et piquer une colère, puis faire la tête pendant des jours, toute seule à ruminer dans son coin, et de nouveau entrer en plein délire, grimper aux arbres, courir partout avec les garçons jardiniers, refuser toute forme d'autorité.

Mlle Williams reprit son souffle.

— Quand une fille en arrive là, la pension peut être une bonne chose. Elle a besoin de la stimulation des autres, et la saine discipline d'une communauté peut l'aider à devenir un membre responsable de la société. Les conditions de vie d'Angela à la maison étaient loin d'être idéales pour son éducation. D'abord, Mme Crale la gâtait beaucoup trop. Angela n'avait qu'à lever le petit doigt pour que sa sœur accoure et lui donne raison. Résultat, elle prétendait passer avant tout le monde. C'est quand elle était dans cet état d'esprit qu'elle se heurtait à M. Crale. Lequel considérait que c'était à *lui* de passer d'abord et entendait bien qu'il en soit ainsi. Il aimait beaucoup Angela : ils s'entendaient bien, chahutaient ensemble, mais il y avait des moments où M. Crale soudain n'acceptait plus cet excès d'attention de sa femme pour sa sœur. Comme tous les hommes, lui aussi était un enfant gâté, tout le monde devait être en extase devant lui. D'où ses accrochages avec Angela. Très souvent, Mme Crale la soutenait, ce qui le rendait furieux. Si au contraire elle le soutenait *lui*, c'était au tour d'Angela d'être furieuse. C'est dans ces moments-là qu'elle redevenait puérile et lui jouait les pires tours. Il avait l'habitude d'avaler d'un trait ses boissons : un jour, elle versa le contenu de la salière dans son verre. Ce qui eut un effet émétique et le rendit fou de rage. Mais la goutte d'eau qui fit déborder le vase fut quand elle glissa des limaces dans son lit. Il avait horreur des limaces. Là, il se mit vraiment en colère et décida de l'envoyer en pension. Il ne pouvait plus supporter pareilles gamineries. Angela fut catastrophée. Bien qu'elle eût elle-même manifesté, en une ou deux occasions, le désir d'aller au collège, elle en fit une affaire d'État. Mme Crale ne voulait pas non plus qu'elle parte mais finit par se laisser convaincre, en grande partie, je crois, après avoir écouté mon avis sur le sujet. Je lui avais montré que ce serait pour le plus grand bien d'Angela, qu'elle en tirerait des bénéfices énormes. Il fut donc décidé qu'elle irait à Helston – une excellente école de la côte sud – à la rentrée d'automne. Mais Mme Crale en fut perturbée pendant toutes les vacances, et Angela en voulait très fort à M. Crale à chaque fois qu'elle y songeait. Ce n'était bien sûr pas très grave, monsieur Poirot, mais cela créa, cet été-là, une sorte de tension latente sur laquelle vint se greffer… tout le reste.

— Vous voulez dire… Elsa Greer ?

— Exactement, dit sèchement Mlle Williams, qui pinça les lèvres après ce mot.

— Que pensiez-vous de cette demoiselle ?

— Je n'avais aucune opinion sur elle. Sinon que c'était une jeune personne sans scrupules.

— Elle était très jeune.

— Suffisamment âgée pour savoir ce qu'elle faisait. Je ne lui vois aucune excuse. Aucune.

— Elle était tombée amoureuse de lui, je suppose, et…

Mlle Williams l'interrompit avec un ricanement de mépris :

— La belle affaire ! J'estime, monsieur Poirot, que nous devons savoir garder nos sentiments, quels qu'ils soient, dans les limites de la décence. Et garder le contrôle de nos actes. Cette fille n'avait aucun sens moral. Peu lui importait que M. Crale soit marié. Loin d'éprouver la moindre honte, elle était froidement déterminée. Peut-être avait-elle reçu une mauvaise éducation, c'est la seule excuse que je puisse lui trouver.

— La mort de M. Crale a dû être un choc terrible pour elle ?

— Oh, bien sûr. D'autant que c'était bien sa faute. Je n'irai pas jusqu'à justifier le meurtre, monsieur Poirot, mais tout de même, si une femme a jamais été poussée à bout, c'est bien Caroline Crale. Je vous avoue franchement qu'il y avait des moments où je leur aurais volontiers tordu le cou à tous les deux. S'exhiber avec cette fille sous le nez de sa femme, lui imposer son insolence – parce qu'elle était insolente, je vous assure ! Non, vraiment, Amyas Crale n'a pas volé ce qui lui est arrivé. Un homme ne peut pas impunément traiter une femme de cette manière. Sa mort aura été un juste châtiment.

— Vous n'y allez pas de main morte..., commenta Poirot.

La vieille demoiselle toute menue leva sur lui un indomptable regard gris.

— Je ne plaisante *jamais* avec les liens du mariage. Un pays où on ne les respecte pas est un pays qui dégénère. Mme Crale était une épouse dévouée et fidèle. Son mari l'a délibérément outragée en introduisant sa maîtresse dans le domicile conjugal. Alors je répète qu'il n'a eu que ce qu'il méritait. Il l'a poussée au-delà du supportable, et ce n'est pas moi qui la blâmerais de ce qu'elle a fait.

— Il s'est très mal comporté, je le reconnais, dit lentement Poirot. Mais c'était un grand artiste, souvenez-vous, et...

Mlle Williams faillit s'étrangler de mépris.

— Oh, je sais. C'est la bonne excuse, de nos jours. Être artiste ! Ça autorise tous les débordements, se soûler, se bagarrer, tromper sa femme. Et puis franchement, M. Crale, vous appelez ça un peintre ? Ses toiles resteront peut-être à la mode quelques années, mais ça ne durera pas. Il ne savait même pas dessiner ! Des perspectives horribles, des anatomies déformées. Je sais de quoi je parle, monsieur Poirot : je suis allée à Florence étudier la peinture, quand j'étais jeune. Tous ceux qui connaissent et apprécient les grands maîtres trouveront ses croûtes complètement grotesques. Ce ne sont que des pâtés de couleur jetés en désordre sur la toile, sans construction ni dessin. Non, fit-elle en secouant la tête, les tableaux de M. Crale, très peu pour moi.

— Il y en a pourtant deux à la Tate Gallery, rappela le détective.

— Et alors ? répondit Mlle Williams en faisant la moue. Il paraît qu'il y a aussi une statue d'Epstein !

Poirot sentit que, pour Mlle Williams, le chapitre était clos. Il abandonna donc le sujet artistique.

— Vous étiez avec Mme Crale quand elle a découvert le corps ?

— Oui. Elle et moi sommes descendues ensemble de la maison après le déjeuner. Angela avait oublié son pull à la plage, ou dans le bateau. Elle était toujours très négligente avec ses affaires. J'ai quitté Mme Crale à la porte du jardin de la Batterie, mais elle m'a rappelée presque aussitôt. M. Crale était mort depuis plus d'une heure, à mon avis. Il était écroulé sur le banc, à côté de son chevalet.

— Cette découverte l'a-t-elle vraiment bouleversée ?

— Comment cela, monsieur Poirot ?

— Je voudrais connaître l'impression qu'elle vous a donnée sur le moment.

— Ah, je vois. Oui, elle m'a semblé complètement hébétée. Elle m'a envoyée téléphoner au médecin. Nous n'avions pas la certitude absolue que M. Crale était mort, ce pouvait n'être qu'une crise de catalepsie.

— A-t-elle évoqué cette possibilité ?

— Je ne m'en souviens pas.

— Vous êtes donc montée téléphoner ?

Le ton de Mlle Williams se fit soudain plus brusque.

— J'étais à mi-chemin quand j'ai rencontré M. Meredith Blake. Je lui ai confié ma mission afin de pouvoir retourner auprès de Mme Crale. Je craignais qu'elle ne se trouve mal, voyez-vous, et les hommes ne sont bons à rien dans ces cas-là.

— Et elle s'est trouvée mal ?

— Mme Crale se dominait de façon remarquable, répondit Mlle Williams d'un ton sec. Pas comme Mlle Greer, qui nous a fait une scène d'hystérie des plus pénibles.

— Quel genre de scène ?

— Elle s'en est prise à Mme Crale.

— Elle avait donc deviné que Mme Crale était responsable de la mort de son mari ?

Mlle Williams réfléchit quelques instants.

— Non, elle ne pouvait pas. Ce, euh… terrible soupçon ne pesait pas encore sur elle. Mlle Greer s'est juste mise à hurler : « C'est votre faute, Caroline. Vous l'avez tué. Tout ça, c'est à cause de vous. » Elle n'a pas dit : « Vous l'avez empoisonné », mais je crois qu'elle n'en pensait pas moins.

— Et Mme Crale ?

Mlle Williams s'agita nerveusement.

— Soyons sérieux, monsieur Poirot. Je ne peux pas vous dire ce que Mme Crale pensait ou ressentait vraiment à ce moment-là. Si c'était l'horreur de ce qu'elle avait fait, ou…

— Elle vous a donné cette impression ?

— N-non, non, je ne pourrais pas dire ça. Complètement assommée, plutôt – et aussi, je crois, effrayée. Elle avait peur, oui, j'en suis sûre. Mais ça, c'est normal.

Poirot hocha la tête d'un air insatisfait.

— Normal, oui, peut-être… Quelle thèse a-t-elle officiellement adoptée pour expliquer la mort de son mari ?

— Le suicide. Elle a dit et répété dès le début qu'il s'était donné la mort.

— Et vous ne l'avez jamais entendue avancer une autre hypothèse, même quand elle vous parlait en particulier ?

— Non. Elle… elle se donnait énormément de mal pour me convaincre qu'il s'agissait d'un suicide.

Mlle Williams semblait mal à l'aise.

— Et que répondiez-vous à cela ?

— Vraiment, monsieur Poirot, ce que je répondais, moi, a-t-il une importance ?

— Je pense, oui.

— Je ne vois pas pourquoi…

Mais comme si l'attente silencieuse du détective l'hypnotisait, elle se décida malgré elle.

— Il me semble que j'ai dit : « Certainement, Mme Crale. Ce doit être un suicide. »

— Et vous croyiez à vos propres paroles ?

Mlle Williams releva la tête.

— Non, pas du tout, répondit-elle d'une voix ferme. Mais comprenez que j'étais du côté de Mme Crale, si je puis dire. Totalement de son côté, pas de celui de la police.

— Vous auriez souhaité la voir acquittée ?

— Oui, répondit-elle sur un ton de défi.

— Alors vous comprenez les sentiments de sa fille ?

— Carla a toute ma sympathie.

— Verriez-vous une objection à me faire par écrit un compte rendu détaillé du drame ?

— Pour le lui donner à lire ?

— Oui.

— Aucune objection, articula-t-elle d'une voix réfléchie. Elle est vraiment décidée à aller jusqu'au bout ?

— Oui. J'estime pour ma part qu'il aurait été préférable qu'elle ne connaisse pas la vérité, mais…

Mlle Williams l'interrompit :

— Non. Il est toujours préférable de regarder les choses en face. Ce n'est pas en contournant les faits qu'on évite le malheur. Carla a subi le choc de la vérité. Maintenant, elle veut savoir exactement comment le drame s'est déroulé. De la part d'une jeune femme courageuse, je trouve que c'est la bonne attitude. Une fois qu'elle le saura, elle pourra effacer tout ça de sa mémoire et s'occuper de vivre sa vie.

— Vous avez peut-être raison, admit Poirot.

— Bien sûr, que j'ai raison.

— Le problème, voyez-vous, c'est que ça ne lui suffit pas. Elle ne veut pas seulement savoir, elle veut… prouver que sa mère est innocente.

— Pauvre petite.

— C'est ce que ça vous inspire ?

— Je comprends maintenant pourquoi vous pensiez préférable qu'elle n'ait jamais rien su, lança-t-elle. Pourtant, c'est quand même mieux ainsi. Il est normal qu'elle cherche à prouver l'innocence de sa mère, mais aussi dure que soit la réalité des faits, je pense, d'après ce que vous m'en dites, que Carla est suffisamment forte pour encaisser la vérité sans broncher.

— Parce que vous êtes sûre que c'est la vérité ?

— Je ne vous suis pas.

— Vous ne voyez aucune possibilité de croire à l'innocence de Mme Crale ?

— Je ne crois pas qu'une telle hypothèse ait jamais été sérieusement envisagée.

— Et pourtant, elle s'accrochait à la thèse du suicide.

— Il fallait bien qu'elle trouve quelque chose, pauvre femme, grinça Mlle Williams.

— Saviez-vous que, juste avant sa mort, elle a laissé une lettre à sa fille, dans laquelle elle jurait solennellement qu'elle n'était pas coupable ?

Mlle Williams parut ébahie.

— C'est très mal de sa part, répondit-elle sur un ton sévère.

— Vous pensez ?

— Tout à fait. Oh, bien sûr, vous donnez dans le sentimentalisme, comme la plupart des hommes, mais…

— Je ne donne *jamais* dans le sentimentalisme ! se récria Poirot, indigné.

— Il y a des sentiments mal placés, vous savez. Pourquoi écrire pareil mensonge dans un moment aussi critique ? Pour éviter de faire de la peine à sa fille ? Bien sûr, beaucoup de mères auraient cette réaction. Mais je ne l'aurais pas cru de Mme Crale. C'était une femme courageuse, une femme éprise de vérité. Je me serais plutôt attendue à ce qu'elle demande à sa fille de ne pas la juger.

— Vous ne voulez même pas envisager un instant la possibilité que ce qu'a écrit Caroline Crale ait pu être vrai ? demanda-t-il avec une pointe d'exaspération.

— Certainement pas !

— Et vous prétendez que vous l'aimiez ?

— Je l'aimais beaucoup, oui. J'avais la plus grande affection pour elle et je la plaignais de tout mon cœur.

— Mais alors, dans ce cas…

Mlle Williams le dévisagea d'un air étrange.

— Vous ne comprenez pas, monsieur Poirot. Je peux bien vous le dire, après tout, ça n'a plus d'importance maintenant… J'ai la *preuve* que Caroline Crale était coupable !

— *Quoi ?*

— J'en ai la preuve, oui. Ai-je eu raison ou tort de ne rien dire à l'époque, je n'en sais rien – mais j'ai gardé ça pour moi. Seulement vous devez me croire à présent, et une bonne fois pour toutes : je sais que Caroline Crale était coupable…

10

CINQUIÈME PETIT COCHON A PLEURÉ GROUI, GROUI, GROUI…

L'appartement d'Angela Warren donnait sur Regent's Park. En ce jour de printemps, une brise légère entrait par la fenêtre ouverte et, n'eût été le grondement sourd de la circulation qui montait de la rue, on aurait pu se croire en pleine campagne.

Poirot se détourna de la fenêtre lorsque la porte s'ouvrit et qu'Angela pénétra dans la pièce.

Ce n'était pas la première fois qu'il la voyait. Il s'était débrouillé pour assister à une conférence qu'elle avait donnée à la Société Royale de Géographie. Conférence un peu aride, peut-être, pour le commun des mortels, mais qu'il avait trouvée fascinante. Mlle Warren s'exprimait très bien. Son élocution était fluide, elle ne cherchait pas ses mots, ne se répétait pas. Sa voix bien timbrée n'était pas dénuée de charme. Elle ne faisait aucune concession à l'attrait romanesque ni à l'amour de l'aventure. L'aspect humain était quasiment absent de son exposé. Il s'agissait d'une remarquable énumération de faits concis, fort bien illustrés d'excellentes diapositives et agrémentés de commentaires pertinents. Un style dépouillé, précis, clair, lucide et hautement technique.

Un esprit méthodique qui ne pouvait que combler Hercule Poirot.

Maintenant qu'il la voyait de près, il se rendit compte qu'Angela Warren aurait pu être une très jolie femme. Ses traits, quoique sévères, étaient réguliers, ses sourcils noirs finement dessinés, ses yeux marron pétillants d'intelligence, sa peau fine et claire. Elle avait les épaules très carrées et la démarche un peu masculine.

Elle n'avait certes rien du petit cochon qui pleurait « groui, groui, groui ». Mais sa joue droite était traversée par la cicatrice qui la défigurait et lui fronçait la peau. Le coin de l'œil droit était tiré vers le bas – œil dont personne ne s'apercevait qu'il était mort. Hercule Poirot était presque sûr qu'elle vivait depuis si longtemps avec son handicap qu'elle n'y prêtait même plus attention. Il songea que des cinq personnes auxquelles son enquête l'avait amené à s'intéresser, celles qui semblaient disposer au départ des meilleurs atouts n'étaient pas celles qui avaient récolté le plus de bonheur ou de succès. Elsa, dont on aurait pu dire qu'elle avait tout pour elle – la jeunesse, la beauté, la richesse – en offrait l'exemple le plus flagrant. Elle était comme une fleur saisie par une gelée précoce au moment d'éclore : un bourgeon, mais sans vie. Cecilia Williams, par contre, n'avait en apparence rien dont elle pût se vanter. Et pourtant, aux yeux de Poirot, il n'émanait d'elle aucun sentiment de regret ou d'échec. Elle avait mené une vie captivante et s'intéressait toujours aux gens et aux choses. Elle possédait l'immense avantage mental et moral d'une éducation victorienne stricte qui nous fait tellement défaut aujourd'hui. Elle avait accompli sa tâche au sein du rang qu'il avait plu à Dieu de lui attribuer, et cette certitude la protégeait comme une armure impénétrable des assauts de l'envie, de l'insatisfaction et des regrets. Ses souvenirs, les menus plaisirs qu'elle pouvait s'offrir à force d'économies draconiennes, ainsi qu'une santé et une énergie suffisantes, entretenaient son goût pour l'existence.

Pour en revenir à Angela Warren, jeune femme défigurée confrontée à l'humiliation de son handicap, Poirot voyait en elle un être dont la lutte pour acquérir confiance et assurance avait trempé l'âme. L'écolière indisciplinée avait fait place à une femme solide, dotée d'une force de caractère considérable et d'une énergie débordante qui lui permettaient de réaliser les projets les plus ambitieux. Une femme, Poirot en était sûr, qui connaissait le bonheur et le succès. Qui mordait à pleines dents dans une vie riche et très agréable.

Elle n'était pas, soit dit en passant, du genre qui plaisait vraiment à Poirot. Bien qu'il admirât son esprit clair et tranchant, son côté femme de tête et un tantinet virago l'effarouchait. Ses goûts l'avaient toujours porté vers le clinquant, voire l'extravagant.

Avec Angela Warren, il était néanmoins facile d'en venir directement au but de sa visite. Sans subterfuge. Il lui fit tout simplement le récit de son entrevue avec Carla Lemarchant.

Le visage sévère d'Angela s'illumina instantanément.

— La petite Carla ? Elle est ici ? J'aimerais tant la voir !

— Vous n'êtes pas restée en contact avec elle ?

— Pas autant que j'aurais dû, loin de là. J'étais en pension quand elle est partie pour le Canada, et puis je me suis dit qu'elle ne tarderait pas à nous oublier. Un cadeau de Noël de temps en temps a été notre seul lien, ces dernières années. J'imaginais qu'elle était totalement plongée dans l'atmosphère nord-américaine, maintenant, et que son avenir se trouvait là-bas. Tant mieux, d'ailleurs, étant donné les circonstances.

— C'est ce qu'on pourrait certainement penser, reconnut Poirot. Un changement de nom. Un changement de cadre. Une nouvelle vie. Mais ça n'allait pas être aussi simple que ça.

Il l'informa des fiançailles de Carla, de la découverte qu'elle avait faite à l'âge de sa majorité, et des raisons de sa venue en Angleterre.

Angela Warren écouta attentivement, sa main soutenant sa joue marquée. Elle ne manifesta aucune émotion pendant le récit.

— Elle a bien raison, dit-elle simplement, quand Poirot eut terminé.

Ce dernier fut surpris. C'était la première fois qu'il entendait une réaction aussi positive.

— Vous l'approuvez donc, Mlle Warren ?

— Absolument. Et je lui souhaite de tout cœur de réussir. Si je peux faire quelque chose pour l'aider, je le ferai. Je m'en veux un peu, vous savez, de n'avoir moi-même rien tenté.

— Vous pensez donc qu'il existe une possibilité qu'elle ait raison ?

— Bien sûr, qu'elle a raison, déclara Angela, catégorique. Caroline n'est pas coupable. Je le sais depuis toujours.

— Vous me surprenez beaucoup, mademoiselle, répondit doucement Hercule Poirot. Toutes les autres personnes à qui j'ai parlé…

Elle l'interrompit net :

— Ne vous fiez pas à ça. Je sais que les apparences sont accablantes. Ma conviction personnelle est fondée sur une connaissance, la connaissance de ma sœur. Je sais tout simplement que Caro *n'aurait jamais pu* tuer quelqu'un.

— Peut-on exprimer de telles certitudes à propos d'un être humain quel qu'il soit ?

— Dans la plupart des cas, non. Je sais que la nature humaine est parfois déroutante. Mais concernant Caroline, il y a des raisons bien précises… des raisons que je peux apprécier mieux que quiconque.

Du doigt, elle effleura sa cicatrice.

— Vous voyez cela ? On vous a raconté l'histoire, je suppose ?

Poirot fit signe que oui.

— C'est Caroline qui me l'a fait. Et c'est pourquoi je suis sûre – c'est pourquoi je *sais* – qu'elle n'a pas tué.

— Je doute qu'un tel argument puisse convaincre grand monde.

— Non, bien au contraire. On l'a d'ailleurs utilisé contre elle, je crois. Pour prouver que Caroline était d'un caractère violent et incontrôlable ! Parce qu'elle m'avait blessée quand j'étais bébé, des hommes éminents ont conclu qu'elle était également capable d'empoisonner un mari infidèle !

— Moi, en tout cas, j'ai fait la différence. Un accès de colère soudain et irrépressible n'a rien à voir avec le fait de subtiliser du poison et de l'utiliser de sang-froid le lendemain.

Angela Warren eut un geste impatient de la main.

— Ce n'est pas du tout ce que je veux dire. Je vais essayer de vous expliquer. Supposons que vous soyez quelqu'un de normalement affectueux et doux, mais sujet à d'intenses crises de jalousie. Supposons aussi que pendant cette période de la vie où on ne sait pas encore se contrôler, vous ayez, sur un coup de colère, effectivement failli commettre un meurtre. Imaginez le choc, l'horreur, le remords qui s'emparent de vous ! Pour peu que vous soyez une personne sensible comme l'était Caroline, cette horreur et ce remords ne vous quitteront jamais tout à fait. Ils ne l'ont jamais quittée. Je n'ai pas dû m'en rendre compte à l'époque, mais je m'en aperçois aujourd'hui avec le recul. Le souvenir de cette blessure qu'elle m'a faite a perpétuellement hanté Caro. Il a marqué tous ses actes. Il explique aussi son attitude envers moi. Rien n'était trop bon pour sa sœur. À ses yeux, je devais passer avant tout le monde. La moitié des disputes qu'elle avait avec Amyas venaient de là. J'avais tendance à être jalouse de lui, je lui jouais les plus mauvais tours. J'ai chipé un jour de l'herbe à chats pour la fourrer dans son verre, et une fois, j'ai même mis un hérisson dans son lit. Mais Caroline prenait toujours ma défense.

Elle s'interrompit un instant et reprit :

— Tout cela a eu sur moi un effet désastreux, bien sûr. J'étais une enfant horriblement gâtée. Mais bon, là n'est pas le problème. Il s'agit de Caroline. Cet accès de colère devait la marquer à vie, et lui donner la phobie de tout acte de cette nature. Elle se surveillait sans cesse, dans la crainte perpétuelle qu'un incident de ce genre se reproduise. Et elle avait des garde-fous bien à elle. L'un d'eux était une grande extravagance de langage. Elle partait du principe – et je crois que, psychologiquement, elle n'avait pas tort – qu'en s'autorisant une certaine violence verbale, elle échapperait à la tentation d'y recourir dans ses actes. L'expérience lui montra que ça marchait. C'est pourquoi j'ai entendu Caro dire des choses telles que : « Celui-là, je vais le couper en rondelles et le faire rôtir à petit feu », ou nous sortir, à Amyas ou à moi : « Si tu continues, je vais finir par te tuer ». De la même manière, elle était prompte à la bagarre. Elle connaissait fort bien, je pense, la tendance colérique de sa nature, et c'était une forme d'exutoire. Amyas et elle avaient les disputes les plus épouvantables qui soient.

— Oui, les gens en ont témoigné, confirma Poirot. Ils s'entendaient comme chien et chat.

— Exactement, fit Angela Warren. Et c'est ça qu'il y avait de si bête et de si trompeur dans ces dépositions. Bien sûr que Caro et Amyas se querellaient. Bien sûr qu'ils se lançaient des choses abominables à la figure. Ce que les gens ne comprennent pas, c'est qu'ils *aimaient* ça. Et à quel point ! Amyas aussi. C'est comme ça que fonctionnait leur couple, ils se complaisaient dans le tragique et les scènes dramatiques. La plupart des hommes évitent cela. Ils veulent la paix. Mais Amyas était un artiste. Il adorait crier, menacer, choquer. Comme pour évacuer la pression. Il aurait révolutionné la maison pour un bouton de chemise égaré. Ça peut paraître incroyable, je sais, mais cette atmosphère continuelle de bagarres et de réconciliations, c'était leur façon à eux de s'amuser !

Elle eut un geste d'impatience.

— Si au moins ils ne m'avaient pas expédiée au diable, j'aurais pu témoigner. J'aurais dit tout ça.

Elle haussa les épaules.

— Bah ! on ne m'aurait sans doute pas crue. D'autant qu'en ce temps-là, les idées étaient loin d'être aussi claires dans ma tête que maintenant. Je savais tout ça, mais sans y avoir jamais réfléchi et j'aurais été bien en peine de l'exprimer avec des mots.

Elle regarda Poirot.

— Vous avez compris ce que je voulais dire ?

Il fit un oui énergique de la tête.

— Tout à fait. Et ça me paraît absolument vrai : il y a des gens qui trouvent l'harmonie monotone. Il leur faut le stimulant de la contradiction pour donner une dimension dramatique à leur vie.

— Exactement.

— Puis-je vous demander, mademoiselle Warren, comment vous avez réagi à ce moment-là ?

Elle eut un soupir.

— J'étais surtout ahurie et désarmée. J'avais l'impression de vivre un cauchemar. Caroline a été très vite arrêtée – environ trois jours plus tard, je crois. Je me rappelle encore mon indignation, ma fureur muette, et puis bien sûr ma conviction enfantine que c'était une erreur grossière, que tout s'arrangerait. Mais la principale préoccupation de Caro, c'était moi. Elle voulait qu'on m'éloigne le plus loin possible de tout cela. Elle a insisté auprès de Mlle Williams pour que cela soit fait sans délai. Comme la police n'y voyait pas d'objection et qu'il avait été jugé inutile de me faire témoigner, on se prépara à m'envoyer à l'étranger.

» Je ne voulais pas partir, bien sûr. Mais on m'a expliqué que Caro se faisait un souci monstre à mon sujet, et que ma seule façon de l'aider était d'accepter de partir.

Elle s'arrêta un instant et reprit :

— Je me suis donc retrouvée à Munich. J'étais là-bas lorsque le verdict a été rendu. On ne m'a pas autorisée à aller voir Caro. Elle ne voulait pas. C'est l'unique fois où elle ne s'est pas montrée compréhensive.

— N'en soyez pas trop sûre, mademoiselle Warren. Rendre visite à un être cher dans une prison a de quoi marquer terriblement une jeune fille sensible.

— Possible.

Angela Warren se leva.

— Quand le verdict a été rendu et qu'elle a été condamnée, ma sœur m'a écrit une lettre. Je ne l'ai jamais fait voir à personne, mais je crois que je dois vous la montrer, maintenant. Ça vous aidera peut-être à comprendre quel genre de femme elle était. Vous pourrez la faire lire à Carla aussi, si vous voulez.

Elle se dirigea vers la porte, puis se retourna pour ajouter :

— Venez avec moi. Il y a un portrait de Caroline dans ma chambre.

Pour la seconde fois, Poirot se retrouva en contemplation devant un tableau.

Du point de vue pictural, celui-ci était plutôt médiocre. Il l'examina néanmoins avec intérêt : ce n'était pas sa valeur artistique qui comptait.

Il avait devant lui un long et gracieux visage ovale, à l'expression douce, presque timide. Un visage qui manquait d'assurance, émotif, empreint d'une beauté cachée. Il ne dégageait pas la même force, la même vitalité que celui de sa fille – énergie et joie de vivre que Carla Lemarchant avait probablement héritées de son père. Il était moins affirmé. Pourtant, à bien le regarder, Poirot comprenait pourquoi un esprit imaginatif comme Quentin Fogg n'avait pu l'oublier.

Angela était revenue à côté de lui, une lettre à la main.

— Maintenant que vous avez vu à quoi elle ressemblait, lisez.

Il déplia soigneusement le papier et lut les mots tracés par Caroline Crale seize ans auparavant.

Ma chère petite Angela,

Tu vas apprendre de bien mauvaises nouvelles, des nouvelles qui te feront de la peine. Mais je veux que tu saches que c'est aussi bien ainsi. Je ne t'ai jamais menti, alors crois-moi si aujourd'hui je te dis que je suis heureuse, que je suis en accord et en paix avec moi-même comme je ne l'ai jamais été. Tout est bien ainsi, ma chérie, tout est bien ainsi. Ne regarde pas en arrière, n'aie ni chagrin ni regrets pour moi. Vis ta vie, réussis-la. Tu le peux, je le sais. Tout est bien ainsi, je vais retrouver Amyas. Nous serons de nouveau ensemble tous les deux, cela ne fait aucun doute. Je n'aurais pas pu vivre sans lui… Fais cela pour moi : sois heureuse. Je le suis, moi, je te l'ai dit. Quand on a une dette, il faut la payer. C'est tellement bon de se sentir en paix.

Ta sœur qui t'aime,
Caro

Poirot lut deux fois le texte. Puis le rendit.

— C'est une très belle lettre, mademoiselle. Remarquable. Et même, *tout à fait* remarquable.

— Caroline, répondit Angela Warren, était une personne tout à fait remarquable.

— Oui, un esprit qui sort de l'ordinaire. Vous pensez que cette lettre montre son innocence ?

— Évidemment !

— Elle ne le dit pas de façon explicite.

— Parce que Caro savait que je ne l'aurais jamais crue coupable un seul instant !

— Bien sûr… bien sûr… Mais on pourrait aussi comprendre autrement : qu'elle était coupable et que c'est en expiant son crime qu'elle allait retrouver la paix.

Ce qui, songea-t-il, cadrait avec ce qu'on lui avait dit de l'attitude de Caroline Crale au procès. À ce moment précis, des doutes l'assaillirent, les plus forts depuis le début de la mission dans laquelle il s'était engagé. Tout, jusqu'à présent, avait pointé dans la même direction : Caroline Crale était coupable. Or voilà que, maintenant, ses propres mots venaient témoigner contre elle.

De l'autre côté, il n'y avait que l'inébranlable conviction d'Angela Warren. Angela l'avait bien connue, certes, mais cette foi ne pouvait-elle être mise sur le compte de l'affection forcenée d'une adolescente qui montait au créneau pour une sœur adorée ?

— Non, monsieur Poirot, lança-t-elle comme si elle lisait dans ses pensées, je *sais* que Caroline n'était pas coupable.

— Dieu sait que je ne cherche pas à vous persuader du contraire, dit vivement Poirot. Mais soyons concrets. Vous dites que votre sœur n'était pas coupable : *que s'est-il vraiment passé*, alors ?

Angela Warren secoua la tête d'un air pensif.

— Difficile de répondre, c'est vrai. J'imagine que, comme Caroline l'a dit, Amyas s'est suicidé.

— Est-ce une hypothèse plausible, d'après ce que vous savez de son caractère ?

— Très peu.

— Mais vous ne dites pas, comme tout à l'heure, que vous savez que c'est impossible ?

— Non, parce que comme je le disais aussi, les gens font effectivement parfois des choses impossibles – des choses qui ne leur ressemblent pas du tout. Mais je suppose que si on les connaissait vraiment à fond, on ne serait pas autrement surpris.

— Vous connaissiez bien votre beau-frère ?

— Oui, mais pas autant que je connaissais Caro. Je trouve ça invraisemblable qu'Amyas se soit tué – mais bon, il a pu le faire. Il a *dû* le faire.

— Vous ne voyez aucune autre explication ?

Angela considéra cette suggestion avec calme, mais non sans une pointe d'intérêt.

— Ah, je vois… Je n'ai jamais vraiment creusé cette idée. Que ce soit une autre des personnes présentes qui l'ait tué, n'est-ce pas ? Un meurtre prémédité et commis de sang-froid ?

— Ce serait possible, non ?

— Possible, évidemment… Mais ça paraît tellement improbable…

— Plus improbable que le suicide ?

— Difficile à dire. Sur le moment, il n'y avait aucune raison de soupçonner qui que ce soit d'autre.

Et maintenant que j'y réfléchis, je n'en vois pas davantage.

— Examinons quand même cette hypothèse de plus près, si vous voulez bien. Qui, parmi son cercle d'intimes, pourriez-vous désigner comme ayant – disons – le meilleur profil ?

— Voyons un peu. Moi, non, je ne l'ai pas tué. Et cette garce d'Elsa certainement pas non plus. Elle était folle de rage quand il est mort. Qui d'autre y avait-il ? Meredith Blake ? Il a toujours adoré Caroline, c'était le bon gros matou de la maison. Bien sûr, on *pourrait* voir là un mobile, en un sens. Dans un roman, il aurait pu vouloir se débarrasser d'Amyas pour épouser Caroline. Mais il serait parvenu au même résultat en laissant Amyas filer avec Elsa et en allant consoler Caroline le moment venu. En plus, je ne vois pas *du tout* Meredith tuer quelqu'un. Trop doux, pas assez audacieux. Qui d'autre y avait-il ?

— Mlle Williams ? Philip Blake ? suggéra Poirot.

Un sourire fugace effleura le visage grave d'Angela.

— Mlle Williams ? Difficile d'imaginer une gouvernante commettant un meurtre ! Et puis Mlle Williams a toujours été d'une droiture sans faille.

Elle s'interrompit un instant avant de continuer :

— Bien sûr, elle était dévouée corps et âme à Caroline. Elle aurait fait n'importe quoi pour elle. Et puis elle détestait Amyas – les hommes en général, avec son féminisme exacerbé. Est-ce suffisant pour tuer ? Sûrement pas.

— Ça paraît un peu léger, convint Poirot.

Angela poursuivit son énumération :

— Philip Blake ?

Elle marqua une pause. Puis :

— Eh bien, puisque nous parlons de simples *profils*, dit-elle calmement, je trouve que c'est lui qui correspondrait le mieux.

— Voilà qui est très intéressant, mademoiselle Warren. Qu'est-ce qui vous fait dire cela ?

— Rien de précis. Mais si je me souviens bien, c'était un personnage sans grande imagination.

— Et le manque d'imagination prédispose selon vous au meurtre ?

— Il peut vous amener à régler vos problèmes de façon expéditive. Les hommes de ce genre tirent une certaine satisfaction de l'action brutale. Un meurtre, c'est expéditif et brutal, vous ne trouvez pas ?

— Oui, je pense que vous avez raison… C'est certainement à prendre en compte. Mais il y a forcément autre chose. Quel motif Philip Blake pouvait-il avoir ?

Angela Warren ne répondit pas tout de suite. Elle resta un moment pensive, sourcils froncés, à regarder le sol.

— C'était le meilleur ami d'Amyas Crale, n'est-ce pas ? insista Poirot.

Elle acquiesça.

— Mais vous pensez à quelque chose, mademoiselle Warren. Quelque chose que vous ne m'avez pas encore dit. Les deux hommes étaient-ils rivaux ? Au sujet d'Elsa, peut-être ?

— Oh, non, fit Angela en secouant la tête. Pas Philip.

— De quoi s'agit-il, alors ?

— Vous savez, répliqua-t-elle avec lenteur, comment certaines choses peuvent vous revenir

– après des années, parfois. Je vous explique. Un jour – j'avais onze ans – quelqu'un m'a raconté une blague à laquelle je n'ai rien compris. Comme ça n'avait aucune importance, elle m'est complètement sortie de la tête et je ne crois pas y avoir jamais repensé. Or voici qu'il y a deux ans environ, alors que j'assistais à un spectacle de variétés, elle a ressurgi de ma mémoire de façon tellement inattendue que je me suis écriée tout haut : « Ah, c'était donc ça, le sens de cette histoire idiote de gâteau de riz ! » Et pourtant, ce que j'entendais n'avait rien à voir, c'étaient des gaudrioles plutôt olé olé.

— Je vous suis tout à fait, mademoiselle.

— Eh bien, ce que je vais vous dire est du même ordre. Un jour, j'étais à l'hôtel. Au moment où je passais dans le couloir, une porte s'est ouverte. Une femme que je connaissais est sortie d'une chambre. Mais ce ne devait pas être la sienne : ça s'est lu sur son visage dès l'instant où elle m'a vue. Et là, j'ai compris le drôle d'air qu'avait Caroline à Alderbury, une nuit où elle sortait de la chambre de Philip Blake.

Sans laisser à Poirot le temps de placer un mot, elle enchaîna :

— Je n'avais pas compris, à l'époque. Comme la plupart des filles de mon âge, je savais certaines choses, bien sûr, mais sans pouvoir les projeter sur la réalité. Pour moi, si Caroline sortait de la chambre de Philip Blake, elle sortait de la chambre de Philip Blake, c'est tout. C'aurait pu être de la chambre de Mlle Williams ou de la mienne. Là pourtant, j'avais remarqué son expression, une expression étrange que je ne lui connaissais pas et que je ne pouvais pas comprendre. Jusqu'à cette nuit à Paris où, comme je vous l'ai dit, j'ai vu exactement la même sur le visage d'une autre femme.

— Mademoiselle Warren, intervint Poirot, ce que vous m'apprenez-là est tout à fait étonnant. De ce que m'a dit Philip Blake lui-même, j'ai plutôt eu l'impression qu'il n'avait jamais aimé votre sœur.

— Je sais, dit Angela. Je ne peux pas l'expliquer, mais c'est comme ça.

Poirot hocha lentement la tête. Déjà lors de son entrevue avec Philip Blake, il avait vaguement senti que quelque chose sonnait faux. Cette animosité excessive envers Caroline… ça ne lui avait somme toute pas semblé naturel.

Et les paroles de Meredith Blake lui revinrent à l'esprit : « Il n'a pas digéré qu'elle épouse Amyas. Il n'est pas allé les voir pendant plus d'un an… »

Philip Blake avait-il donc été, depuis toujours, amoureux de Caroline ? Et cet amour, lorsqu'elle avait choisi Amyas, s'était-il transformé en amertume, puis en haine ?

Oui, Philip Blake s'était montré trop véhément, trop partial. Poirot, songeur, le revit, cet homme d'affaires prospère et jovial, avec sa belle maison et son golf. Dans quel état d'esprit se trouvait-il donc, seize ans plus tôt ?

Angela Warren continuait de parler :

— Je n'ai guère l'expérience des choses de l'amour, monsieur Poirot. Ce sont là des rivages que je n'ai encore jamais abordés. Je ne sais donc quelle valeur accorder à tout ça. Je vous en ai fait part pour le cas où… où cela aurait pu avoir une incidence sur ce qui s'est passé.

LIVRE II

1

RÉCIT DE PHILIP BLAKE

Lettre d'accompagnement reçue avec le manuscrit :

Cher monsieur Poirot,

Je tiens ma promesse et vous prie de bien vouloir trouver ci-joint un compte rendu des événements afférents à la mort d'Amyas Crale. Je dois vous rappeler qu'après tant d'années mes souvenirs n'ont peut-être plus toute la précision souhaitable, mais j'ai essayé de faire au mieux.

Sincèrement vôtre,
Philip Blake

NOTES SUR LE DÉROULEMENT DES ÉVÉNEMENTS AYANT CONDUIT AU MEURTRE D'AMYAS CRALE EN SEPTEMBRE 19…

Mon amitié avec le défunt est très ancienne. Sa maison avoisinait la mienne, à la campagne, et nos deux familles étaient très liées. Amyas Crale avait deux ans et quelques mois de plus que moi. Nous n'allions pas à la même école mais nous jouions ensemble pendant les vacances.

Ma longue connaissance de cet homme me rend particulièrement qualifié, je crois, pour porter témoignage de son caractère et de son attitude générale face à la vie. Et je commencerai par là : tous ceux qui l'ont vraiment fréquenté trouveront parfaitement ridicule l'idée qu'il ait pu se suicider. Crale n'aurait *jamais* attenté à ses jours. Il aimait trop la vie ! L'argument de la défense, au procès, selon lequel il aurait eu une crise de conscience et, tenaillé par le remords, aurait absorbé le poison, est tout à fait absurde pour quiconque a connu cet homme. Crale n'avait quasiment pas de conscience, je dois dire, et sûrement pas morbide. De plus, il ne s'entendait pas avec sa femme et je ne crois pas qu'il aurait eu le moindre scrupule à briser ce qui lui apparaissait comme une vie de couple ratée. Il était prêt à pourvoir aux besoins financiers de la mère et de l'enfant issu de ce mariage, et je suis sûr qu'il l'aurait fait sans compter. Car il était très généreux. Chaleureux aussi, et sympathique. On ne l'aimait pas seulement pour sa peinture : ses amis lui étaient très attachés. Pour autant que je sache, il n'avait pas d'ennemis.

Je connaissais également Caroline Crale depuis de nombreuses années. Depuis bien avant son mariage, en fait, quand elle venait séjourner à Alderbury. Elle était un peu instable, à l'époque, sujette à des crises de colère incontrôlables. Un personnage non sans attrait certes, mais indéniablement difficile à vivre.

Elle montra presque tout de suite son attachement à Amyas. Lui, je pense, n'était pas véritablement amoureux d'elle. Mais ils se retrouvaient souvent ensemble. Elle était, comme je l'ai dit, séduisante et ils finirent par se fiancer. Les amis intimes d'Amyas s'en émurent quelque peu car ils sentaient que Caroline n'était pas une femme pour lui.

D'où une certaine tension, au début, entre l'épouse et les proches de Crale. Mais Amyas, qui avait l'amitié solide, n'était pas disposé à laisser tomber ses vieux compagnons dans le seul but de plaire à sa femme. Quelques années plus tard, nous avions toujours les mêmes relations, lui et moi, comme au bon vieux temps, et j'étais souvent invité à Alderbury. À tel point que je devins le parrain de la petite Carla : preuve, s'il en était besoin, qu'Amyas me considérait comme son meilleur ami. Cela m'autorise à défendre un homme qui n'est plus là pour le faire lui-même.

Pour en venir aux faits mêmes qu'il m'a été demandé d'écrire, je suis arrivé à Alderbury – comme le précise un vieil agenda – cinq jours avant le meurtre. Donc le 13 septembre. J'ai tout de suite senti qu'il y avait de l'électricité dans l'air. Mlle Elsa Greer, dont Amyas faisait le portrait, séjournait également dans la maison.

C'était la première fois que je la voyais en chair et en os, mais j'étais depuis un certain temps déjà au courant de son existence. Amyas m'en avait fait un éloge enflammé un mois auparavant. Il avait rencontré, soi-disant, une fille merveilleuse. Il était si enthousiaste que je lui dis en riant : « Hé, attention, vieux ! Tu vas encore perdre la tête. » Il me répondit que je n'avais rien compris, qu'il ne faisait que la peindre, qu'elle ne l'intéressait pas. « À d'autres ! J'ai déjà entendu cette chanson ! – Cette fois, c'est différent, se justifia-t-il. – Comme chaque fois ! » jetai-je, non sans un certain sarcasme. Il prit alors un air ennuyé : « Tu ne comprends pas, je te répète. Elle est toute jeune, c'est presque une gamine. » Et d'ajouter qu'elle avait des idées très modernes, qu'elle était complètement libérée des vieux préjugés. « Elle est franche, elle est nature et elle n'a pas froid aux yeux ! » conclut-il.

Je me suis dit alors – mais je l'ai gardé pour moi – qu'il était sacrément mordu, cette fois. Quelques semaines plus tard, j'entendis des commentaires d'autres personnes. On disait que « la petite Greer était follement amoureuse », et aussi que, vu l'âge de la fille, ce n'était pas très malin de la part d'Amyas – ce sur quoi quelqu'un se mit à ricaner en disant qu'Elsa Greer n'était pas tombée de la dernière pluie. On racontait également qu'elle roulait sur l'or, qu'elle avait toujours eu tout ce qu'elle voulait, et que c'était elle qui s'était jetée à sa tête. Une question fusa : qu'est-ce que la femme de Crale pensait de tout ça ? La réponse, très révélatrice, fut que depuis le temps, elle avait dû s'y habituer – à quoi quelqu'un opposa qu'on la disait jalouse comme une tigresse et qu'elle rendait à Crale la vie tellement impossible qu'un homme avait dans ces conditions bien le droit de s'octroyer un peu de bon temps.

Je mentionne tout cela afin de bien faire comprendre, c'est important, quelle était la situation lorsque je débarquai à Alderbury.

J'étais curieux de voir cette fille – elle était remarquablement belle et follement séduisante – et je constatai avec un amusement un peu pervers, je l'avoue, que Caroline prenait très mal la chose.

Amyas lui-même ne montrait pas sa gaieté habituelle. Quelqu'un qui ne le connaissait pas aurait trouvé son comportement tout à fait normal, mais divers signes de tension – sautes d'humeur, moments de distraction, grogne, irritabilité – ne pouvaient échapper à un intime comme moi.

Bien qu'il eût toujours tendance à être de mauvaise humeur lorsqu'il peignait, le tableau auquel il travaillait à ce moment-là ne suffisait pas à expliquer sa nervosité. Il eut l'air content de me voir : « Dieu merci, tu es venu, Phil, dit-il dès que nous fûmes seuls. Vivre avec quatre femmes sous le même toit, il y a de quoi rendre un type complètement maboul. Elles vont finir par m'envoyer à l'asile. »

L'atmosphère était indéniablement lourde. Caroline, je l'ai dit, était manifestement très remontée. Avec courtoisie, sans se départir de ses bonnes manières et sans jamais prononcer un seul mot de travers, elle se montrait plus odieuse avec Elsa Greer qu'on ne l'aurait cru possible. Elsa, elle, ne prenait pas de gants et était ostensiblement agressive. Elle se trouvait en position de force, elle le savait, et aucun scrupule ne l'empêchait d'étaler ses mauvaises manières. Le résultat fut que Crale passait son temps à se bagarrer avec la petite Angela quand il ne peignait pas. Ils s'aimaient bien, d'habitude, même s'ils n'arrêtaient pas de se chamailler. Mais cette fois-là, tout ce qu'Amyas disait était cinglant et ils eurent tous deux quelques sérieuses prises de bec. Le quatrième personnage du groupe était la gouvernante. « Le vieux chameau », comme l'appelait Amyas. « Elle me déteste comme ça n'est pas permis. Elle reste plantée à me regarder, les lèvres pincées, l'air perpétuellement réprobateur. »

À ce moment-là, il ajouta : « Au diable les femmes ! Si un homme veut goûter la paix dans l'existence, il a intérêt à éviter la gent féminine ! »

— Tu n'aurais jamais dû te marier, lui ai-je dit. Tu es du genre à ne pas supporter les contraintes conjugales.

À quoi il répondit qu'il était un peu tard pour parler de ça. Et que Caroline serait trop heureuse de se débarrasser de lui. C'est là que j'ai compris qu'il y avait quelque chose d'inhabituel dans l'air.

— Qu'est-ce que tu veux dire ? Cette histoire avec la belle Elsa est donc sérieuse ?

Il poussa une sorte de gémissement.

— Elle est incroyablement belle, non ? Il y a des fois où je préférerais n'avoir jamais posé les yeux sur elle.

— Écoute, mon vieux, ai-je fait, reprends-toi. Tu ne vas pas te coller encore une histoire de femme sur le dos.

Il m'a regardé et s'est mis à rire.

— Facile à dire ! Les femmes, je ne peux pas m'en passer, c'est plus fort que moi. D'ailleurs même si j'en étais capable, c'est elles qui ne me ficheraient pas la paix !

Puis il a haussé ses larges épaules pour ajouter, avec un grand sourire :

— Bah ! tout ça finira bien par se tasser. Et puis tu dois reconnaître que le tableau est bon, non ?

Il faisait allusion au portrait qu'il effectuait d'Elsa et, malgré mon peu de connaissances en technique picturale, je pouvais voir que cette œuvre serait d'une puissance exceptionnelle.

Quand il peignait, Amyas était un homme différent. Bien qu'il se mette souvent à grogner, à pester, à se renfrogner, à jurer comme un charretier, parfois à envoyer promener brosses et pinceaux, il était intensément heureux.

Ce n'était que lorsqu'il rentrait prendre ses repas à la maison que l'atmosphère conflictuelle entre les femmes le minait. Cette hostilité atteignit son comble le 17 septembre. Le déjeuner s'était déroulé dans un climat de malaise. Elsa s'était montrée particulièrement… – ma parole, je crois qu'*insolente* est le seul mot qui convienne ! Elle avait délibérément ignoré Caroline, affectant de s'adresser à Amyas comme s'ils étaient seuls dans la pièce. Caroline avait continué à parler aux autres comme si de rien n'était, parvenant fort bien à décocher des piques sous forme de remarques tout à fait anodines. Elle n'avait pas le franc-parler méprisant d'Elsa. Chez Caroline, tout était sous-entendu, suggéré plutôt que dit.

Les choses s'envenimèrent après le déjeuner, dans le salon, au moment où nous terminions le café. Je venais de faire un commentaire sur une tête sculptée en bois de hêtre poli, une pièce très curieuse, et Caroline dit : « C'est l'œuvre d'un jeune sculpteur norvégien. Amyas et moi aimons beaucoup ce qu'il fait. Nous espérons aller lui rendre visite l'été prochain. » Cette façon détournée de marquer son territoire fut plus que n'en pouvait supporter Elsa. N'étant pas fille à laisser passer un défi, elle attendit une minute ou deux et prit la parole, de sa voix claire et toujours un peu poussée : « Cette pièce serait très agréable si elle était convenablement arrangée. Il y a beaucoup trop de mobilier. Quand j'habiterai ici, je ferai le nettoyage par le vide. À l'exception d'un ou deux jolis meubles, peut-être. Et je crois que je poserai des rideaux dans les tons cuivrés sur la grande baie vitrée de l'ouest, pour faire ressortir le soleil couchant. » Elle se tourna vers moi : « Ça fera joli, non ? »

Je n'eus pas le temps de répondre. Caroline le fit à ma place d'une voix douce, d'une voix de velours que je ne saurais mieux décrire qu'en la qualifiant de dangereuse :

— Vous envisagez d'acheter la maison, Elsa ?

— Il ne me sera pas nécessaire de l'acheter.

— Qu'entendez-vous par là ?

La voix de Caroline avait à présent perdu toute sa douceur. Elle était devenue dure et métallique. Elsa se mit à rire.

— Faut-il vraiment continuer à faire semblant ? Allons, Caroline, vous savez très bien ce que je veux dire !

— Je n'en ai pas la moindre idée, répliqua cette dernière.

— Voyons, insista Elsa, inutile de jouer les autruches. À quoi bon prétendre que vous ne voyez pas, alors que vous savez très bien ce qui se passe ? Amyas et moi, nous nous aimons. Cette maison n'est pas à vous, mais à lui. Et quand nous serons mariés, je viendrai y vivre avec lui !

— Vous êtes folle ! siffla Caroline.

— Oh non, je ne suis pas folle, ma chère, et vous le savez très bien. Ce serait tellement plus facile, si nous étions franches l'une envers l'autre. Amyas et moi nous nous aimons, ça se voit comme le nez au milieu de la figure. Il ne vous reste qu'une issue élégante : rendez-lui sa liberté.

— Je ne crois pas un mot de ce que vous racontez, dit Caroline.

Mais le ton de sa voix ne trompa personne. Elsa avait fait mouche.

À ce moment précis, Amyas entra dans la pièce.

— Si vous ne me croyez pas, vous n'avez qu'à lui demander, ricana Elsa.

— J'y compte bien, répondit Caroline qui, sans attendre, se tourna vers son mari. Amyas, Elsa prétend que tu veux l'épouser. Est-ce vrai ?

Pauvre Amyas. Il me faisait pitié. Un homme se sent vraiment bête, quand on lui impose une scène de ce genre. Il est devenu écarlate et s'est mis à enguirlander Elsa. Pourquoi diable n'avait-elle pas tenu sa langue ?

— Alors c'est donc *vrai* ? s'écria Caroline.

Il ne répondit pas. Figé devant elle, il se contentait de promener son doigt à l'intérieur du col de sa chemise. Geste dont il avait l'habitude depuis tout gosse à chaque fois qu'il se trouvait dans un pétrin quelconque. Il dit – d'une voix qu'il voulut digne et autoritaire mais sans y parvenir, le pauvre :

— Je n'ai pas envie de discuter de ça.

— Oh, que si, on va en discuter ! s'exclama Caroline.

Elsa mit son grain de sel.

— Je trouverais normal que Caroline sache.

Caroline reprit, très calmement :

— Est-ce que c'est vrai, Amyas ?

Il semblait dans ses petits souliers. Comme le sont souvent les hommes, quand les femmes les coincent dans leurs derniers retranchements.

— Réponds-moi, je te prie, insista-t-elle. J'ai besoin de savoir.

Il releva soudain la tête, comme un taureau prêt à charger dans l'arène.

— Bon, oui, c'est vrai, avoua-t-il. Mais je n'ai aucune envie d'en discuter pour le moment.

Il pivota sur ses talons et sortit à grands pas. Je le suivis, je ne voulais pas rester avec les femmes. Je le rejoignis sur la terrasse. Il était en train de déverser un chapelet de jurons, et il y allait de bon cœur. Puis il s'est mis à fulminer :

— Elle ne pouvait pas la boucler ? Quel besoin avait-elle de sortir ça, bon Dieu ? Maintenant, elle a mis le feu aux poudres ! Il faut pourtant que je finisse ce tableau. Tu comprends, Phil ? C'est le meilleur que j'aie jamais fait, le meilleur de toute ma vie, et voilà que ces deux hystériques veulent tout foutre en l'air !

Il se calma un peu en grommelant que les femmes n'avaient pas le sens de la mesure. Je ne pus m'empêcher de sourire.

— Dis, mon vieux, c'est quand même toi qui as déclenché tout ça.

— D'accord, je sais, ronchonna-t-il. Mais reconnais, Phil, qu'on ne peut pas en vouloir à un homme de perdre la tête pour une fille comme ça. Même Caroline devrait le comprendre.

Je lui demandai ce qui se passerait si Caroline se rebiffait et refusait de divorcer. Mais il semblait parti dans le vague. Je répétai ma question.

— Caroline n'est pas rancunière, répondit-il d'un air absent. C'est ça que tu n'arrives pas à comprendre.

— Il y a la petite, fis-je remarquer.

Il me prit par le bras :

— Phil, mon vieux, je sais que ça part de bons sentiments, mais arrête de hurler avec les loups. Je sais ce que je fais. Tout ça finira par se tasser. Tu verras ce que je te dis.

C'était cela, Amyas : un optimiste impénitent.

— Et puis qu'elles aillent toutes au diable ! lâcha-t-il, soudain redevenu gai.

Je ne sais s'il aurait ajouté quelque chose, mais un instant plus tard, Caroline débarqua sur la terrasse. Elle avait mis un chapeau, une sorte de capeline marron foncé assez seyante.

— Enlève cette blouse maculée de peinture, Amyas, dit-elle sur un ton calme et posé. Nous allons prendre le thé chez Meredith, aujourd'hui, tu ne te rappelles pas ?

Il eut l'air de tomber des nues.

— Ah, euh, j'oubliais. Oui, b-bien sûr, bafouilla-t-il.

— Alors va enfiler autre chose, que tu n'aies pas l'air d'un chiffonnier.

Bien que sa voix fût tout à fait normale, elle évitait de le regarder. Elle se dirigea vers un massif de dahlias et se mit à ôter les fleurs trop avancées.

Amyas s'éloigna lentement et rentra dans la maison.

Caroline vint alors me parler. Elle parla d'abondance. Des chances du beau temps de se maintenir, de celles de trouver du maquereau, si Angela, Amyas et moi avions voulu aller pêcher en mer. Elle était vraiment étonnante, je dois bien l'avouer.

Mais cela montrait aussi, à mon avis, le genre de femme qu'elle était. Elle possédait une grande force de caractère et un total contrôle d'elle-même. J'ignore si elle avait déjà décidé de le tuer à ce moment-là, mais je n'en serais pas autrement surpris. Elle était capable d'échafauder ses plans avec minutie, froidement, avec un esprit clair et impitoyable.

Caroline Crale était une femme éminemment redoutable. J'aurais dû me rendre compte à ce moment-là qu'elle ne serait pas du genre à baisser le pavillon. Mais, comme un imbécile, j'ai cru qu'elle avait pris son parti devant l'inéluctable – ou qu'elle s'imaginait peut-être qu'en faisant exactement comme si de rien n'était, Amyas pourrait changer d'avis.

Un moment plus tard, les autres sortirent à leur tour. Elsa avec un air de défi – et de triomphe tout à la fois. Caroline fit mine de ne pas la voir. Ce fut Angela qui sauva la situation. Elle arriva en pleine dispute avec Mlle Williams, refusant tout net de changer de jupe pour qui que ce soit au monde. Celle-ci ferait très bien l'affaire, surtout pour ce vieux Meredith chéri qui ne remarquait jamais rien, *lui*.

Nous nous mîmes enfin en route. Caroline marchait avec Angela. Moi aux côtés d'Amyas. Et Elsa toute seule, le sourire aux lèvres.

Personnellement, elle n'était pas mon type – un caractère trop violent –, mais je dois admettre qu'elle était incroyablement belle, cet après-midi-là. Les femmes le sont, quand elles ont obtenu ce qu'elles veulent.

Je n'ai qu'un souvenir confus des événements qui suivirent. Tout cela est brouillé dans ma mémoire. Je revois juste ce vieux Merry venir à notre rencontre. Je crois que nous avons commencé par faire un tour dans le jardin. Je me rappelle avoir eu une longue conversation avec Angela sur le dressage des terriers pour la chasse aux rats. Elle n'arrêtait pas de manger des pommes et essayait de me persuader d'en faire autant.

Lorsque nous sommes revenus à la maison, les autres étaient en train de prendre le thé sous le grand cèdre. Merry, je me souviens, avait l'air très perturbé. Je suppose que l'un des deux, Caroline ou Amyas, lui avait parlé. Il dévisageait Caroline d'un air incrédule, puis foudroyait Elsa du regard. Il paraissait vraiment effondré, le pauvre. Bien sûr, Caroline prenait un malin plaisir à mener Meredith par le bout du nez, l'ami fidèle, l'amoureux platonique qui jamais, au grand jamais, n'irait trop loin. Voilà comment elle était, Caroline.

Après le thé, Meredith me prit précipitamment à part :

— Mais enfin, Phil, Amyas ne peut tout de même pas faire ça !

— Eh bien, détrompe-toi : il va le faire.

— Il ne va quand même pas abandonner femme et enfant pour partir avec cette fille ! Surtout avec cette différence d'âge : elle ne doit pas avoir plus de dix-huit ans !

Je lui répondis que Mlle Greer avait vingt ans et plus vraiment une mentalité de rosière.

— N'empêche qu'elle n'est pas majeure, rétorqua-t-il. Elle ne peut pas savoir ce qu'elle fait.

Pauvre Meredith. Toujours aussi vieux jeu !

— Ne te bile pas pour elle, le rassurai-je : elle, au moins, elle sait ce qu'elle fait, et elle s'en délecte !

C'est tout ce que nous pûmes nous dire. Je songeais en moi-même que Merry devait être troublé à l'idée de savoir Caroline abandonnée. Une fois le divorce prononcé, elle s'attendrait peut-être à ce que son chevalier servant vienne lui demander sa main. À mon avis, le rôle de l'amoureux sans espoir était beaucoup plus dans les cordes de mon frère. Cet aspect de la situation me fit sourire, je l'admets.

Assez curieusement, je me souviens à peine de notre visite du cagibi de Meredith. Il adorait faire partager son hobby. Personnellement, je trouvais ça barbant au possible. Je pense que je devais être là avec les autres quand il a parlé de l'efficacité de la cicutine, mais je ne me rappelle pas. Et je n'ai pas vu Caroline en prendre. Comme je l'ai dit, c'était une femme très habile. Ce dont je me souviens, par contre, c'est quand Meredith a lu à tout le monde un passage de Platon décrivant la mort de Socrate. Ennuyeux à mourir. Les classiques m'ont toujours prodigieusement rasé.

Voilà à peu près tout ce qui me revient à l'esprit de cette journée. Je sais qu'une dispute carabinée éclata entre Amyas et Angela, et nous en fûmes presque heureux car elle nous évitait d'autres ennuis. De colère, Angela monta se coucher, non sans une dernière bordée d'imprécations : et d'une, il le lui paierait ; et de deux, qu'il crève ; et de trois, que ce soit de la lèpre si possible, ça lui ferait les pieds ; et de quatre, qu'il lui vienne pour toujours une saucisse au bout du nez, comme dans les contes de fées ! Quand elle eut disparu, tout le monde éclata de rire

– comment s'en empêcher, face à un cocktail aussi détonant ?

Caroline monta dans sa chambre presque aussitôt après. Mlle Williams disparut elle aussi. Amyas et Elsa sortirent ensemble dans le jardin. Ma présence n'étant manifestement pas souhaitée, je partis de mon côté pour une promenade en solitaire. La nuit était douce.

Je descendis tard, le lendemain matin. La salle à manger était déserte. C'est drôle, comme certains détails nous reviennent : j'ai encore le goût des rognons grillés et du bacon dont j'ai déjeuné ce matin-là. Excellents, les rognons. À la diable.

Après quoi je me mis à la recherche des autres. Je sortis. Dehors, personne. J'allumai une cigarette. Je croisai alors Mlle Williams à la poursuite d'Angela qui, comme d'habitude, s'était fait la belle au moment de raccommoder une robe déchirée. De retour dans le hall, des éclats de voix me parvinrent de la bibliothèque : Amyas et Caroline étaient en train de se disputer. « Toi et tes histoires de femmes ! vociférait-elle. Il y a des fois où j'ai envie de te tuer ! D'ailleurs je finirai par le faire, un de ces quatre ! – Ne dis pas de bêtises, Caroline », répondit-il. Et elle : « Je te jure bien que je ne plaisante pas, Amyas. »

Je ne voulais surtout pas en entendre davantage. Je sortis, m'éloignai sur la terrasse et tombai sur Elsa.

Elle était installée sur l'une des chaises longues, juste en dessous de la fenêtre de la bibliothèque – et ladite fenêtre était grande ouverte. J'imagine qu'elle n'avait pas perdu une miette de ce qui se passait à l'intérieur. Quand elle me vit, elle se leva avec un calme imperturbable et vint me rejoindre, souriante.

Elle me prit le bras.

— Superbe, cette matinée, n'est-ce pas ?

Superbe pour elle, oui ! Cruauté ? Non, je crois simplement que c'était de la franchise et un manque d'imagination. Seul comptait son intérêt personnel.

Nous bavardions ainsi depuis cinq minutes sur la terrasse lorsque j'entendis la porte de la bibliothèque claquer. Amyas sortit. Il était cramoisi.

Sans cérémonie il attrapa Elsa par l'épaule et lui dit :

— Viens, il est temps de poser. Je veux avancer ce fichu tableau.

— D'accord, répondit-elle. Je monte juste chercher un pull. Il y a un petit vent frais.

Elle rentra dans la maison.

Je me demandai si Amyas allait me dire quelque chose, mais il se borna à lever les yeux au ciel.

— Ah, ces bonnes femmes !

— Allons, du cran, mon vieux.

Ce furent les seules paroles que nous échangeâmes jusqu'au retour d'Elsa.

Ils partirent tous les deux en direction du jardin de la Batterie. Je regagnai la maison. Caroline était plantée au milieu du hall. Je ne crois même pas qu'elle s'aperçut de ma présence. Ça lui arrivait, parfois : elle semblait complètement ailleurs – perdue dans ses pensées, eût-on dit. Elle murmura quelque chose. Pas à moi, à elle-même.

— C'est trop cruel..., entendis-je à peine.

Ce fut tout. Elle passa devant moi et monta l'escalier, toujours sans paraître me voir, comme une somnambule. Je suis intimement persuadé – mais je n'ai aucune autorité pour émettre ce genre d'avis, vous le comprendrez – que c'est là qu'elle est allée chercher le poison et qu'elle a pris la décision d'accomplir son geste.

Juste à ce moment, le téléphone sonna. Dans certaines maisons, on attend qu'un domestique réponde, mais j'étais si souvent à Alderbury que je faisais un peu comme chez moi. Je décrochai.

C'était la voix de mon frère Meredith. Il était affolé. Il m'expliqua qu'il était allé dans son laboratoire et qu'il avait trouvé la fiole de cicutine à moitié vide.

Je ne reviendrai pas sur tout ce que je pense maintenant que j'aurais dû faire. Mais la nouvelle était ahurissante et je fus assez bête pour me laisser décontenancer. Meredith, à l'autre bout du fil, était complètement paniqué. Entendant quelqu'un dans l'escalier, je lui dis sèchement de venir me rejoindre tout de suite.

Je sortis moi-même à sa rencontre. Au cas où vous ne connaîtriez pas la configuration des lieux, le chemin le plus court pour se rendre d'un domaine à l'autre est de traverser une petite crique à la rame. J'empruntai donc le sentier qui descendait vers l'endroit où l'on rangeait les barques, à deux pas d'une jetée. Ce faisant, je passai sous le mur du jardin de la Batterie, et j'entendis Amyas et Elsa parler tandis qu'il peignait. Ils semblaient très gais et décontractés. Amyas était en train de dire qu'il faisait incroyablement chaud – ce qui était vrai pour septembre – et Elsa répondait qu'assise là sur son mur, elle sentait un petit vent froid venir de la mer. « Je suis tout engourdie à force de garder la pose, fit-elle. Est-ce que je peux me reposer un peu, chéri ? – Pas question. Tiens le coup, tu n'es pas une mauviette. Et c'est vraiment en train de prendre tournure, je t'assure. » Elsa le traita en riant de « brute épaisse », après quoi je fus trop loin pour entendre.

Meredith avait déjà amorcé sa traversée à la rame depuis l'autre rive. Je l'attendis. Il amarra son bateau et gravit les marches. Il était dans tous ses états, le teint blafard.

— Tu as meilleure mine que moi, Philip, haleta-t-il. Qu'est-ce que je vais bien pouvoir faire ? C'est dangereux, ce truc !

— Tu es absolument sûr qu'on t'en a pris ? demandai-je.

Il faut vous dire que Meredith a toujours été du genre distrait. C'est peut-être d'ailleurs pourquoi je n'ai pas pris la situation suffisamment au sérieux. Il répondit qu'il en était certain : la veille, la fiole était pleine.

— Et tu ne vois *vraiment* pas qui a pu t'en faucher ?

Il affirma que non et me demanda ce que moi, j'en pensais. Un des domestiques, peut-être ? Je répondis que c'était possible, mais improbable. Il gardait toujours la porte fermée à clé, n'est-ce pas ? Toujours, confirma-t-il avant de se lancer dans un discours sur le fait qu'il avait trouvé la fenêtre du fond entrouverte. Quelqu'un aurait pu se glisser par là.

— Un rôdeur ? suggérai-je avec scepticisme. Je crains fort, mon pauvre Meredith, qu'il n'y ait des hypothèses beaucoup plus déplaisantes.

Il me demanda ce que j'entendais par là. Je répondis que s'il ne se trompait pas, il était probable que ce soit Caroline qui l'ait pris pour empoisonner Elsa, ou alors Elsa pour se débarrasser de Caroline et être enfin libre de filer le parfait amour.

Meredith accusa le coup. Il me rétorqua que c'était absurde, mélodramatique et que ça ne tenait pas debout.

— En tout cas, la moitié de ta mixture a disparu, insistai-je. Alors quelle explication as-tu, toi ?

Il n'en avait aucune, bien sûr. En fait, il pensait exactement comme moi mais refusait de voir les choses en face.

— Qu'est-ce qu'on va bien pouvoir faire ? demanda-t-il de nouveau.

Et moi, pauvre imbécile, je lui répondis : « Il faut qu'on réfléchisse bien. Soit tu annonces cette disparition devant tout le monde, soit tu prends Caroline à part et tu l'accuses. Si elle te convainc que ce n'est pas elle, suis la même tactique avec Elsa.

— Une fille comme ça, répliqua-t-il. Elle ne peut pas avoir fait un coup pareil !

— Je n'en mettrais pas ma main au feu », dis-je.

Nous remontions vers la maison tout en parlant. Mais après ma dernière remarque, nous restâmes quelques instants silencieux. Nous approchions de nouveau de la Batterie, et j'entendis la voix de Caroline.

Je craignis d'abord qu'une querelle à trois n'eût éclaté, mais c'est en fait d'Angela qu'ils parlaient. « C'est quand même dur pour elle, pauvre fille », protestait Caroline. Amyas lança avec impatience une réplique quelconque. Puis la porte du jardin s'ouvrit juste au moment où nous arrivions à sa hauteur. Amyas parut un peu surpris de nous voir. Caroline s'apprêtait à sortir. « Bonjour, Meredith, dit-elle. Nous étions juste en train de discuter du problème d'envoyer ou non Angela en pension. Je ne suis pas du tout persuadée que ce soit une bonne chose pour elle.

— Ne fais donc pas tant d'histoires, intervint Amyas. Ça lui fera du bien. Et pour nous, bon débarras. »

Elsa apparut alors en courant sur le sentier qui venait de la maison, une sorte de pull rouge à la main.

— Amène-toi, grogna Amyas, et dépêche-toi de reprendre la pose. Je n'ai pas envie de perdre du temps.

Il retourna à son chevalet. Je remarquai qu'il titubait légèrement et me demandai s'il avait bu. Ce qui aurait pu se comprendre, vu l'agitation et les scènes auxquelles il était soumis.

— La bière du pavillon est bouillante, ronchonna-t-il. Il n'y a pas moyen de garder de la glace, ici ?

— Je vais te descendre des bouteilles toutes fraîches, dit Caroline.

— Merci, bougonna Amyas.

Caroline referma donc la porte de la Batterie et monta avec nous à la maison. Elle rentra tandis que nous nous installions sur la terrasse. Environ cinq minutes plus tard, Angela arriva avec deux bouteilles de bière et des verres, qui furent les bienvenus tant la journée était chaude. Pendant que nous nous désaltérions, Caroline passa devant nous. Elle portait une autre bouteille et nous dit qu'elle allait la descendre à Amyas. Meredith lui proposa de le faire, mais elle insista fermement pour s'en charger elle-même. Moi, comme un idiot, j'ai cru que c'était juste par jalousie, parce qu'elle ne supportait pas de le savoir seul en bas avec Elsa. Et que c'était déjà ce qui l'avait fait descendre la première fois, sous le fallacieux prétexte du départ d'Angela.

Nous la regardâmes s'éloigner sur les méandres du sentier. Nous n'avions toujours rien décidé, et voilà qu'Angela se mettait à réclamer à grands cris que je descende à la mer avec elle. Dans ces conditions, impossible de rester seul avec Meredith. « Après le déjeuner », lui glissai-je, et il répondit par un hochement de tête.

Je partis donc me baigner avec Angela. Nous fîmes un grand tour à la nage, la traversée de la crique et retour, puis nous nous allongeâmes sur les rochers pour prendre le soleil. Angela était d'humeur quelque peu taciturne, ce qui me convenait parfaitement. Je décidai que juste après le déjeuner, je prendrais Caroline à part et l'accuserais bille en tête d'avoir volé le poison. Ne pas laisser Meredith le faire, il était trop mou. Non, j'irais droit au but. Après cela, elle serait bien obligée de le restituer. Et même si elle ne le faisait pas, elle n'oserait pas l'utiliser. Plus j'y réfléchissais, plus j'étais convaincu de sa culpabilité. Elsa était bien trop rusée pour prendre le risque de tripoter du poison. Elle n'était pas folle et ne s'exposerait pas de la sorte. Caroline était d'un tempérament plus dangereux : instable, impulsive, et certainement névrosée. Pourtant voyez-vous, au fond de mon esprit, subsistait l'idée que Meredith avait pu se tromper. Ou qu'un domestique quelconque était venu farfouiller dans le laboratoire, avait renversé le flacon et n'avait pas osé l'avouer. Car c'est vrai que l'utilisation du poison fait tellement mélodramatique qu'on a peine à y croire.

Jusqu'à ce que ça arrive.

L'heure avait tourné lorsque je consultai ma montre, et nous dûmes, Angela et moi, presser le pas pour remonter déjeuner. Ils étaient tous en train de se mettre à table, sauf Amyas, qui était resté peindre à la Batterie. Rien d'inhabituel à cela, et je trouvai même particulièrement bien venu qu'il ait décidé de ne pas remonter ce jour-là. Le déjeuner aurait sans doute été pénible.

Nous prîmes le café sur la terrasse. Je ne me souviens hélas pas très bien de l'expression ni de l'attitude de Caroline. Mais elle ne montrait pas la moindre agitation. Plutôt une tristesse discrète, il me semble. Cette femme était démoniaque !

Car c'est une chose démoniaque que d'empoisonner un homme de sang-froid. S'il y avait eu un revolver dans la maison, qu'elle s'en soit emparé et lui ait tiré dessus – soit, cela aurait pu se comprendre. Mais ce geste de vengeance implacable, prémédité… accompli avec tant de calme, de maîtrise de soi !

Elle se leva et dit de la façon la plus naturelle du monde qu'elle descendait lui porter son café. Et pourtant elle savait à ce moment-là – elle ne pouvait pas ne pas savoir – qu'elle allait le trouver mort. Mlle Williams l'accompagna. Je ne sais plus si c'est Caroline qui le lui demanda. Je crois que oui.

Les deux femmes partirent donc ensemble. Quelques instants après, Meredith fit de même et prit lentement le chemin de chez lui. J'étais en train de chercher une excuse pour le rejoindre lorsque je le vis revenir au pas de course. Il était blême.

— Un médecin ! haleta-t-il. Vite… Amyas…

Je me levai d'un bond.

— Il est malade ? C'est grave ? demandai-je.

— J'ai peur qu'il soit mort…, articula Meredith.

Sur le moment, nous avions oublié Elsa. Mais elle poussa un cri soudain. On eût dit la plainte d'une âme damnée.

— Mort ? Il est mort ?…

Et elle partit en courant. Je n'aurais jamais cru qu'on pût courir aussi vite. Comme une gazelle… un animal blessé… une furie vengeresse, aussi.

— Rattrape-la, dit Meredith, toujours pantelant. Rattrape-la, Dieu sait ce qu'elle peut faire !

Je me lançai donc à sa poursuite… et ce fut tant mieux. Elle aurait facilement pu tuer Caroline. Je n'ai jamais vu pareille douleur, haine aussi furieuse. Tout son vernis de raffinement et de belles manières l'avait quitté. On voyait que ses ancêtres avaient appartenu à la classe ouvrière. Privée de son amant, elle redevenait une femme primitive. Elle aurait griffé Caroline au visage, elle lui aurait arraché les cheveux, elle l'aurait passée par-dessus le parapet si elle avait pu. Elle pensait, je ne sais pour quelle raison, que Caroline avait poignardé Amyas. Ce qui était complètement faux, bien entendu.

Je parvins à la maîtriser, puis la confiai à Mlle Williams. Qui se débrouilla fort bien, je dois dire. Elle réussit à lui faire retrouver son calme en moins d'une minute. Elle lui dit de se tenir tranquille et la sermonna en expliquant que ces cris et cette violence n'étaient pas de mise ici. Un vrai dragon, cette femme. Mais elle atteignit son but : Elsa se tut et resta immobile, à bout de souffle et tremblante de rage.

Quant à Caroline, pour moi, le masque était tombé. Elle aussi se tenait immobile, parfaitement tranquille, comme abasourdie. Mais elle n'était pas abasourdie.

Ses yeux la trahissaient. Des yeux sur le qui-vive – impassibles, mais auxquels pas un geste n'échappait. Elle commençait, j'ai l'impression, à avoir peur…

Je m'approchai d'elle et lui dis tout bas – si bas que je ne pense pas que les deux autres femmes m'entendirent :

— Criminelle ! Vous avez assassiné mon meilleur ami.

Elle se recroquevilla sur elle-même.

— Non… oh non…, balbutia-t-elle. C'est lui… lui qui s'est tué…

Je la regardai droit dans les yeux :

— Vous raconterez ça à la police.

C'est ce qu'elle a fait. Mais ils ne l'ont pas crue.

Fin du récit de Philip Blake.

2

RÉCIT DE MEREDITH BLAKE

Cher monsieur Poirot,

Comme je vous l'avais promis, je me suis attaché à rassembler sur le papier tous mes souvenirs des tragiques événements qui se sont déroulés il y a seize ans. Avant tout, sachez que j'ai longuement repensé à ce que vous m'avez dit lors de notre récente entrevue. Et, à la réflexion, je crois de plus en plus improbable que Caroline Crale ait empoisonné son mari. Cela m'a toujours semblé irrationnel, mais l'absence de toute autre explication, en plus de son attitude, m'avaient conduit à suivre aveuglément l'opinion des autres : si ce n'était pas elle, comment comprendre la mort d'Amyas Crale ?

Après vous avoir vu, j'ai beaucoup réfléchi à l'autre possibilité qui, au procès, avait été avancée par la défense : celle du suicide d'Amyas. Bien que ce que je savais de lui à l'époque ait fait apparaître cette hypothèse comme hautement fantaisiste, je crois maintenant opportun de réviser mon jugement. Tout d'abord, et c'est très significatif, le fait que Caroline elle-même y croyait. Si nous envisageons à présent la possibilité que cette femme charmante et douce ait été injustement condamnée, alors sa conviction, maintes fois réitérée, doit avoir un grand poids. Elle connaissait Amyas mieux que quiconque. Si *elle* pensait le suicide possible, c'est qu'il devait l'être, en dépit du scepticisme de ses amis à lui.

C'est pourquoi j'avancerai la théorie selon laquelle il y aurait eu chez Amyas Crale un fond de bonne conscience, un remords sous-jacent – voire même une forme de désespoir – face aux excès auxquels son tempérament le conduisait, dont seule sa femme aurait eu connaissance. Supposition à mon avis tout à fait plausible au demeurant ; il peut n'avoir montré qu'à elle cet aspect de lui-même. Cela ne concorde certes pas avec tout ce que j'ai pu lui entendre dire, mais il est aussi vrai que la plupart des hommes recèlent une face cachée insoupçonnable. On pourra fort bien découvrir un côté dévoyé dans la vie de quelqu'un de respectable et d'austère, une sensibilité aux œuvres d'art les plus délicates chez un vulgaire affairiste, un cœur d'or chez des durs à cuire, mesquinerie et cruauté chez des gens débonnaires et généreux.

Il est donc possible qu'Amyas Crale ait abrité un penchant morbide à l'auto-accusation, et que plus il se montrait égoïste, plus il proclamait son droit de faire ce qu'il voulait, plus cette conscience secrète le taraudait. Aussi extraordinaire que cela puisse paraître au premier abord, je pense qu'il devait en être ainsi. Comme je le disais, Caroline elle-même n'en démordait pas, ce qui, encore une fois, me paraît fort significatif !

Examinons donc à présent les faits, ou plutôt les faits dont je me souviens, sous ce jour nouveau.

Je pense qu'il ne serait pas inutile d'y adjoindre une conversation que j'ai eue avec Caroline quelques semaines avant la tragédie, lors du premier séjour d'Elsa Greer à Alderbury.

Caroline, comme je vous l'ai dit, connaissait l'amitié et l'affection profondes que je lui portais. J'étais donc la personne à qui elle pouvait le plus aisément se confier. Je voyais bien qu'elle ne semblait pas très heureuse, mais je fus malgré tout surpris lorsqu'elle me demanda de but en blanc un jour si je pensais qu'Amyas était vraiment amoureux de cette fille qu'il avait amenée.

— Je crois qu'il a juste envie de la peindre. Vous connaissez Amyas.

Elle secoua la tête.

— Non, il est amoureux d'elle.

— Bon… peut-être un petit peu.

— Très, si vous voulez mon avis.

— C'est vrai qu'elle est particulièrement jolie, dis-je, et nous n'ignorons pas combien Amyas est sensible à la beauté. Seulement vous n'ignorez pas non plus, ma chère, qu'il n'y a qu'une seule personne qui compte vraiment pour lui : vous. Il a ses coups de cœur, mais ils ne durent pas. Il n'y a que vous dans sa vie, et ses écarts de conduite n'affectent en rien les sentiments qu'il vous porte.

— C'est ce dont j'étais persuadée jusqu'à maintenant.

— Croyez-moi, Caroline, c'est toujours le cas.

— Non, Merry. Là, j'ai peur. Cette fille est tellement… tellement spontanée. Si jeune, si ardente. J'ai le sentiment que cette fois, c'est… c'est sérieux.

— Mais sa jeunesse et sa spontanéité, comme vous dites, vont en quelque sorte la protéger. Les femmes sont en général des proies faciles pour Amyas. Avec une fille comme elle, ce sera différent.

— C'est justement ça que je redoute : que ce soit différent. J'ai trente-quatre ans, Merry. Amyas et moi, nous sommes mariés depuis dix ans. Je ne suis pas de taille à lutter avec cette gamine, je le sais.

— Mais vous savez aussi, Caroline – vous le savez, n'est-ce pas ? – qu'il vous aime vraiment.

— Sait-on jamais, avec les hommes ?

Elle eut un petit sourire triste.

— Je suis une primitive, moi : j'en ferais volontiers de la chair à pâté de cette fille.

Je répondis que cette petite ne se rendait probablement pas compte de ce qu'elle faisait. Qu'elle avait une grande admiration pour Amyas, qu'elle le vénérait comme une sorte de héros, mais sans s'apercevoir, certainement, qu'il était amoureux d'elle.

— Cher Merry ! murmura-t-elle avant de détourner la conversation sur les fleurs du jardin.

J'espérais qu'elle n'aurait plus à s'inquiéter de cette affaire.

Peu de temps après, Elsa rentra à Londres. Amyas s'absenta lui aussi pendant quelques semaines. Cette histoire m'était complètement sortie de l'esprit lorsque j'appris que la jeune fille allait revenir à Alderbury afin qu'Amyas puisse terminer son portrait.

Cette nouvelle me tracassa un peu, mais Caroline, quand je la vis, ne semblait pas disposée à en parler. Elle était exactement à son ordinaire, pas le moins du monde ennuyée ou contrariée. Je crus alors que tout allait bien.

Voilà pourquoi je fus tellement étonné d'apprendre à quel point les choses s'étaient gâtées.

Je vous ai fait part de mes conversations avec Crale et Elsa. Je n'eus guère la possibilité de parler avec Caroline. Si ce n'est d'échanger avec elle les quelques mots que je vous ai déjà rapportés.

Je me rappelle son visage, maintenant, ses grands yeux noirs, l'émotion contenue dans sa voix lorsqu'elle m'annonça :

— *Tout est fini…*

Je ne puis vous décrire l'incommensurable détresse que contenaient ces paroles. Car elles reflétaient exactement la situation : Amyas parti, tout était fini pour elle. Je suis persuadé que c'est pour cela qu'elle a pris la cicutine. C'était une porte de sortie, une issue que je lui avais moi-même suggérée par mon stupide exposé sur les poisons. De plus, le passage que j'ai lu du Phédon donne une image très adoucie de la mort.

Voici donc ce qu'à présent je crois. Elle a pris la cicutine, résolue à mettre fin à ses jours quand Amyas la quitterait. Il peut l'avoir vue prendre le poison, ou s'être aperçu plus tard qu'elle l'avait en sa possession.

Découverte qui lui fit l'effet d'un coup de massue. Il était horrifié de voir à quelle extrémité ses actes avaient poussé sa femme. Mais malgré ses terribles remords, il se sentait incapable d'abandonner Elsa. Je peux comprendre cela. Quiconque tomberait amoureux d'elle trouverait pratiquement impossible de se dégager de son emprise.

Lui savait qu'il ne pourrait vivre sans Elsa. Et que Caroline ne pourrait vivre sans *lui*. Il n'avait donc qu'une manière de s'en sortir : utiliser lui-même la cicutine.

Et je trouve que la façon dont il le fit lui ressemble bien. Sa peinture était ce qu'il avait de plus cher dans la vie. Il choisit donc de mourir le pinceau à la main, littéralement. Et son dernier regard serait pour le visage de la jeune femme dont l'amour l'avait poussé au désespoir. Peut-être a-t-il pensé, aussi, que sa mort serait la meilleure solution pour elle…

Je dois reconnaître que cette théorie laisse certains faits curieux inexpliqués. Pourquoi, par exemple, n'a-t-on trouvé que les empreintes digitales de Caroline sur le flacon de cicutine découvert dans son tiroir ? Je suggérerai qu'après qu'Amyas l'eut manipulé, ses empreintes ont été brouillées ou effacées par les piles de linge sous lesquelles il se trouvait, et que, après sa mort, Caroline l'avait pris pour regarder si quelqu'un y avait touché. Ça se tient, non ? Quant aux empreintes retrouvées sur la bouteille de bière, les témoins de la défense étaient d'avis que sous l'effet des spasmes de l'empoisonnement, une main pouvait fort bien agripper une canette de façon tout à fait anormale.

Il reste une autre chose à expliquer : l'attitude de Caroline au procès. Mais je crois maintenant en comprendre la cause. C'était elle qui avait pris le poison dans mon laboratoire. Et c'était sa volonté à elle d'en finir avec la vie qui avait poussé son mari à en finir avec la sienne. Je ne pense donc pas hasardeux de supposer qu'en proie à une violente et excessive crise de conscience, elle se soit crue responsable de sa mort, elle se soit persuadée qu'elle était *effectivement* coupable de meurtre – même si celui dont on l'accusait était d'un autre ordre.

J'imagine que c'est ce qui a dû se passer. Si tel est le cas, vous saurez sans doute facilement en convaincre la petite Carla ? Elle pourra alors épouser son fiancé, rassurée de savoir que tout ce dont sa mère s'est rendue coupable, c'est d'avoir eu l'idée – rien de plus – d'attenter à ses jours.

Mais tout cela, hélas, n'est pas ce que vous m'aviez demandé : un compte rendu des événements tels que je me les rappelle. Je vais donc réparer cette omission. Je vous ai déjà expliqué dans le détail ce qui s'est passé la veille de la mort d'Amyas. Venons-en au jour fatidique.

Tourmenté par la tournure désastreuse que prenaient les événements pour mes amis, j'avais passé une très mauvaise nuit. Après une longue insomnie pendant laquelle je cherchai vainement une solution qui aurait pu éviter la catastrophe, je sombrai vers 6 heures dans un sommeil pesant. L'arrivée de mon thé du matin ne me réveilla pas. Je n'émergeai que vers 9 heures et demie, la tête lourde. Ce fut peu après cela que je crus entendre du bruit dans la pièce du dessous qui était celle que j'utilisais comme laboratoire.

Je dois préciser ici que les bruits en question devaient être causés par un chat. J'ai en effet retrouvé le châssis de la fenêtre à guillotine légèrement soulevé, tel qu'il avait été négligemment laissé la veille. L'ouverture était juste suffisante pour laisser passer un chat. Je ne parle de ces bruits que pour expliquer la raison de ma venue au laboratoire.

J'y descendis dès que je fus habillé. En jetant un coup d'œil sur les étagères, je remarquai que la fiole contenant la préparation de cicutine était légèrement décalée par rapport aux autres. En y regardant de plus près, je fus bien étonné de constater qu'il en manquait une bonne quantité : le flacon, pratiquement plein la veille, était maintenant presque vide.

Je baissai la fenêtre et poussai le loquet puis je sortis en refermant derrière moi à double tour. J'étais à la fois abasourdi et bouleversé. Quand je suis destabilisé, j'ai malheureusement l'esprit plutôt lent.

D'abord ennuyé, puis inquiet, je finis par m'affoler tout à fait. Je questionnai toute la maisonnée : les domestiques assurèrent n'avoir pas mis les pieds dans le laboratoire. Je réfléchis encore un peu à la situation et me résolus à appeler mon frère pour lui demander conseil.

Philip eut plus de réflexes que moi. Il saisit tout de suite la gravité de ma découverte et me demanda de le rejoindre immédiatement afin que nous envisagions ensemble ce qu'il y avait lieu de faire.

Je me mis donc en route, et rencontrai Mlle Williams cheminant en sens inverse, à la recherche de son élève qui faisait l'école buissonnière. Je lui dis n'avoir pas vu Angela, elle n'était pas venue à la maison.

Mlle Williams dut remarquer qu'il se passait quelque chose d'anormal. Elle me regarda d'un air intrigué, mais je n'avais aucune intention de la mettre au courant. Je lui conseillai d'aller voir au potager – Angela y avait un de ses pommiers favoris – et me précipitai vers le rivage pour traverser la crique à la rame en direction d'Alderbury.

Mon frère m'attendait déjà sur l'autre rive.

Nous remontâmes ensemble vers la maison par le sentier que nous avons emprunté, vous et moi, l'autre jour. Connaissant la topographie des lieux, vous comprendrez qu'en passant sous le mur de la Batterie, nous ne pouvions faire autrement, mon frère et moi, que d'entendre ce qui s'y passait.

Outre le fait que Caroline et Amyas étaient en train de régler un différend quelconque, je ne prêtai guère attention à ce qu'ils disaient.

En tout cas, je ne surpris aucune menace dans le discours de Caroline. Angela était au centre du débat et Caroline plaidait, j'imagine, pour reporter la décision de l'envoyer en pension. Amyas restait inflexible et vociférait que tout était réglé et qu'il allait veiller à ce qu'elle fasse ses valises.

La porte de la Batterie s'ouvrit juste au moment où nous passions devant et Caroline sortit. Elle avait l'air agitée, mais pas outre mesure. Elle m'adressa un sourire un peu absent et me dit qu'ils venaient de discuter d'Angela. Elsa arriva de la maison à ce moment précis, et comme il était clair qu'Amyas désirait se remettre à peindre sans que nous le dérangions, nous reprîmes notre chemin.

Philip s'est sévèrement reproché, par la suite, de ne pas être intervenu tout de suite. Moi, je ne suis pas d'accord. Au nom de quoi pouvions-nous accuser quelqu'un d'envisager pareil acte ? (D'autant qu'aujourd'hui, je ne pense plus qu'il ait été envisagé.) Il est certain que nous devions faire *quelque chose*, mais je maintiens que nous avions raison de bien peser auparavant le pour et le contre. Il ne fallait pas agir à l'aveuglette, et je me demandai même une ou deux fois si je ne m'étais pas trompé. La fiole avait-elle vraiment été aussi pleine que je le pensais ? Je ne suis pas du genre, comme mon frère Philip, à me croire infaillible. La mémoire peut toujours nous jouer des tours. Combien de fois, par exemple, ne jurerait-on pas avoir mis quelque chose ici pour s'apercevoir ultérieurement que c'était là ? Plus j'essayais de me rappeler le niveau de remplissage du flacon, l'après-midi de la veille, et plus je me sentais envahi par le doute. Ce qui énervait Philip au plus haut point. Il commença à perdre patience.

Dans l'impossibilité pratique de poursuivre notre discussion, nous décidâmes tacitement de l'interrompre et de la reprendre après le déjeuner – il y avait en effet toujours un couvert pour moi à Alderbury.

Plus tard, Angela et Caroline nous apportèrent de la bière. Je demandai à Angela ce qu'elle avait fait pendant son escapade, et l'informai que Mlle Williams était sur le sentier. Elle repondit qu'elle était allée se baigner, ajoutant qu'elle ne voyait pas l'intérêt de raccommoder son horrible vieille jupe alors qu'elle allait avoir des affaires toutes neuves quand elle irait en pension.

Comme il ne semblait guère y avoir de possibilité de tête-à-tête avec Philip et que je souhaitais pouvoir repenser à tout cela sans personne autour, je me remis en marche en direction de la Batterie. Juste au-dessus du jardin, ainsi que je vous l'ai montré, s'ouvre une petite clairière, entre les arbres, où il y avait un vieux banc. Je m'y installai et me mis à réfléchir, tout en fumant et en regardant Elsa qui posait pour Amyas.

Je n'oublierai jamais comment elle était, ce jour-là. Figée dans sa pose, avec son chemisier jaune, son pantalon bleu marine et un pull rouge jeté sur les épaules pour se protéger de la brise. Le visage resplendissant de santé. Pleine de vie. Radieuse. Échafaudant d'une voix gaie ses projets d'avenir.

Ne croyez pas, en lisant cela, que j'aie été indiscret : j'étais dans le champ de vision d'Elsa. Ils n'ignoraient rien de ma présence. Elle me fit signe de la main et me cria qu'Amyas n'était pas à prendre avec des pincettes, qu'il ne voulait pas la laisser se reposer, qu'elle était tout ankylosée et avait mal partout.

Amyas grogna qu'il avait encore plus mal qu'elle. Ses rhumatismes, n'est-ce pas. Il ne sentait plus ses membres. « Pauvre petit vieux ! » se moqua-t-elle. À quoi il répondit que c'est avec un infirme tout rouillé qu'elle allait vivre.

Cela me choqua, voyez-vous, de les entendre ainsi évoquer d'un cœur léger leur avenir en commun, alors qu'ils provoquaient tant de souffrance. Et pourtant, je ne pouvais pas lui en vouloir, à cette fille. Elle était si jeune, si sûre d'elle, si amoureuse ! Elle ne savait pas vraiment ce qu'elle faisait, elle ne savait pas ce que c'était que de souffrir. Dans ses naïves certitudes de jeune femme, elle se disait qu'il ne fallait pas s'en faire pour Caroline, elle s'en remettrait vite. Elle ne voyait rien d'autre qu'Amyas et elle nageant dans le bonheur. Elle m'avait déjà dit que mon point de vue était vieux jeu. Elle n'éprouvait aucun doute, aucun scrupule – aucune pitié, non plus. Mais peut-on attendre de la pitié de la jeunesse triomphante ? C'est un sentiment qui vient avec le temps et la sagesse.

Leur conversation resta succincte. Un peintre a besoin de se concentrer quand il travaille. Toutes les dix minutes environ, Elsa faisait une remarque et Amyas répondait par un grognement.

— Pour l'Espagne, déclara-t-elle à un moment donné, je crois que tu as raison. C'est le premier endroit où on ira. Et il faudra que tu m'emmènes voir une corrida, ça doit être formidable. Sauf que je voudrais que ce soit le taureau qui tue l'homme, pas le contraire. Je comprends ce que les femmes romaines devaient ressentir quand elles voyaient un homme mourir au cirque. Les humains, ce n'est pas grand-chose. Tandis que les animaux, c'est splendide.

Primitive et insouciante, pas encore aigrie par la vie ou tempérée par la sagesse, Elsa ressemblait elle-même à un jeune animal. Elle n'avait pas commencé à penser, je crois. Les choses, elle les *sentait* seulement. Mais elle débordait de vie. Plus qu'aucun des êtres que j'ai connus…

Je ne devais plus jamais la voir ainsi radieuse et sûre d'elle-même, au summum du bonheur. Un bonheur mort-né.

La cloche du déjeuner retentit. Je me levai et descendis jusqu'à la porte de la Batterie. Elsa me rejoignit. La lumière était aveuglante, après la pénombre des arbres. J'y voyais à peine. Amyas était affalé sur son banc, les bras écartés, les yeux fixés sur son tableau. Je l'ai souvent vu ainsi. Comment pouvais-je me douter que le poison faisait déjà son effet et le rigidifiait dans cette position ?

Il avait horreur de la maladie, ne l'admettait pas, n'avouait jamais le moindre malaise. Il devait s'imaginer, à mon avis, souffrir d'un début d'insolation – les symptômes sont très semblables – mais gardait bien sûr cela pour lui.

— Il ne viendra pas déjeuner, dit Elsa.

Je pensai en moi-même qu'il faisait aussi bien.

— Eh bien, à plus tard ! lançai-je.

Il détourna les yeux de son tableau et les posa sur moi. Son regard était – comment dire ? – mauvais. Un regard lourd, malveillant.

Bien entendu, sur le moment, je ne compris pas : quand sa peinture n'allait pas comme il l'entendait, il donnait l'impression de vouloir étrangler la terre entière. Je crus que c'était encore une fois le cas. Il émit une sorte de grognement.

Ni Elsa ni moi ne vîmes quoi que ce soit d'inhabituel dans son comportement. Tout juste l'humeur d'un artiste.

Nous le quittâmes donc, elle et moi, pour remonter à la maison et devisâmes gaiement en chemin. Si elle avait su, la pauvre, qu'elle ne devait plus le revoir vivant… Dieu merci, elle ne pouvait pas s'en douter. Comme ça au moins, elle aura été heureuse un peu plus longtemps.

Caroline parut tout à fait normale au déjeuner – un peu préoccupée, sans plus. Cela ne démontre-t-il pas qu'elle n'avait rien à voir avec cette mort ? Elle n'aurait *jamais* pu jouer aussi bien la comédie.

Ce fut elle qui, en compagnie de la gouvernante, fit un peu plus tard la macabre découverte. Je rencontrai Mlle Williams qui remontait du jardin : elle me demanda de téléphoner à un médecin et redescendit auprès de Caroline.

Pauvre petite ! Elsa, je veux dire. Elle laissa éclater son chagrin sans retenue, comme un enfant qui n'arrive pas à croire que la vie puisse le traiter de la sorte. Caroline était très calme. Oui, calme. Elle arrivait de toute évidence à mieux se contrôler qu'Elsa. Elle ne paraissait pas éprouver de remords – pas à ce moment-là. Elle dit tout simplement qu'il avait dû se suicider. Ce que nous ne pouvions croire. Elsa explosa et l'accusa devant tout le monde.

Bien sûr, Caroline devait déjà savoir que les soupçons allaient peser sur elle. Oui, et cela explique sans doute son attitude.

Philip était absolument convaincu qu'elle était coupable.

La gouvernante nous apporta une aide précieuse. Elle fit allonger Elsa et lui donna un sédatif. Puis elle éloigna Angela lorsque la police arriva. C'était un monument de force, cette femme.

Et puis ce fut le début du cauchemar : fouilles de la police, interrogatoires, invasion des reporters qui grouillaient partout comme une armée de mouches et quémandaient, dans le crépitement des appareils photo, des interviews aux membres de la famille.

Un cauchemar que tout cela…

Un cauchemar encore aujourd'hui, même après tant d'années. Plaise à Dieu que vous parveniez à persuader la petite Carla de ce qui s'est réellement passé, et qu'alors, enfin, nous puissions effacer à jamais cela de notre mémoire.

Amyas Crale *doit* s'être suicidé – aussi invraisemblable que cela paraisse.

Fin du récit de Meredith Blake.

3

RÉCIT DE LADY DITTISHAM

Voici donc consignée ici toute l'histoire de ma relation avec Amyas Crale jusqu'au moment de sa tragique disparition.

Je l'ai rencontré pour la première fois lors d'une réception dans un atelier. Il était debout, je m'en souviens, à côté d'une fenêtre et il a attiré mon regard dès que je suis entrée. J'ai demandé qui c'était. « Crale, le peintre », m'a-t-on répondu. Je me suis immédiatement fait présenter.

Nous avons alors bavardé une dizaine de minutes. Quand quelqu'un vous fait autant impression qu'Amyas Crale à moi ce jour-là, inutile d'essayer de le dépeindre. Le mieux que je puisse dire, c'est que dès que je l'ai vu, toutes les autres personnes présentes ont semblé rapetisser, s'estomper.

Tout de suite après ce premier contact, je me suis précipitée partout où on pouvait voir ses œuvres. Il exposait à Bond Street, à ce moment-là. Un de ses tableaux se trouvait à Manchester, un autre à Leeds, deux dans des musées de Londres. Je n'en ai pas omis un seul. Puis je l'ai de nouveau rencontré.

— Je suis allée voir toutes vos toiles, ai-je dit. Je les trouve merveilleuses.

Il a eu l'air amusé.

— Peut-être parce que vous n'y connaissez rien ?

— Possible. N'empêche que je les trouve merveilleuses.

Son sourire s'est élargi :

— Allons, ne jouez pas les petites gourdes pâmées.

— Je n'ai rien d'une petite gourde pâmée. Je veux que vous me peigniez.

— Réfléchissez deux secondes, voyons. Je ne suis pas du genre à faire des portraits de femmes du monde.

— Ça n'aura pas besoin d'être un portrait, répondis-je. Et je ne suis pas une femme du monde.

Il m'a regardée comme s'il commençait juste à me voir puis il a dit :

— Non, peut-être pas, après tout.

— Vous acceptez, alors ?

Il m'a détaillée quelques instants, la tête penchée de côté.

— Vous êtes une drôle de fille, hein ?

— J'ai beaucoup d'argent, vous savez. Je mettrai le prix qu'il faudra.

— Pourquoi tenez-vous autant à ce que je vous peigne ?

— Parce que je le veux !

— C'est une raison, ça ?

— Tout à fait. J'obtiens toujours ce que je veux.

— Vous êtes décidément bien jeune, lança-t-il soudain.

— Vous allez-me peindre, oui ou non ?

Il m'a prise par les épaules, m'a orientée vers la lumière et examinée. Puis il s'est un peu reculé. J'ai attendu, immobile.

— Vous savez, a-t-il enfin dit, j'ai souvent eu envie de coiffer le dôme de la cathédrale St Paul d'un envol de cacatoès au plumage extravagant. Si je vous peignais en extérieur dans un décor bien traditionnel, j'ai comme l'impression que j'obtiendrais le même résultat.

— Donc, vous acceptez ?

— Vous êtes une des plus adorables palettes de couleurs sauvages, flamboyantes et exotiques que j'aie jamais vues !

— Alors c'est entendu.

— Mais je vous préviens, Elsa Greer. Si je vous peins, il y a de fortes chances que je vous fasse l'amour.

— J'espère bien…

J'avais dit ça d'une voix ferme, posément. Je l'ai entendu reprendre son souffle. J'ai vu l'expression de son regard.

Voilà. Ç'a été aussi soudain que ça.

Nous nous sommes revus deux ou trois jours plus tard. Il voulait me faire descendre dans le Devon : il y connaissait un endroit qui serait un décor idéal.

— Je suis marié, tu sais, m'a-t-il prévenue. Et je suis très amoureux de ma femme.

À quoi j'ai répondu que pour qu'il l'aime tant que ça, il fallait qu'elle soit vraiment bien.

— Tout ce qu'il y a de bien, a-t-il renchéri. Adorable, même – et je l'adore. Tiens-le-toi pour dit, Elsa.

J'ai affirmé comprendre parfaitement.

Il a commencé le tableau une semaine plus tard. Caroline Crale m'a fort aimablement accueillie. Elle ne paraissait pas trop m'apprécier, mais après tout pourquoi l'aurait-elle fait ? Amyas marchait sur des œufs, lui. Il ne me disait jamais un mot que sa femme ne puisse entendre, et moi je restais d'une politesse distante avec lui. Mais au fond de nous-mêmes, lui et moi, nous savions.

Au bout de dix jours, il m'a dit que je devais retourner à Londres.

— Mais le tableau n'est pas fini, ai-je objecté.

— Il est même à peine commencé. La vérité, c'est que je n'arrive pas à te peindre.

— Pourquoi ?

— Tu le sais aussi bien que moi, Elsa. Et c'est pour ça qu'il faut que tu fiches le camp. Je n'arrive pas à penser à ma peinture. Je n'arrive pas à penser à autre chose qu'à toi.

Nous étions à la Batterie. Le jardin était inondé d'un soleil brûlant, peuplé d'oiseaux et d'abeilles. Ç'aurait dû être un lieu de bonheur et de paix. Mais pas du tout. L'atmosphère y était… tragique, au contraire. Comme si… comme si tout ce qui devait s'y passer l'imprégnait déjà.

Je savais que mon retour à Londres ne changerait rien. Je me suis cependant inclinée :

— Bon, je vais m'en aller si tu veux.

— C'est bien.

Je suis donc partie. Et ne lui ai pas écrit.

Il a tenu une dizaine de jours, puis je l'ai vu débarquer, tellement maigre, hagard et pitoyable que j'en ai été effrayée.

— Je t'avais prévenue, Elsa. Ne dis surtout pas le contraire.

— Je t'attendais. Je savais que tu viendrais.

— Il est des choses auxquelles aucun homme ne peut résister. Je ne mange plus, je ne dors plus tellement je te désire.

Je lui ai répondu que je le savais, que c'était pareil pour moi depuis le premier jour où je l'avais vu. Que c'était le destin et qu'il était inutile d'essayer de lutter contre.

— Tu n'as pas beaucoup essayé, n'est-ce pas, Elsa ?

— Pas du tout essayé, même.

Il en est venu à regretter que je sois si jeune. Je lui ai assuré que ça n'avait pas d'importance. Je crois pouvoir dire que pendant les quelques semaines qui ont suivi, nous avons été heureux. Mais ce n'est pas exactement le terme qui convient. Il s'agissait de quelque chose de plus profond, de plus redoutable même, que le bonheur.

Nous étions faits l'un pour l'autre, nous nous étions trouvés et nous savions tous les deux que nous devions rester ensemble – pour toujours.

Mais un autre facteur est intervenu. Le tableau inachevé a commencé à hanter Amyas.

— C'est quand même bizarre, m'a-t-il dit, l'autre fois, je n'arrivais pas à te peindre, c'était comme si tu t'interposais entre la toile et moi. Pourtant, je *veux* te peindre, Elsa. Et je veux que ce soit le plus beau tableau de toute ma vie. Ça me démange de reprendre mes pinceaux, maintenant, de te revoir dans ce décor tellement conventionnel du rempart, de la mer bleue et des beaux arbres bien taillés, toi, assise là comme le cri dissonant du triomphe.

» C'est comme ça que je veux te peindre ! Et j'ai besoin qu'on me fiche la paix pendant que je travaille. Quand le tableau sera fini, alors je dirai la vérité à Caroline et on réglera toutes ces histoires.

— Tu crois que Caroline va faire des difficultés pour divorcer ? ai-je demandé.

Il m'a répondu qu'il ne pensait pas. Mais qu'on ne savait jamais, avec les femmes.

Je lui ai affirmé que j'étais navrée de lui faire du mal, mais qu'après tout, c'étaient des choses qui arrivaient, dans la vie.

— C'est bien gentil, Elsa, c'est très raisonnable. Mais Caroline n'est pas raisonnable, ne l'a jamais été et ne va sûrement pas commencer maintenant. Elle m'aime, tu sais.

Je lui ai dit que je comprenais, bien sûr, mais que si elle l'aimait vraiment, elle ne voudrait pas le rendre malheureux en cherchant à le retenir contre son gré.

— On ne résout pas les problèmes de la vie à coups de belles maximes, m'a-t-il rétorqué. Le monde est rouge sang, ne l'oublie pas.

— Mais enfin, nous sommes des êtres civilisés, quand même !

Amyas s'est mis à rire.

— Des êtres civilisés, tu parles ! Caroline n'a sans doute qu'une envie, c'est de te couper en rondelles.

Elle en est capable, d'ailleurs. Tu te rends compte comme elle va souffrir ? *Souffrir*... Sais-tu seulement ce que ça signifie ?

— Ne lui dis rien alors.

— Si, Elsa, il le faut. Je veux que tu sois à moi normalement. Devant tout le monde. Pas en cachette.

— Et si elle ne veut pas divorcer ?

— Ce n'est pas ça qui me fait peur.

— Qu'est-ce qui te fait peur, alors ?

— Je ne sais trop..., a-t-il articulé lentement.

Il connaissait bien Caroline, voyez-vous. Pas moi.

Si j'avais pu me douter...

Nous sommes donc repartis pour Alderbury. Cette fois, ç'a été beaucoup plus difficile. Caroline se doutait de quelque chose. Je n'aimais pas ça. Oh non, je n'aimais pas. Vraiment pas. J'ai toujours eu horreur d'agir dans le dos des gens. Je voulais qu'on lui dise tout. Amyas ne voulait pas en entendre parler.

Le plus drôle, dans tout ça, c'est qu'il ne semblait pas concerné. Malgré son amour pour Caroline et son désir de ne pas la faire souffrir, l'honnêteté ou la malhonnêteté de sa conduite était le cadet de ses soucis. Il peignait avec une sorte de frénésie, rien d'autre ne comptait. Moi qui ne l'avais encore jamais vu dans ces moments de création, je me rendais compte à présent du génie qui l'habitait. Il était tellement absorbé qu'il se sentait dégagé des convenances les plus ordinaires. Il en allait bien autrement pour moi. J'étais dans une position horrible. Caroline m'en voulait – à juste titre. La seule manière de rendre la situation plus supportable aurait été d'être francs et de lui dire la vérité.

Mais tout ce qu'Amyas répondait, c'est qu'il ne voulait pas de scènes avant d'avoir fini le tableau. Je lui ai fait remarquer qu'il n'y aurait vraisemblablement pas de scène. Caroline avait trop de dignité et de fierté pour s'abaisser à cela.

— Je ne veux pas lui mentir, ai-je insisté. Il *faut* qu'on soit honnêtes !

— Au diable ton honnêteté ! a-t-il explosé. J'ai une œuvre à terminer, bon Dieu !

Je voyais son point de vue, mais il refusait de comprendre le mien.

Et j'ai fini par craquer. Un jour où Caroline venait de parler d'un projet qu'elle avait pour l'automne avec Amyas comme d'une chose absolument certaine, ce que nous faisions – la mener ainsi en bateau – m'a soudain fait horreur. Sans doute aussi étais-je un peu énervée contre elle parce qu'elle s'était montrée particulièrement désagréable avec moi, d'une manière habile et insidieuse contre laquelle on n'a pas prise.

Alors je lui ai déballé toute la vérité. D'une certaine manière, je suis encore persuadée que j'avais raison. Mais bien sûr, je ne l'aurais jamais fait si j'avais pu deviner ce qui allait en résulter.

L'explosion a été immédiate. Amyas était furieux contre moi, mais il a bien été obligé de reconnaître que ce que j'avais dit était vrai.

J'avoue que Caroline me déconcertait. Nous étions tous allés prendre le thé chez Meredith Blake, et là, elle a merveilleusement joué la comédie. Elle a badiné, plaisanté. Moi, comme une idiote, j'ai cru qu'elle prenait bien la chose. Je trouvais gênant de ne pouvoir quitter la maison, mais Amyas en aurait fait une maladie. J'ai pensé que Caroline s'en irait peut-être. Ça aurait simplifié la vie à tout le monde.

Je ne l'ai pas vue s'emparer de la cicutine. Pour être honnête, il est possible qu'elle l'ait prise avec l'idée du suicide en tête.

Mais je n'y crois pas *vraiment*. Je pense que c'était une de ces femmes farouchement jalouses et possessives qui s'accrochent à ce qu'elles croient leur appartenir. Amyas était sa propriété. Pour moi, elle était bien décidée à le tuer plutôt qu'à le laisser partir – définitivement cette fois – avec une autre femme. Et je crois que sa décision a été immédiate. Que Meredith Blake se mette justement à parler en long et en large de la cicutine n'a fait que lui fournir le moyen de réaliser ce qu'elle avait déjà en tête. C'était une femme aigrie et vindicative. Amyas savait depuis le début qu'elle était dangereuse. Pas moi.

Le lendemain matin, elle a eu une dernière explication avec lui. J'ai entendu presque tout depuis la terrasse où je me trouvais. Il a fait preuve d'un calme et d'une patience extraordinaires. Il l'a suppliée de se montrer raisonnable. Il a affirmé qu'il les aimait beaucoup, elle et l'enfant, qu'il en serait toujours ainsi et qu'il ferait tout ce qu'il pourrait pour assurer leur avenir. Puis il a durci le ton et dit :

— Mais que ce soit bien clair. Je vais épouser Elsa, rien ne m'en empêchera. Nous avons toujours été d'accord que chacun de nous restait libre. C'est la vie.

Et Caroline a répondu :

— Fais comme tu voudras. Je t'aurai prévenu.

Le calme étrange de sa voix n'a pas échappé à Amyas.

— Ça veut dire quoi, ça ?

— Que tu es à moi et que je n'ai pas l'intention de te laisser partir. Plutôt que de te voir filer avec cette fille, *je préférerais te tuer*…

À ce moment précis, Philip Blake est arrivé sur la terrasse. Je me suis levée et suis allée à sa rencontre. Je ne voulais pas qu'il entende.

Quelques instants plus tard, Amyas est sorti et a dit qu'il était temps de se remettre au tableau. Nous sommes descendus à la Batterie. Il n'a desserré les dents que pour me glisser que Caroline était dans une colère noire et pour me demander, au nom du ciel, de ne plus parler de cette histoire. Il voulait se concentrer sur ce qu'il faisait. Encore un jour de travail, et il en aurait terminé.

— Ce sera le plus beau que j'aurai jamais peint, Elsa, même s'il aura coûté du sang et des larmes.

Un peu plus tard, je suis remontée à la maison chercher un pull. Un petit vent frais s'était levé. Quand je suis revenue, Caroline était là, Philip et Meredith Blake aussi. Je suppose qu'elle était descendue faire une dernière tentative.

C'est à ce moment qu'Amyas a dit qu'il avait soif et demandé qu'on lui apporte à boire : la bière qu'il y avait là n'était pas fraîche.

Caroline a répondu qu'elle allait lui en chercher dans la glacière. Et dit cela avec le plus grand naturel, sur un ton presque amical. Une sacrée comédienne, cette femme, étant donné ce qu'elle avait en tête.

Elle l'a apportée une dizaine de minutes plus tard. Amyas était en train de peindre. Elle lui en a versé un verre qu'elle a posé à côté de lui. Nous ne faisions pas attention à elle ; Amyas avait les yeux fixés sur sa toile, et moi je devais garder la pose.

Il a bu comme à son habitude avec la bière : d'un trait. Il a reposé le verre en faisant la grimace, il lui avait trouvé un goût infect, mais au moins c'était frais.

Même à ce moment-là, quand il a parlé de goût infect, aucun soupçon ne m'a effleuré l'esprit.

— C'est ton foie, ai-je plaisanté.

Après l'avoir vu boire, Caroline s'en est allée.

Il a dû s'écouler une quarantaine de minutes avant qu'Amyas ne commence à se plaindre de douleurs et d'engourdissement. Il pensait avoir une petite crise de rhumatismes. Il ne supportait pas d'être malade et ne voulait pas qu'on en fasse tout un plat. Aussi a-t-il vite tourné ça en dérision : « C'est l'âge, sans doute. Tu vas vivre avec un vieillard tout rouillé, Elsa. » J'ai répondu sur le même ton. Mais j'ai remarqué la raideur étrange de ses jambes et je l'ai vu grimacer une ou deux fois. Je n'aurais jamais imaginé qu'il s'agissait de tout autre chose que de rhumatismes. Quelques instants plus tard, il a rapproché le banc, s'est avachi dessus, et ne s'est plus redressé que de temps en temps pour remettre ça ou là une touche de couleur sur la toile. Il faisait souvent ça, lorsqu'il peignait : il restait assis à regarder alternativement le tableau et moi, parfois pendant une demi-heure de suite. Aussi n'ai-je rien vu là d'extraordinaire.

Nous avons entendu la cloche du déjeuner. Il m'a dit qu'il ne montait pas, qu'il resterait là et n'avait besoin de rien. Cela non plus n'avait rien d'inhabituel, d'autant que ce serait plus simple pour lui que de se retrouver en face de Caroline à table.

Il parlait d'une manière un peu étrange – quelques mots simplement bougonnés. Mais cela aussi lui arrivait quand son tableau n'avançait pas comme il voulait.

Meredith Blake est venu me chercher. Il a parlé à Amyas, qui ne lui a répondu que par un grognement.

Je suis donc remontée avec lui et nous avons laissé Amyas seul. Nous l'avons laissé seul – mourir seul. Moi qui n'avais jamais vu de gens malades et n'y connaissais rien, je croyais qu'il était seulement dans une de ses humeurs d'artiste. Si j'avais su… si j'avais pu me rendre compte… peut-être qu'un médecin aurait pu le sauver… Mon Dieu, pourquoi n'ai-je pas… Mais bon, inutile de se lamenter maintenant. J'étais idiote. Idiote et aveugle.

Il n'y a pas grand-chose à ajouter.

Caroline et la gouvernante sont descendues après le déjeuner. Meredith a pris le même chemin. Mais il est bientôt remonté en courant. Il nous annoncé qu'Amyas était mort.

Alors j'ai compris ! J'ai compris, veux-je dire, que c'était Caroline. Je ne pensais toujours pas au poison – je croyais qu'elle venait de lui tirer dessus ou de le poignarder.

J'aurais voulu lui sauter à la gorge – la tuer…

Comment avait-elle pu faire ça ? *Comment* ? Lui tellement amoureux de la vie, si plein d'ardeur et de foi dans l'existence. Faucher tout cela… le transformer en masse inerte et froide. Rien que pour empêcher qu'il soit à moi.

L'abominable bonne femme.

Abominable, cruelle, hargneuse et vindicative…

Je la hais. Le temps a passé et je la hais toujours.

Dommage qu'on ne l'ait pas pendue.
On aurait dû…
Même la corde aurait été trop douce pour elle…
Je la hais… Je la hais… Je la hais…

Fin du récit de lady Dittisham.

4

RÉCIT DE CECILIA WILLIAMS

Cher monsieur Poirot,

Vous trouverez ci-dessous un compte rendu des événements de septembre 19… tels que j'en ai personnellement été témoin.

Je l'ai rédigé en toute franchise, sans rien cacher. Vous pourrez le montrer à Carla Crale. Il lui fera peut-être de la peine, mais j'ai toujours cru en la vérité. Les faux-fuyants sont malsains. On doit avoir le courage de regarder les choses en face. Sans ce courage la vie n'a pas de sens. Les gens qui nous font le plus de mal sont ceux qui veulent nous protéger de la réalité.

Je suis, croyez-le bien, très sincèrement à vous,

Cecilia Williams

Je m'appelle Cecilia Williams. J'ai été engagée par Mme Crale comme gouvernante de sa demi-sœur Angela Warren en 19… J'avais alors quarante-huit ans.

J'ai pris mon service à Alderbury, superbe propriété du sud du Devon qui appartenait à la famille Crale depuis des générations. Je savais que M. Crale était un artiste peintre connu, mais je ne l'avais jamais rencontré avant mon arrivée chez eux.

Il y avait six personnes à la maison : M. et Mme Crale, Angela Warren, alors âgée de treize ans, et trois domestiques qui étaient au service de la famille depuis des années.

J'ai trouvé mon élève intéressante et pleine de promesses. Elle avait d'évidentes capacités et c'était un plaisir d'être son institutrice. Elle avait tendance à faire les quatre cents coups et se montrait indisciplinée, mais c'est souvent la marque des grands esprits, et j'ai toujours préféré que mes jeunes filles aient du caractère. Un excès de vitalité peut toujours être canalisé et transformé en efficacité.

Dans l'ensemble, Angela m'est apparue assez maniable. Elle avait bien sûr été gâtée, surtout par Mme Crale qui était beaucoup trop indulgente. Quant à M. Crale, il ne me semblait pas savoir la prendre. Un jour, il se pliait bêtement à tous ses caprices, et le lendemain, il se montrait inutilement dur et autoritaire. Il était d'humeur très changeante, peut-être à cause de ce qu'il est convenu d'appeler son tempérament d'artiste.

Je n'ai jamais compris, pour ma part, en quoi le fait de posséder des dons artistiques pouvait dispenser d'un minimum de contrôle de soi. De plus, les tableaux de M. Crale ne m'ont jamais enthousiasmée. Le dessin m'en paraissait maladroit et la couleur outrée. Mais bon, je n'étais pas là pour donner mon avis sur ce sujet.

Je conçus rapidement un profond attachement pour Mme Crale. J'admirais sa personnalité et son courage face aux difficultés de sa vie. M. Crale n'était pas un mari fidèle, et je crois que cela était source de bien des chagrins pour elle. Une femme moins tolérante l'aurait quitté, mais je ne crois pas que Mme Crale ait jamais envisagé une telle solution. Elle supportait ses frasques et les lui pardonnait – mais pas de gaieté de cœur, je peux vous l'assurer. Elle faisait des scènes, et sans mâcher ses mots !

Il a été dit au procès qu'ils s'entendaient comme chien et chat. C'est exagéré : Mme Crale avait trop de dignité pour cela, mais il est vrai qu'ils se disputaient. Ce qui me semble un peu normal étant donné les circonstances.

J'étais au service de Mme Crale depuis juste deux ans lorsque Mlle Elsa Greer fit son apparition. Elle débarqua à Alderbury un beau jour de l'été 19… Mme Crale ne l'avait jamais vue auparavant. C'était une amie de M. Crale, qui soi-disant la faisait venir pour peindre son portrait.

Il fut tout de suite évident que M. Crale s'était entiché de cette fille et qu'elle ne faisait rien pour le décourager. Elle se conduisait d'une façon odieuse, à mon avis, et terriblement insolente avec Mme Crale, flirtant sans vergogne avec son mari.

Bien entendu, Mme Crale ne me disait rien à moi, mais je voyais bien qu'elle était malheureuse, et je faisais tout ce qui était en mon pouvoir pour la distraire et alléger son fardeau. Mlle Greer posait tous les jours pour M. Crale, mais je trouvais que le tableau n'avançait pas très vite. Ils avaient sûrement d'autres chats à fouetter !

Mon élève, grâce à Dieu, ne comprenait pas grand-chose à ce qui se passait. Angela était par certains côtés très jeune pour son âge. Bien qu'elle fût brillante, elle n'était pas ce que je pourrais appeler précoce. Elle semblait n'avoir aucun attrait pour les livres défendus ni aucune des curiosités malsaines qu'ont souvent les jeunes filles de son âge.

Elle ne voyait donc rien de mal à ce que M. Crale fût tellement ami avec Mlle Greer. Elle n'aimait pourtant pas Mlle Greer, qu'elle jugeait sotte. Ce qui n'était pas faux. Mlle Greer avait, j'imagine, reçu une véritable éducation, mais elle n'ouvrait jamais un livre et semblait perdue à la moindre allusion littéraire. De plus, elle était incapable de soutenir une conversation tant soit peu intellectuelle.

Ses seuls centres d'intérêt étaient son physique, sa garde-robe et les hommes.

Angela ne se rendait même pas compte, je crois, que sa sœur était malheureuse. Elle ne voyait guère plus loin que le bout de son nez, à l'époque. Elle passait son temps à des jeux de garçon, comme grimper aux arbres ou faire des acrobaties sur son vélo. Elle lisait aussi passionnément et montrait un goût excellent dans le choix de ses lectures.

Mme Crale prenait toujours garde à ne laisser paraître aucun signe de désarroi devant Angela et s'appliquait, au contraire, à afficher une mine gaie et enjouée en sa présence.

Mlle Greer rentra à Londres. Nul ne s'en plaignit, je puis vous l'assurer ! Tout comme moi, les domestiques la détestaient. Elle était de ces gens qui vous dérangent pour un oui ou pour un non et qui oublient de dire merci.

M. Crale partit à son tour peu après et, bien sûr, je me doutais qu'il allait la rejoindre. J'étais navrée pour Mme Crale. Tout cela l'affectait tellement ! J'en voulais beaucoup à M. Crale. Quand un homme a une femme aussi charmante, gracieuse et intelligente, il n'a pas le droit de la traiter ainsi.

Quoi qu'il en soit, nous souhaitions elle et moi qu'il ne s'agisse que d'une passade. Nous n'abordions jamais le sujet, mais elle savait exactement ce que j'en pensais.

Malheureusement, quelques semaines plus tard, ils revinrent ensemble. Les séances de pose devaient semblait-il reprendre.

M. Crale se mit à peindre avec une véritable frénésie. Il paraissait moins s'intéresser à la fille qu'à son tableau, désormais. Pourtant, je voyais bien que ce n'était pas un de ces petits flirts que nous avions connus auparavant. Cette fille avait planté ses griffes en lui et ne lâcherait pas sa proie. Il était comme de la cire molle entre ses doigts.

La crise atteignit son paroxysme la veille de sa mort, c'est-à-dire le 17 septembre. Mlle Greer s'était montrée insupportablement insolente les jours précédents. Elle se sentait en position de force et voulait asseoir son importance. Mme Crale se comporta en vraie dame : elle resta d'une politesse glaciale, mais montra clairement à l'autre ce qu'elle pensait d'elle.

Ce jour-là donc, le 17 septembre, alors que nous étions tous au salon après le déjeuner, Mlle Greer fit une remarque ahurissante sur la façon dont elle comptait redécorer la pièce lorsqu'elle s'installerait à Alderbury.

Mme Crale ne pouvait évidemment pas laisser passer une chose pareille. Elle releva le gant et Mlle Greer eut alors le front de déclarer devant tout le monde qu'elle allait épouser M. Crale. Oser parler d'épouser un homme marié devant sa femme !

J'étais outrée par l'attitude de M. Crale. Comment pouvait-il laisser cette fille insulter sa femme sous leur propre toit ? S'il voulait partir avec elle, que ne l'avait-il fait, au lieu de l'amener chez eux et de la conforter dans son outrecuidance ?

Malgré ce qu'elle devait éprouver, Mme Crale ne perdit pas sa dignité. Comme son mari entrait à ce moment précis, elle lui demanda confirmation.

Il fut, cela se comprend, fort contrarié que Mlle Greer lui eût ainsi forcé la main. Sans même parler du reste, cela le faisait paraître *lui* à son désavantage. Les hommes ont horreur de paraître à leur désavantage. Ça froisse leur vanité.

Il resta planté là, ce grand bougre d'homme, la mine déconfite et l'air penaud comme un potache coiffé du bonnet d'âne. Ce fut sa femme qui s'en tira avec les honneurs. Lui ne put que bredouiller piteusement que c'était vrai, mais qu'il aurait souhaité qu'elle l'apprenne d'une autre manière.

Je n'ai jamais vu regard aussi méprisant que celui qu'elle lui assena. Elle quitta la pièce la tête haute. C'était une belle femme, avec un port de reine – bien plus belle que cette fille tape-à-l'œil.

J'espérais de toutes mes forces qu'Amyas Crale serait puni pour sa cruauté et pour l'indignité dans laquelle il plongeait cette âme noble qu'il faisait souffrir depuis si longtemps.

Pour la première fois, je voulus m'ouvrir de mon sentiment à Mme Crale, mais elle m'arrêta :

— Il faut essayer de ne rien changer à notre comportement habituel. C'est le mieux. Pour commencer, nous allons chez Meredith Blake où nous sommes invités à prendre le thé.

— Je vous trouve extraordinaire, madame, lui confiai-je alors.

— Si vous saviez…, dit-elle.

Elle allait quitter la pièce, mais fit demi-tour pour venir m'embrasser.

— Vous m'êtes d'un grand réconfort.

Elle monta alors dans sa chambre où je crois qu'elle se mit à pleurer. Je la vis au moment où ils s'apprêtaient tous à partir. Un chapeau à large bord lui ombrait le visage. Un chapeau qu'elle ne portait presque jamais.

M. Crale semblait mal à l'aise, mais essayait de donner le change. Philip Blake faisait de son mieux pour rester naturel. Quant à cette Mlle Greer, elle se léchait les babines comme un chat qui a découvert une jatte de crème fraîche. Pour un peu, elle aurait ronronné de satisfaction !

Puis tout le monde se mit en route. Ils furent de retour vers 6 heures. Je n'eus pas l'occasion de revoir Mme Crale seule ce soir-là. Elle resta silencieuse et très calme pendant le dîner et monta se coucher tôt. Je crois que personne ne se rendit compte à quel point elle souffrait.

La soirée fut occupée par une interminable querelle entre Angela et M. Crale, qui avaient tous deux remis sur le tapis l'éternelle question du départ en pension. Il avait les nerfs à fleur de peau et elle se montrait particulièrement pénible. La décision ayant été prise et toutes ses affaires achetées, il ne servait pourtant à rien de revenir sur le sujet, mais elle avait apparemment éprouvé l'envie soudaine de faire une scène. La tension ambiante devait agir sur elle comme sur nous. Quant à moi, j'étais hélas trop préoccupée par mes propres pensées pour essayer de la raisonner comme j'aurais dû le faire. Tout cela se termina par un presse-papier lancé à la figure de M. Crale et par une sortie en tempête.

Je lui courus après et lui dis vertement combien j'avais honte de la voir ainsi se conduire comme un bébé. Rien n'y fit, aussi estimai-je préférable de la laisser seule.

Je voulus alors aller frapper à la chambre de Mme Crale. Mais j'y renonçai finalement de crainte de la gêner. Je regrette fort aujourd'hui d'avoir manqué d'assurance et de n'avoir pas insisté pour qu'elle me parle. Si elle l'avait fait, peut-être le cours des choses eût-il été changé. Car elle n'avait personne à qui se confier, voyez-vous. Et si la maîtrise de soi est une qualité que j'admire, je dois reconnaître qu'on la pousse parfois trop loin. Mieux vaut souvent laisser à nos sentiments un exutoire naturel.

Je croisai M. Crale en allant dans ma chambre. Il me dit bonsoir mais je ne répondis pas.

Le lendemain matin, je me souviens, il faisait très beau. Une journée d'une telle quiétude qu'au réveil on se disait que même un homme pourrait revenir à la raison.

Je me rendis à la chambre d'Angela avant de descendre au petit déjeuner, mais elle était déjà sortie. Je ramassai une jupe déchirée qui traînait par terre et l'emportai avec moi pour la lui faire raccommoder après le repas.

Seulement elle était allée mendier du pain et de la confiture à la cuisine et s'était aussitôt éclipsée. Je pris donc mon propre petit déjeuner et partis à sa recherche. Tout cela explique pourquoi je ne suis pas restée auprès de Mme Crale comme j'aurais dû le faire. Mais sur le moment, j'estimai que mon devoir était de retrouver Angela. Elle s'obstinait toujours avec la dernière énergie à refuser de repriser ses vêtements, et je n'avais pas l'intention de la laisser me tenir tête sur ce chapitre.

Son maillot de bain n'était pas dans sa chambre : je pris donc la direction de la plage. Ne la voyant ni dans l'eau ni sur les rochers, je songeai qu'elle pouvait être allée chez Meredith Blake. Ils étaient très amis, tous les deux. Je pris la barque et traversai la crique pour chercher de l'autre côté. En vain. Je fis donc demi-tour et trouvai Mme Crale, M. Meredith et M. Philip Blake sur la terrasse.

Il faisait très chaud, ce matin-là, pour peu que l'on soit à l'abri du vent. Ce qui était le cas de la terrasse et de la maison. Mme Crale leur proposa de la bière bien fraîche.

Une petite serre avait été construite contre la maison à l'époque victorienne. Mme Crale ne l'aimait pas et ne s'en servait pas pour les plantes. Aussi l'avait-on transformée en une manière de bar : des bouteilles de gin, de vermouth, de limonade, de soda au gingembre, entre autres, étaient disposées sur des étagères, tandis que des canettes étaient toujours gardées fraîches dans une petite glacière qu'on alimentait chaque matin.

Mme Crale s'y rendit pour prendre la bière et je la suivis. Angela se trouvait à côté de la glacière et en sortait justement une bouteille.

Mme Crale entra dans la serre avant moi.

— Il m'en faut une pour la descendre à Amyas, dit-elle.

Cela aurait-il dû me mettre la puce à l'oreille ? Difficile à dire, maintenant. Sa voix, j'en suis pratiquement certaine, était tout à fait normale. Mais je dois avouer que je faisais moins attention à elle qu'à Angela. Angela qui se tenait immobile à côté de la glacière et que je voyais, non sans un certain plaisir, rouge de confusion comme quelqu'un qui n'a pas la conscience tranquille.

Je lui parlai sur un ton plutôt sec. À ma grande surprise, elle fila doux. Je lui demandai où elle était allée. Prendre un bain, répondit-elle. À quoi je répliquai que je ne l'avais pas vue à la plage. Elle se mit à rire. Je lui demandai alors ce qu'elle avait fait de son pull. Elle avait dû l'oublier sur la plage.

Je relate ces détails afin d'expliquer pourquoi je laissai Mme Crale descendre seule la bière au jardin de la Batterie.

Je n'ai guère de souvenir du reste de la matinée. Angela partit chercher son nécessaire de couture et raccommoda sa jupe sans plus rechigner. Quant à moi, je crois que je fis de même avec du linge de maison. M. Crale ne monta pas déjeuner. Au moins faisait-il ainsi preuve d'un *minimum* de décence.

Après le repas, Mme Crale annonça qu'elle allait redescendre à la Batterie. Comme je voulais récupérer le pull d'Angela à la plage, nous partîmes ensemble. Elle entra dans le jardin. Je poursuivais mon chemin quand son cri me fit revenir sur mes pas. Ainsi que je vous l'ai expliqué lorsque vous êtes venu me voir, elle m'a demandé de me précipiter au téléphone. En montant, j'ai croisé M. Meredith Blake et je suis retournée vers Mme Crale.

Voilà l'histoire telle que je l'ai racontée lors de l'enquête et au procès.

Ce que je vais ajouter maintenant, je ne l'ai jamais soufflé à âme qui vive. Je n'ai menti à aucune des questions qui m'ont été posées. Mais il est exact que je suis bel et bien coupable d'avoir gardé pour moi certains faits. Je n'en éprouve aucun remords, et je recommencerais si c'était à refaire. Je sais bien qu'avec les révélations qui vont suivre, je prête le flanc à la critique. Mais je ne pense pas qu'après tout ce temps on puisse m'en tenir sérieusement rigueur – d'autant qu'on n'a pas eu besoin de mon témoignage pour condamner Caroline Crale.

Voici donc ce qui s'est passé.

Après avoir rencontré M. Meredith Blake, comme je l'ai dit, j'ai redescendu le sentier aussi vite que je pouvais. J'étais chaussée d'espadrilles et je n'ai jamais été du genre à traîner la patte. Je suis arrivée à la porte ouverte de la Batterie. Et voici ce que j'ai vu.

Mme Crale essuyait la canette de bière avec son mouchoir. Cela fait, elle prit la main inerte de son mari mort et en pressa les doigts contre la bouteille. Le tout sur le qui-vive et sans cesser de tendre l'oreille. C'est l'expression d'effroi que je lus sur son visage qui me fit comprendre la vérité.

Dès ce moment, et sans que le moindre doute puisse venir m'effleurer, je sus que Caroline Crale avait empoisonné son mari. Et, pour ma part, je ne l'en blâmais pas. C'était lui qui l'avait poussée au-delà des limites de la résistance humaine, lui qui avait scellé son propre destin.

Je n'ai jamais parlé de cet incident à Mme Crale. Elle n'a jamais su que j'y avais assisté.

La vie de la fille de Caroline Crale ne doit pas reposer sur un mensonge. Quelque peine qu'elle puisse lui causer, il n'y a que la vérité qui compte.

Mais sommez-la de ma part de ne pas juger sa mère. Elle a été poussée bien au-delà du seuil de souffrance qu'une femme, si aimante fût-elle, peut endurer. À sa fille de comprendre. Et de pardonner

Fin du récit de Cecilia Williams.

5

RÉCIT D'ANGELA WARREN

Cher monsieur Poirot,

Je tiens ma promesse : je vous écris tout ce que je peux me rappeler des terribles événements d'il y a seize ans. Mais il a fallu que je prenne la plume pour m'apercevoir à quel point mes souvenirs étaient ténus. C'est qu'avant le moment fatal, voyez-vous, il n'y a rien qui m'ait véritablement marquée.

Je revois vaguement des jours d'été et des incidents isolés, mais je ne saurais même préciser avec certitude quelle année ils se sont déroulés ! La mort d'Amyas a été pour moi un coup de tonnerre dans un ciel bleu. Rien ne me l'annonçait, et j'ai l'impression d'être complètement passée à côté de ce qui l'a provoquée.

J'ai essayé de me demander si elle était prévisible ou non. Les filles de quinze ans sont-elles souvent aussi aveugles, aussi sourdes et aussi gourdes que je semble l'avoir été ? Peut-être. Je percevais instantanément, je crois, les états d'âme des gens, mais je ne me préoccupais jamais de chercher le *pourquoi* en question.

Par ailleurs, c'est juste à cette époque que j'ai commencé à découvrir le plaisir enivrant des mots. Des passages que j'avais lus, des poèmes – de Shakespeare, avant tout – résonnaient dans ma tête. Je me revois par exemple arpenter l'allée du potager en me répétant, avec une sorte de ravissement extatique, « sous le frais miroir de l'onde diaphane... » Je trouvais ce vers tellement beau que je le redisais à l'infini.

Parallèlement à ces nouveaux émois, je m'adonnais à tout ce que j'aimais depuis aussi longtemps que je me souvienne : nager, grimper aux arbres, m'empiffrer de pommes vertes, jouer des tours au garçon d'écurie, donner à manger aux chevaux.

Caroline et Amyas, pour moi, faisaient partie du décor. Ils étaient les personnages centraux de mon petit monde, mais je ne me préoccupais jamais de leurs affaires, de leurs pensées, de leurs sentiments – ni même d'eux, à la vérité, en tant que *personnes*.

L'arrivée d'Elsa Greer ne m'a fait à l'époque ni chaud ni froid. Je la trouvais stupide, et l'idée qu'elle était belle ne m'avait pas un instant traversé l'esprit. Ce n'était rien pour moi qu'une créature aussi bourrée d'argent qu'assommante et dont Amyas devait faire le portrait.

La première indication qu'il se passait quelque chose m'est venue de ce que j'ai entendu de la terrasse où je m'étais échappée, un jour, après le déjeuner. Elsa disait qu'elle voulait se marier avec Amyas ! J'ai trouvé ça complètement grotesque. Je me souviens d'avoir questionné Amyas là-dessus. C'était dans le jardin de Handcross.

— Pourquoi est-ce qu'Elsa dit qu'elle va t'épouser ? lui ai-je demandé. On ne peut pas avoir deux femmes ! Ça s'appelle de la bigamie, et les gens qui font ça vont en prison.

Amyas s'est fâché tout rouge.

— Comment as-tu appris ça, sacré nom ?

J'ai répondu que je l'avais tout simplement entendu par la fenêtre de la bibliothèque.

Ce qui l'a fait redoubler de fureur. Il s'est mis à hurler qu'il était grand temps que j'aille en pension, ne serait-ce que pour perdre l'habitude d'espionner les gens.

Je me souviens combien je lui en ai voulu d'avoir dit ça. Parce que c'était injuste. Absolument et totalement injuste.

J'ai bredouillé, outrée, que ce n'était pas ma faute si j'avais entendu. Et puis de toute façon, pourquoi Elsa avait-elle sorti une ânerie pareille ?

Il m'a répondu que c'était une blague.

Ce qui aurait dû me satisfaire. Et m'a convaincue .. presque. Mais pas tout à fait.

Quand nous avons été de retour, j'ai dit à Elsa :

— J'ai questionné Amyas au sujet de cette histoire de mariage avec vous, il m'a dit que ça n'était rien qu'une blague

Ça aurait dû la remettre à sa place. Mais elle s'est contentée de sourire.

Son sourire ne m'a pas plu. Je suis montée dans la chambre de Caroline. Elle s'habillait pour le dîner. Je lui ai demandé tout net s'il était possible qu'Amyas se marie avec Elsa.

Je me rappelle la réponse de Caroline aussi clairement que si je l'entendais maintenant. Elle a dû la donner avec une intensité particulière :

— Amyas n'épousera Elsa que quand je serai morte.

Ce qui m'a tout à fait rassurée. La mort semble à des années-lumière de chacun d'entre nous. Cependant, j'étais encore furieuse contre Amyas de ce qu'il avait dit plus tôt, et je n'ai pas cessé de lui dire des horreurs pendant tout le repas. Je me souviens que nous avons eu une dispute carabinée, que je suis partie en claquant la porte, que je suis montée m'enfermer dans ma chambre en pleurant de rage avant de finir par sombrer dans le sommeil.

Je ne me rappelle pas grand-chose de l'après-midi que nous avons passé chez Meredith Blake, sauf qu'il a lu tout haut le passage du Phédon décrivant la mort de Socrate. Je ne le connaissais pas, je n'avais jamais rien entendu d'aussi beau ! Quand au juste cela a-t-il eu lieu, en revanche, je ne saurais le préciser. Pour autant que je m'en souvienne, ça aurait pu être à n'importe quel moment de l'été.

Malgré mes efforts, je n'arrive pas non plus à me rappeler quoi que ce soit du lendemain matin. J'ai seulement le vague souvenir d'être allée me baigner et d'une histoire de jupe à repriser.

En fait, tout reste très flou jusqu'au moment où Meredith est arrivé à bout de souffle du sentier de la Batterie. Il était blême et semblait complètement retourné. J'ai le souvenir d'une tasse de café qui est tombée et qui s'est brisée : c'était Elsa qui avait lâché la sienne. Et puis je me souviens de l'expression de son visage – une expression terrible – ainsi que de l'avoir vue se mettre à courir et dévaler le sentier comme une folle.

Je n'arrêtais pas de me répéter « Amyas est mort, Amyas est mort ». Mais cela me paraissait totalement irréel.

Je me rappelle aussi de l'arrivée du Dr Faussett, de son visage grave. Mlle Williams soutenait Caroline. Moi, j'errais de-ci de-là, désemparée, dans les jambes de tout le monde. J'avais la nausée. On m'a empêchée de descendre voir Amyas. Mais les policiers n'ont pas tardé à arriver, ils ont pris des notes sur leurs carnets et ont fini par remonter le corps sur une civière recouverte d'un drap.

Un peu plus tard, Mlle Williams m'a emmenée dans la chambre de Caroline. Ma sœur était allongée sur le sofa. Elle était terriblement pâle et elle paraissait souffrante.

Elle m'a embrassée et m'a dit qu'elle voulait que je parte au plus tôt, que tout ça était horrible mais que surtout, il fallait que j'essaie de ne pas m'inquiéter et d'y penser le moins possible. J'irais rejoindre Carla chez lady Tressillian car il ne devait rester ici qu'un minimum de monde.

Je me suis accrochée à elle, je l'ai suppliée de ne pas me faire partir. Je ne voulais pas la quitter. Elle m'a répondu qu'elle le savait, mais que c'était pour mon bien et que mon départ la soulagerait d'un grand poids.

Mlle Williams y alla de son grain de sel :

— Si vous voulez vraiment aider votre sœur, Angela, obéissez-lui sans faire d'histoires.

J'ai accepté en disant que Caroline pouvait compter sur moi.

— Ah ! je reconnais bien là ma petite Angela, a-t-elle murmuré.

Elle m'a serrée très fort en me répétant de ne pas me faire de souci, qu'il n'y avait pas de raison d'en parler ni d'y repenser.

Après quoi on m'a fait descendre car le superintendant de la police désirait me parler. Il s'est montré très gentil, m'a demandé quand j'avais vu Amyas pour la dernière fois, et m'a posé un tas d'autres questions qui m'ont paru inutiles sur le moment mais dont je vois bien sûr la raison aujourd'hui. Finalement convaincu que je ne savais rien de plus qu'il ne pourrait entendre des autres, il a donné son accord à Mlle Williams pour qu'on m'emmène à Ferriby Grange, chez lady Tressillian.

Je suis donc partie. Lady Tressillian m'a entourée de tous ses soins. Mais elle n'a pu empêcher la vérité de me parvenir. Ils avaient arrêté Caroline presque tout de suite. J'en ai été tellement abasourdie, atterrée, que j'en suis tombée sérieusement malade.

J'ai appris par la suite que Caroline se faisait un sang d'encre à mon sujet. C'est sur son insistance qu'on m'a envoyée à l'étranger avant l'ouverture du procès. Mais je vous en ai déjà parlé.

Comme vous voyez, je ne peux vous apporter qu'une bien maigre contribution. Depuis notre entretien, j'ai passé au crible mes quelques souvenirs, fouillé jusqu'au tréfonds de ma mémoire en quête du moindre détail sur les expressions et les réactions de chacun. Et je ne vois rien qui puisse indiquer la culpabilité de l'un ou de l'autre. La fureur d'Elsa, le visage décomposé de Meredith, la colère et le chagrin de Philip : rien de tout cela ne semblait feint. Mais je suppose que quelqu'un *pourrait* fort bien avoir joué la comédie, n'est-ce pas ?

Je ne sais que ceci : *Caroline n'était pas coupable*.

Je suis absolument formelle sur ce point et n'en démordrai pas, même si je n'ai d'autre preuve à avancer que mon intime connaissance de son caractère.

Fin du récit d'Angela Warren.

LIVRE III

1

CONCLUSIONS

Carla Lemarchant releva la tête. Elle avait les yeux fatigués, le regard triste. D'un geste las, elle rejeta en arrière les cheveux qui lui tombaient sur le front.

— C'est complètement déconcertant, dit-elle en montrant la pile de manuscrits. Un son de cloche différent à chaque fois ! Chacun voit ma mère à sa manière. Il n'y a que les faits qui ne varient pas. Tout le monde a l'air d'être d'accord là-dessus.

— Vous me semblez bien découragée.

— Plutôt. Pas vous ?

— Non, fit Poirot d'une voix lente et posée. J'ai trouvé ces documents pleins d'enseignements, au contraire. Et tout ce qu'il y a d'édifiant.

— J'aurais préféré ne jamais les lire ! s'exclama Carla.

Poirot la dévisagea.

— Vraiment ?

— Ces gens sont tous persuadés qu'elle est coupable, répondit-elle, amère. Tous sauf tante Angela. Et encore, ça ne compte pas puisqu'elle n'a aucune preuve. Elle fait tout bonnement partie de ces créatures d'une loyauté à toute épreuve qui ne démordront jamais de leur conviction. Toute sa vie elle ira clamant : « Caroline ne peut pas avoir fait une chose pareille. »

— C'est l'impression que vous retirez de votre lecture ?

— Quelle autre impression voudriez-vous que j'en retire ? Je sais bien que si ce n'est pas ma mère qui a tué, ce sera forcément une de ces cinq personnes. J'ai été jusqu'à échafauder quelques hypothèses sur leurs mobiles.

— Tiens donc ? Intéressant, ça. Je serais curieux de les entendre.

— Encore une fois, ce ne sont que des hypothèses. Philip Blake, par exemple. Il est agent de change et c'était le meilleur ami de mon père. Celui-ci lui faisait sans doute entièrement confiance, les artistes ne comprennent généralement rien aux questions d'argent. Supposons que Philip Blake se soit trouvé dans le pétrin, qu'il ait pioché dans l'argent de mon père. Ou encore qu'il lui ait fait signer un papier douteux. Le pot aux roses sur le point d'être découvert, seule la mort de papa pouvait le sauver. Bon, voilà une des idées que j'ai eues.

— Bien imaginé. Quoi d'autre ?

— Eh bien, prenez Elsa. Philip Blake dit dans son compte rendu qu'elle avait trop la tête sur les épaules pour tripoter du poison. Je ne partage pas du tout cet avis. Supposons que ma mère lui ait dit tout net qu'elle ne voulait pas divorcer, que rien ne pourrait l'y obliger.

Vous pouvez dire ce que vous voulez, je pense qu'Elsa avait l'esprit bourgeois et qu'elle tenait à être mariée dans les règles. Et qu'elle était donc parfaitement capable de dérober le poison – elle en a eu l'occasion tout autant que les autres cet après-midi-là – pour essayer de se débarrasser de ma mère. Je crois que c'était tout à fait dans ses cordes, à Elsa. Et là, à cause de Dieu sait quelle erreur de manutention, ce serait mon père qui aurait avalé la cicutine.

— Bien imaginé, encore une fois. Ensuite ?

— J'ai aussi pensé… pourquoi pas ?… à *Meredith* !

— Tiens, tiens… Meredith Blake ?

— Oui. Vous savez, il me paraît tout à fait le genre d'individu capable de commettre un meurtre. Il était le traînard effarouché, la tête de turc, et peut-être au fond souffrait-il d'être la risée des autres. Ensuite, mon père lui a soufflé sous le nez la fille qu'il voulait épouser. Mon père qui, lui, était riche et célèbre. Et puis cette manie de concocter des poisons ! Qui sait s'il ne les fabriquait pas en caressant l'idée de pouvoir un jour tuer quelqu'un ! Et s'il a claironné partout la disparition de la cicutine, c'était peut-être justement pour détourner de lui les soupçons. Car en fait, c'était lui le mieux placé pour s'en emparer. De plus, faire pendre Caroline pouvait ne pas lui déplaire, elle qui l'avait jadis dédaigné. Je trouve d'ailleurs un peu suspecte cette allusion, dans son récit, aux gens qui font des choses qui ne leur ressemblent pas. Il parlait peut-être de *lui*, qui sait ?

— Vous avez au moins raison sur un point, admit Poirot : ne pas prendre nécessairement ces récits pour argent comptant. Ce qui y est écrit peut l'avoir été avec la volonté délibérée de tromper.

— Oh, je sais. Et je l'ai bien gardé à l'esprit.

— D'autres idées, encore ?

— Oui, dit lentement Carla. Avant de lire tout ça, je me suis posé des questions sur Mlle Williams. Car enfin, le départ d'Angela pour la pension lui faisait perdre son travail. Or, un décès subit d'Amyas aurait probablement annulé ce départ. Un décès qui aurait paru naturel, j'entends, ce qui aurait facilement pu être le cas si Meredith ne s'était pas aperçu de la disparition du poison. Je me suis renseignée sur la cicutine : elle ne laisse aucune trace distinctive après la mort. On aurait pu penser à une insolation. Je sais que la perte d'un emploi peut paraître dérisoire, comme mobile, mais n'a-t-on pas commis des meurtres pour beaucoup moins que ça ? Pour des sommes ridicules, parfois. Alors une gouvernante d'un certain âge et aux compétences limitées aurait pu avoir la frousse de se retrouver sans ressources du jour au lendemain.

» Mais comme je disais, cette idée m'était venue avant de lire ces manuscrits. Car Mlle Williams ne donne pas du tout cette impression. Elle n'a pas l'air le moins du monde incompétente…

— Non, bien au contraire. C'est une femme intelligente, qui a gardé toute sa lucidité.

— Je sais, ça se sent tout de suite. Elle paraît absolument digne de foi. C'est justement ça qui me démoralise. Vous savez ça, vous. Vous pouvez comprendre ça. Même si, au fond, ça vous est égal. Depuis le début, vous m'avez bien fait comprendre que c'était la vérité que vous vouliez. Alors *la voilà*, la vérité ! Mlle Williams a raison, il faut l'accepter comme elle est. On ne peut pas fonder sa vie sur un mensonge sous prétexte que ça vous arrange. Bon, d'accord, j'accepte ! Ma mère n'était pas innocente ! Elle m'a écrit cette lettre parce qu'elle n'avait plus de forces, parce qu'elle était malheureuse, et pour me protéger. Je ne la juge pas. Peut-être que j'en aurais fait autant, à sa place. La prison, ça doit vous changer. Je ne la blâme pas de s'être laissée aller à un tel acte de désespoir envers mon père, j'imagine qu'elle n'a pas pu faire autrement. Mais lui non plus, je ne le blâme pas. Je comprends – j'arrive à comprendre – ce qu'il ressentait de son côté : ce trop-plein de vie, ce désir forcené de tout avoir… de tout posséder. C'était plus fort que lui, il était fait comme ça… Et puis c'était un grand peintre. Je crois que cela doit nous inciter à beaucoup lui pardonner.

Elle tourna vers Poirot un visage rouge d'émotion, menton levé, presque provocant.

— Alors, dit-il, vous êtes… satisfaite ?

— Satisfaite ?

La voix de Carla Lemarchant se brisa sur ce mot.

Poirot se pencha pour lui tapoter l'épaule d'un geste paternel.

— Allons ! Il ne faut pas capituler au moment où se décide le sort de la bataille. Au moment où moi, Hercule Poirot, je commence à avoir une idée précise de ce qui s'est réellement passé.

Les yeux de Carla s'agrandirent.

— Mlle Williams adorait ma mère, articula-t-elle. Elle l'a vue, de ses yeux vue, essayer de maquiller le crime en suicide. Alors à moins de la soupçonner de mensonge…

Hercule Poirot se leva.

— Mademoiselle, déclara-t-il, en affirmant avoir vu votre mère imprimer de fausses empreintes d'Amyas

Crale sur la bouteille de bière – la *bouteille* de bière, notez-le bien –, Cecilia Williams m'apporte la preuve nécessaire et suffisante, la preuve irréfutable que votre mère n'a pas assassiné votre père.

Il hocha plusieurs fois la tête et quitta la pièce, laissant Carla Lemarchant déroutée.

2

POIROT POSE CINQ QUESTIONS

— Eh bien, monsieur Poirot ?

Une certaine impatience perçait dans la voix de Philip Blake.

— Je tiens à vous remercier, dit Poirot, pour votre brillant compte rendu de la tragédie des Crale. Il était admirable.

Philip Blake prit un petit air gêné.

— Très aimable à vous, répondit-il. Avant de m'y mettre, je ne pensais pas me rappeler autant de choses.

— C'était un récit remarquablement clair. Mais il comportait certaines omissions, n'est-ce pas ?

Philip Blake fronça les sourcils.

— Des omissions ?

— Mettons qu'il n'était pas d'une totale bonne foi.

Le ton de Poirot se durcit :

— J'ai par exemple appris, monsieur Blake, qu'au moins une fois cet été-là, Mme Crale a été vue sortant de votre chambre à une heure de la nuit pour le moins compromettante.

Il y eut un silence, rompu seulement par la respiration oppressée de Blake.

— Qui vous a dit ça ? demanda-t-il enfin.

Poirot secoua la tête.

— Peu importe qui me l'a dit. Je le sais, un point c'est tout.

Il y eut un nouveau silence. Puis Philip se décida :

— Vous êtes, par hasard semble-t-il, tombé sur une affaire strictement personnelle. Je reconnais que cela peut surprendre au vu de ce que j'ai écrit, mais c'est moins contradictoire que vous ne le pensez. Bref, me voilà à présent obligé de vous dire la vérité.

» J'éprouvais bien de l'antipathie pour Caroline Crale. Mais en même temps j'ai toujours été très fortement attiré par elle. Peut-être y a-t-il là une relation de cause à effet : je lui en voulais du pouvoir qu'elle avait sur moi, et j'essayais d'étouffer cette attirance en m'attachant à ne voir que ses mauvais côtés. Si vous voulez, je n'avais aucune *affection* pour elle mais j'aurais pu lui témoigner mon désir à tout moment. J'en avais eu le béguin dans ma jeunesse et elle ne m'avait pas accordé la moindre attention. Ça m'était resté sur le cœur.

» Quand Amyas a perdu la tête pour la petite Greer, j'ai cru mon jour de chance arrivé. Sans même le vouloir, je me suis retrouvé en train de dire à Caroline que je l'aimais. Elle m'a répondu froidement : "Je le sais depuis longtemps." Le cynisme de cette femme !

» Elle n'éprouvait rien pour moi, certes, mais je voyais bien le désarroi et la désillusion que lui causait alors l'aventure d'Amyas. C'est dans ces moments-là qu'une femme est très vulnérable. Elle a accepté de venir me rejoindre cette nuit-là. Et elle est venue.

Blake s'interrompit. Il avait du mal à trouver ses mots.

— Une fois dans ma chambre, au moment où je la prenais dans mes bras, elle m'a dit sans se démonter qu'il n'y avait rien à faire ! Qu'elle n'était malgré tout la femme que d'un seul homme. Elle appartenait à Amyas Crale, pour le meilleur et pour le pire. Elle reconnaissait s'être mal comportée avec moi, mais elle n'y pouvait rien et me demandait de lui pardonner.

» Sur quoi elle m'a planté là. *Elle m'a planté là !* Quoi d'étonnant après ça, monsieur Poirot, que ma haine pour elle ait décuplé ? Quoi d'étonnant que je ne lui aie jamais pardonné ? Pour ce camouflet qu'elle m'a infligé… et pour avoir tué l'ami qui m'était le plus cher au monde ?

Tremblant de colère, Philip Blake explosa soudain :

— Je ne veux plus parler de ça, vous entendez ? Vous avez les réponses que vous vouliez. Alors bon vent ! Ne venez jamais plus me rebattre les oreilles de cette histoire !

⁂

— J'aimerais savoir, monsieur Blake, dans quel ordre vos invités ont quitté votre laboratoire ce jour-là ?

— Voyons, monsieur Poirot, protesta Meredith. Après seize ans ! Comment voulez-vous que je m'en souvienne ? Je vous ai dit que Caroline était sortie la dernière.

— Vous êtes bien *sûr* de cela ?

— Oui… enfin, je crois…

— Allons tout de suite sur place. C'est une certitude *absolue* qu'il nous faut.

Toujours maugréant, Meredith montra le chemin. Il déverrouilla la porte et repoussa les volets.

— Maintenant, cher ami, dit Poirot sur un ton autoritaire, vous venez de montrer à vos visiteurs vos intéressantes préparations à base de simples. Fermez les yeux et réfléchissez…

Meredith Blake s'exécuta. Poirot sortit un mouchoir de sa poche et le lui promena doucement devant le visage. Blake fronça légèrement le nez et murmura :

— Oui, oui… c'est extraordinaire comme les choses peuvent vous revenir. Caroline, je m'en souviens, portait une robe crème. Phil avait l'air de s'ennuyer… Il a toujours trouvé mon violon d'Ingres complètement idiot.

— Continuez à réfléchir, l'encouragea Poirot. Vous êtes sur le point de quitter la pièce pour passer dans la bibliothèque où vous allez lire le passage sur la mort de Socrate. Qui sort en premier… vous ?

— Elsa et moi… oui, c'est ça. Elle a franchi le seuil la première. J'étais juste derrière elle. Nous parlions. Et puis j'ai attendu que les autres passent la porte à leur tour pour pouvoir la refermer à clé. Philip… oui, Philip est sorti ensuite. Puis Angela, qui lui demandait ce que c'était à la bourse qu'un haussier et un baissier. Ils ont traversé le couloir, suivis par Amyas. J'ai continué à attendre… Caroline, évidemment.

— Donc, vous confirmez qu'elle est restée en arrière. Avez-vous vu ce qu'elle faisait ?

Blake secoua la tête.

— Non, je tournais le dos à la pièce. J'étais en train d'expliquer à Elsa – et de la raser prodigieusement, j'imagine – que certaines plantes devaient être ramassées à la pleine lune, selon d'anciennes superstitions. Enfin Caroline est sortie – pressant d'ailleurs un peu le pas – et j'ai fermé à double tour.

Meredith Blake s'arrêta et regarda Poirot qui rempochait son mouchoir. Il renifla avec une grimace de dégoût. « Allons bon, songea-t-il, voilà que ce type se *parfume*, en plus ! »

— J'en mettrais ma tête à couper, continua-t-il tout haut. C'est donc bien dans cet ordre-là que nous sommes sortis. Elsa, moi, Philip, Angela et Caroline. Est-ce que cela vous est de quelque utilité ?

— Tout cadre parfaitement, dit Poirot. Écoutez, je voudrais organiser ici une petite réunion. Ce ne sera pas, je présume, trop difficile…

⁂

— Eh bien ?

Elsa Dittisham avait presque demandé ça avec une impatience d'enfant.

— Je voudrais vous poser une question, madame.

— Oui ?

— Quand tout a été fini – le procès, veux-je dire –, Meredith Blake vous a-t-il demandé de l'épouser ?

Elsa le toisa un instant sans répondre. Son regard se chargea de mépris. Presque d'ennui.

— Oui, il l'a fait. Pourquoi ?

— En avez-vous été surprise ?

— Surprise ? Je ne me souviens pas.

— Qu'avez-vous répondu ?

Elle éclata de rire.

— À votre avis ? Après *Amyas*... Meredith ? Ç'aurait été grotesque ! C'était ridicule de sa part. Il a toujours été passablement ridicule, d'ailleurs.

Elle eut un brusque sourire en disant :

— Figurez-vous qu'il voulait me protéger. « Veiller sur moi », comme il disait ! Il croyait, comme tout le monde, que les assises avaient été une terrible épreuve pour moi : les journalistes, les insultes de la foule, la boue dont on m'a couverte...

Une ombre passa sur son visage, l'espace d'un instant.

— Pauvre vieux Meredith ! lança-t-elle. Quel crétin !

Et de nouveau, elle éclata de rire.

⁂

Une fois encore, Hercule Poirot dut affronter le regard aigu et pénétrant de Mlle Williams. Et une fois encore, en dépit de son âge, il se sentit comme un petit garçon intimidé et craintif devant elle.

Il aurait, expliqua-t-il, désiré poser une question.

Mlle Williams se déclara disposée à l'entendre.

Poirot commença lentement et choisit ses mots avec soin :

— Angela Warren a été blessée alors qu'elle était toute petite. Dans mes notes, il est fait deux fois référence à cet incident. Dans la première, Mme Crale aurait jeté un presse-papiers à la figure de l'enfant. Dans la seconde, elle l'aurait attaquée avec un pied-de-biche. Laquelle de ces deux versions est la bonne ?

— Je n'ai jamais entendu parler de pied-de-biche, répondit immédiatement Mlle Williams. C'était un presse-papiers.

— De qui le tenez-vous ?

— D'Angela. Elle m'en a spontanément parlé, presque tout de suite.

— Qu'a-t-elle dit, au juste ?

— Elle a montré sa joue et m'a déclaré : « C'est Caroline qui m'a fait ça quand j'étais bébé. Elle m'a lancé un presse-papiers. Ne lui en parlez jamais, vous voulez bien ? Parce que ça la tourmente beaucoup. »

— Mme Crale y a-t-elle fait allusion devant vous ?

— Indirectement, c'est tout. Elle devait penser que je connaissais l'histoire, car je me souviens qu'elle m'a dit, un jour : « Je sais que vous trouvez que je gâte trop cette enfant, mais je n'en ferai jamais assez pour réparer ma faute. » Et une autre fois : « Savoir qu'on a blessé un être humain, qu'on l'a marqué à vie est l'un des plus lourds fardeaux qu'on puisse porter. »

— Merci, Mlle Williams. C'est tout ce que je souhaitais savoir.

— Je ne vous comprends pas, monsieur Poirot, dit Cecilia Williams d'un ton acerbe. Vous avez montré à Carla mon récit de la tragédie ?

Poirot hocha la tête.

— Et pourtant, vous continuez à…

Elle s'interrompit.

— Réfléchissez un instant, reprit Poirot. Si vous passez devant un poissonnier et voyez une douzaine de poissons sur l'étal, vous penserez que ce sont tous de vrais poissons, n'est-ce pas ? Or, il pourrait y en avoir un faux.

— Ce serait bien incroyable, répondit-elle avec humeur. Et je ne vois pas…

— Incroyable peut-être, mais pas impossible : un ami à moi, qui tenait un magasin de farces et attrapes, en mit un une fois pour comparer avec les vrais. De même, si vous voyez une coupe de zinnias au mois de décembre dans un salon, vous penserez qu'ils sont faux, alors qu'il pourrait s'agir de vrais, arrivés par le dernier avion de Bagdad.

— Que signifie tout ce galimatias ? s'impatienta Mlle Williams.

— Tout simplement qu'on y voit parfois plus clair avec son cerveau qu'avec ses yeux…

⁂

Poirot ralentit un peu le pas en approchant du grand immeuble qui dominait Regent's Park.

Car au fond, il n'avait rien à demander à Angela Warren. La seule question qu'il voulait vraiment lui poser pouvait attendre…

C'était seulement son insatiable passion pour la symétrie qui l'amenait là. Cinq personnes, cinq questions ! Ça faisait plus ordonné. Ça bouclait mieux la boucle.

Bah… on verrait bien.

Angela l'accueillit dans un état d'esprit qui frisait presque l'impatience.

— Vous avez trouvé quelque chose ? demanda-t-elle. Une piste quelconque ?

Poirot hocha lentement la tête à la façon d'un mandarin chinois :

— À tout le moins, j'ai progressé.

— Philip Blake ?

C'était autant une affirmation qu'une question.

— Mademoiselle, je ne veux rien dire pour l'instant. Le moment n'est pas encore venu. Ce que je vais vous demander, par contre, c'est si vous voulez bien vous rendre au manoir de Handcross. Les autres ont accepté.

Elle eut un léger froncement de sourcils.

— Que voulez-vous faire ? Une reconstitution seize ans plus tard ?

— Essayer de porter un meilleur regard sur les faits. Vous viendrez ?

— Oh, bien sûr, dit-elle. Ça me fera plaisir de retrouver tous ces gens. Je porterai peut-être sur eux un meilleur regard – comme vous dites – que je n'ai pu le faire par le passé.

— Pourrez-vous apporter la lettre que vous m'avez montrée l'autre jour ?

Le visage d'Angela Warren se ferma.

— Cette lettre est personnelle, dit-elle. J'avais une bonne raison de vous la donner à lire à vous, mais c'est tout. Je n'ai pas la moindre intention de la laisser circuler entre les mains de n'importe qui.

— Et si vous vous en remettiez à mon avis pour cela ?

— Pas question. J'apporterai la lettre, d'accord, mais je ferai confiance à mon propre jugement, que je me plais à croire aussi valable que le vôtre.

Poirot écarta les mains en un geste de résignation. Il se leva pour partir.

— Je peux vous poser juste une petite question ? demanda-t-il.

— Laquelle ?

— Au moment du drame, ne veniez-vous pas de lire *L'Envoûté* de Somerset Maugham ?

Angela ouvrit de grands yeux.

— Je crois que… oui, il me semble.

Elle le dévisagea sans songer à masquer son étonnement.

— Comment le savez-vous ?

— Je voulais simplement vous montrer, mademoiselle, que même quand il s'agit d'infimes détails, je suis un peu devin. Il est des choses que je sais sans qu'on ait besoin de me les dire.

3

RECONSTITUTION

Le soleil de l'après-midi illuminait le laboratoire de Handcross Manor. On y avait apporté des fauteuils et un canapé mais, loin de meubler la pièce, ils en faisaient ressortir l'aspect abandonné.

Tiraillant sa moustache d'un air un peu embarrassé, Meredith Blake s'était lancé dans une conversation à bâtons rompus avec Carla. Il s'arrêta, à un moment donné, pour lui dire :

— Ma chère, vous êtes vraiment comme votre mère. Et tellement différente, en même temps.

— En quoi suis-je comme elle et en quoi suis-je différente ?

— Vous avez son teint, sa couleur de cheveux, sa façon de se mouvoir, mais vous semblez – comment dire ? – plus résolue qu'elle ne l'a jamais été.

Philip Blake regardait par la fenêtre d'un air maussade et tambourinait nerveusement des doigts contre la vitre.

— Un si beau samedi après-midi, ronchonnait-il. Je me demande à quoi peut servir cette mascarade.

Hercule Poirot se hâta de calmer la tempête :

— Ah, il faut m'excuser. Il est certes impardonnable de vous faire rater votre golf, monsieur Blake, mais enfin, voici la fille de votre meilleur ami. Vous ferez bien un effort pour elle, n'est-ce pas ?

— Mlle Warren, annonça le maître d'hôtel.

Meredith se précipita pour l'accueillir.

— Merci d'avoir pris sur votre temps, Angela. Je sais combien vous êtes occupée.

Il la dirigea vers la fenêtre.

— Bonjour, tante Angela, dit Carla. J'ai lu votre article dans le *Times* de ce matin. C'est formidable, d'avoir une célébrité dans sa famille.

Elle lui désigna un grand jeune homme brun au menton volontaire et au franc regard gris.

— Voici John Rattery. Lui et moi... espérons nous... nous marier.

— Tiens ! J'ignorais..., commenta Angela Warren.

Une nouvelle arrivante fit son entrée. Meredith alla la saluer.

— Eh bien, mademoiselle Williams, cela fait des années que nous ne nous étions vus.

Toute menue, mais toujours aussi impressionnante, la vieille gouvernante s'avança dans la pièce. Elle posa quelques instants un regard pensif sur Poirot, puis ses yeux se dirigèrent vers la haute silhouette et les larges épaules du jeune homme en costume de tweed impeccablement coupé.

Angela Warren se précipita vers elle avec un grand sourire.

— J'ai l'impression d'être redevenue écolière !

— Je suis très fière de vous, ma petite, la complimenta Mlle Williams. Vous m'avez fait honneur. C'est Carla, je suppose ? Elle ne se souviendra pas de moi. Elle était trop jeune…

Philip Blake commençait à s'énerver :

— Mais qu'est-ce que tout ça signifie ? Personne ne m'avait dit que…

— Il s'agit, intervint Poirot, de ce que je qualifierais – mais c'est là une appellation toute personnelle – d'excursion dans le passé. Pourquoi ne pas nous asseoir ? Ainsi, serons-nous prêts lorsque arrivera notre dernière invitée. Et quand elle sera là, nous pourrons passer aux choses sérieuses : nous débarrasser une fois pour toutes des fantômes.

— Qu'est-ce que c'est que cette ânerie ? s'exclama encore Philip Blake. Vous n'allez pas nous faire une séance de spiritisme, quand même ?

— Non, non. Nous allons simplement évoquer certains événements qui se sont produits il y a longtemps. Les évoquer et, peut-être, y voir un peu plus clair. Quant aux fantômes, ils n'apparaîtront pas, mais qui sait s'ils ne rôdent pas dans cette pièce, même si nous ne pouvons pas les voir ? Qui pourrait affirmer qu'Amyas et Caroline Crale ne sont pas ici, en train de nous écouter ?

— Complètement grotesque ! s'écria Philip Blake qui s'arrêta net lorsque la porte s'ouvrit de nouveau et que le maître d'hôtel annonça lady Dittisham.

Elsa Dittisham entra avec ce petit air d'insolence blasée qui la caractérisait. Elle gratifia Meredith d'un léger sourire, Angela et Philip d'un regard froid et se dirigea vers un fauteuil à côté de la fenêtre, un peu à l'écart des autres. Elle desserra le superbe renard argenté qui lui entourait le cou et le rejeta sur ses épaules. Pendant quelques instants, ses yeux parcoururent la pièce avant de se fixer sur Carla. La jeune fille soutint ce regard et jaugea la femme qui avait ravagé la vie de ses parents. Aucune animosité ne se lisait sur ce jeune visage grave, juste de la curiosité.

— Navrée de ce petit retard, monsieur Poirot, dit Elsa.

— C'est très aimable à vous d'être venue, madame.

Cecilia Williams émit un discret grognement de mépris. Ignorant avec superbe cette marque d'hostilité, Elsa se tourna vers Angela :

— Je ne vous aurais vraiment pas reconnue, Angela. Cela fait combien de temps, maintenant ? Seize ans ?

Hercule Poirot saisit l'occasion au vol.

— Oui, il y a seize ans que se sont déroulés les événements dont nous devons parler, mais laissez-moi d'abord vous dire pourquoi au juste nous sommes ici.

Et, en quelques mots très simples, il expliqua la démarche que Carla avait faite auprès de lui et comment il avait accepté la mission qu'elle souhaitait lui confier.

Sans se soucier des signes évidents d'orage à venir qui se lisaient sur le visage de Philip Blake ni des mines outragées de Meredith, il s'empressa d'enchaîner :

— Je me suis donc aussitôt attelé à la tâche – avec une seule préoccupation en tête : celle de découvrir la vérité.

Du fond de son grand fauteuil à oreillettes, Carla n'entendait que de façon lointaine les paroles de Poirot.

La main au-dessus des yeux, elle étudiait subrepticement les cinq visages. Pouvait-elle imaginer l'un de ces individus en train de commettre un meurtre ? Elsa à l'étrange beauté, Philip avec son visage sanguin, cette bonne pâte de Meredith Blake, cette vieille rosse de gouvernante, Angela Warren l'imperturbable, la surdouée ?

Était-elle capable – fût-ce au prix d'un gros effort d'imagination – de visualiser l'un d'entre eux occupé à tuer quelqu'un ? Oui, peut-être bien. Mais il ne s'agirait pas d'un meurtre de ce genre-là. Elle pouvait se représenter Philip Blake, dans un accès de fureur, étrangler une quelconque bonne femme. Ça oui, pourquoi pas ? Comme elle voyait très bien Meredith Blake menacer d'un revolver un cambrioleur… et le coup partir par accident. Comme Angela Warren, qui serait capable de tirer elle aussi, mais pas par accident. Avec une totale absence d'émotion, un absolu sang-froid si la sécurité d'une de ses expéditions en dépendait ! Quant à Elsa, princesse de quelque château fabuleux, n'aurait-elle pu ordonner, depuis sa couche aux soieries orientales : « Que l'on jette ce scélérat par-dessus les remparts » ? Fantasmagories que tout cela, et pourtant, même dans ses visions les plus surréalistes, elle ne pouvait se représenter la toute menue Mlle Williams en meurtrière : « Avez-vous jamais tué quelqu'un, mademoiselle Williams ? – Occupez-vous de votre arithmétique, Carla, au lieu de poser des questions idiotes. C'est très vilain, de tuer des gens. »

« Je déraille, songea Carla. Je ferais mieux d'arrêter ces bêtises et d'écouter ce que raconte ce petit bonhomme qui affirme connaître la vérité. »

Hercule Poirot discourait en effet :

— Ma tâche était donc d'enclencher la marche arrière, si je puis dire, pour remonter les années et découvrir ce qui s'est réellement passé.

— Ce qui s'est réellement passé, maugréa Philip Blake, nous le savons tous. Prétendre le contraire est une escroquerie. Une escroquerie pure et simple. Vous menez cette fille en bateau pour lui extorquer de l'argent.

Poirot prit bien garde de ne pas se laisser emporter par une juste fureur.

— *Nous le savons tous*, dites-vous ? Vous parlez sans réfléchir. La version communément acceptée de certains faits n'est pas forcément la bonne. Vous, par exemple, monsieur Blake, à première vue, vous détestiez Caroline Crale. C'est la vision qu'ont les gens de votre attitude. Mais avec un peu de psychologie, on s'aperçoit que c'est le contraire qui était vrai. Vous avez toujours été violemment attiré par elle. Attirance que vous refusiez, et c'est pour essayer de la combattre que vous vous êtes évertué à ne voir de Caroline que ses défauts, que vous avez ressassé cette aversion à son égard. De même, il était de notoriété publique que M. Meredith Crale nourrissait depuis de nombreuses années un fervent attachement pour Caroline Crale. Dans son récit du drame, il s'érige en censeur de la conduite d'Amyas Crale vis-à-vis de sa femme. Mais il suffit de lire entre les lignes pour s'apercevoir que cette passion d'une vie s'était étiolée et que c'est la jeune et jolie Elsa qui occupait ses pensées.

Meredith toussota en bafouillant et lady Dittisham sourit.

Poirot continua :

— Bien qu'ils ne soient pas sans rapport avec la suite des événements, je ne cite ces exemples qu'à la seule fin d'illustrer mon propos. Je me suis donc mis en route pour mon voyage dans le temps, afin de glaner tout ce que je pouvais apprendre sur le drame. Voici comment je m'y suis pris. Je suis allé voir l'avocat qui a défendu Caroline Crale, le substitut du procureur, le vieil avoué, qui avait intimement connu la famille Crale, son clerc, qui avait assisté au procès, l'officier de police chargé de l'enquête, et enfin les cinq témoins directs des faits. Grâce à tous ces entretiens, j'ai pu reconstituer une image, l'image composite d'une femme. Et voici ce que j'ai appris :

» Qu'à aucun moment, Caroline Crale n'avait protesté de son innocence – sauf dans une lettre rédigée pour sa fille.

» Qu'elle n'a jamais montré la moindre inquiétude sur le banc des accusés, qu'elle paraissait même se désintéresser de son procès, qu'elle a en fait adopté sans jamais s'en départir une attitude de totale résignation. Qu'en prison, elle est toujours restée calme et sereine. Que dans une lettre écrite à sa sœur immédiatement après l'annonce du jugement, elle a déclaré accepter le sort qui l'avait frappée. Et que de l'avis de tous ceux à qui j'ai parlé, à une seule importante exception près, *Caroline Crale était coupable*.

— Bien sûr qu'elle l'était ! grogna Philip Blake en hochant la tête.

Poirot poursuivit :

— Seulement mon rôle ne consistait pas à accepter le verdict des autres. Je devais me faire une opinion par *moi-même*. Examiner les faits et m'assurer qu'ils cadraient avec l'aspect psychologique de l'affaire. Pour cela, j'ai passé au crible les dossiers de la police, et je suis aussi parvenu à convaincre cinq personnes qui se trouvaient sur les lieux de me rédiger leur propre compte rendu des faits. Ces documents m'ont été très précieux car ils contenaient des éléments que les rapports de police ne pouvaient me livrer. À savoir : A, certaines conversations et incidents qui, du point de vue officiel, n'avaient aucun rapport avec l'affaire ; B, l'opinion des témoins eux-mêmes sur ce que Caroline Crale pouvait penser ou ressentir – ce qui bien sûr ne peut constituer une preuve légale ; C, certains faits qui avaient été délibérément cachés à la police.

» Je me trouvais dès lors en mesure de me faire ma propre opinion. Nul doute, semble-t-il, que Caroline Crale ait eu amplement motif à tuer. Elle aimait son mari, il avait déclaré devant autrui être sur le point de l'abandonner, et elle était, de son propre aveu, une femme jalouse.

» Passons du mobile aux moyens. Une fiole de parfum, vide, qui avait contenu de la cicutine a été retrouvée dans le tiroir de sa commode. On n'y a pas relevé d'autres empreintes que les siennes. Lors de l'interrogatoire de police, elle a reconnu s'être emparée du poison dans la pièce où nous nous trouvons en ce moment. Le flacon de cicutine, ici, portait également ses empreintes. J'ai demandé à M. Meredith Blake dans quel ordre les cinq personnes avaient quitté le laboratoire ce jour-là, car il me semblait hautement improbable que *quiconque* ait pu s'en emparer en présence des autres. L'ordre était le suivant : Elsa Greer, Meredith Blake, Philip Blake, Angela Warren, Amyas Crale, et en dernier, Caroline Crale. De plus, M. Meredith Blake tournait le dos à la pièce pendant qu'il attendait que Mme Crale sorte, si bien qu'il lui était impossible de voir ce qu'elle faisait. Ce qui revient à dire qu'elle a bien eu la possibilité d'agir. Ma conviction qu'elle a effectivement pris la cicutine s'en trouve donc étayée. J'ai d'ailleurs eu confirmation indirecte de ce fait lorsque M. Meredith Blake m'a dit, l'autre jour : “Je me rappelle que je me trouvais ici et que je sentais l'odeur du jasmin par la fenêtre ouverte.” Or, c'était en septembre, et le jasmin qui grimpe sous la fenêtre aurait dû cessé de fleurir depuis longtemps. Il s'agit de jasmin de l'espèce commune qui s'épanouit en juin et juillet. Mais la fiole de parfum retrouvée dans la chambre de Mme Crale avec des traces de cicutine avait à l'origine contenu du jasmin. Je tiens donc pour certain qu'elle avait décidé de voler le poison et, pour cela, discrètement vidé par la fenêtre le contenu d'un flacon de parfum qu'elle avait dans son sac.

» Une petite expérience m'a permis de m'en assurer, l'autre jour, quand j'ai demandé à M. Blake de fermer les yeux et d'essayer de se rappeler dans quel ordre ses invités avaient quitté la pièce : une bouffée de parfum au jasmin a immédiatement stimulé sa mémoire. Nous sommes tous plus sensibles aux odeurs que nous ne le pensons.

» Nous en arrivons donc au matin du jour fatal. Jusque-là, les faits ne peuvent être contestés. La révélation soudaine par Mlle Greer de ses projets de mariage avec M. Crale, la confirmation de ce dernier, la profonde détresse de Caroline Crale : tous les témoignages concordent là-dessus.

» Ce matin-là, donc, il y a une scène entre le mari et la femme dans la bibliothèque. La première chose que l'on entend, c'est Mme Crale qui clame : "Toi et tes histoires de femmes !" d'une voix lourde de reproches, et qui affirme : "Un de ces quatre, je finirai par te tuer !" Ces éclats parviennent à Philip Blake, dans le hall, et à Elsa Greer, dehors sur la terrasse.

» D'après elle, M. Crale demande ensuite à sa femme d'être raisonnable, laquelle répond : "Plutôt que de te voir filer avec cette fille, je préférerais te tuer." Peu après, Amyas Crale sort et dit sèchement à Elsa de descendre poser. Celle-ci va prendre un pull et le rejoint.

» Rien, jusque-là, ne sonne psychologiquement faux. Chaque personnage s'est comporté comme on pouvait s'y attendre. Or, voici que nous arrivons à quelque chose qui *cette fois* paraît aberrant.

» Meredith Blake s'aperçoit de la disparition du poison, il téléphone à son frère. Ils se retrouvent au débarcadère et passent devant le jardin de la Batterie au moment où Caroline Crale est en train de discuter avec son mari de l'envoi d'Angela en pension. Moi, je trouve cela bien étrange. Le mari et la femme sortent d'une scène terrible, ponctuée par des menaces très claires de la part de Caroline, et voilà qu'une vingtaine de minutes plus tard, cette dernière descend tranquillement parler d'une banale affaire familiale.

Poirot se tourna vers Meredith Blake.

— Vous mentionnez, dans votre récit, certaines paroles que vous auriez entendues à ce moment-là dans la bouche d'Amyas Crale. Les voici : « Tout est réglé… je vais veiller à ce qu'elle fasse ses valises. » C'est bien cela ?

— Quelque chose comme ça… oui, confirma Meredith Blake.

Poirot se tourna vers Philip.

— Vous vous rappelez la même chose ?

L'autre parut réfléchir puis déclara :

— Je ne m'en souvenais pas, mais maintenant que vous en parlez, c'est exact : il a bien été fait mention de valises.

— Par M. Crale – pas par Mme Crale ?

— Par Amyas. Tout ce que j'ai entendu de Caroline, c'est qu'elle trouvait ça très dur pour cette pauvre fille. Et puis quelle importance ? Nous savons tous qu'Angela était sur le point de partir en pension.

— Vous ne saisissez pas la portée de mon observation. Pourquoi serait-ce *Amyas Crale* qui s'occuperait des valises de la petite ? Ça ne tient pas debout, voyons ! Il y avait Mme Crale, il y avait Mlle Williams, il y avait une bonne : c'était bien plus le travail d'une femme que d'un homme !

— Et alors ? s'impatienta Philip Blake. Ça n'a rien à voir avec le crime.

— Non ? Eh bien moi, c'est le premier point qui m'ait intrigué. Immédiatement suivi par un autre. Comment comprendre qu'une femme aussi désespérée que Caroline Crale, une femme au cœur brisé qui venait de menacer son mari, qui avait certainement des idées de suicide ou de meurtre, puisse soudain lui proposer le plus aimablement du monde de lui descendre de la bière fraîche ?

— Si elle projetait de le tuer, ça n'a rien d'extraordinaire, fit lentement observer Meredith Blake. Car alors c'est justement ce qu'elle avait *intérêt* à faire : dissimuler !

— Vous croyez ? Elle a décidé d'empoisonner son mari, elle est déjà en possession du poison. Le mari garde des canettes de bières en réserve au jardin de la Batterie. Si elle a un tant soit peu de cervelle, elle versera la cicutine dans l'une d'elles, à un moment où il n'y a personne aux alentours.

— Elle n'aurait jamais fait une chose pareille, objecta Meredith : quelqu'un d'autre aurait pu la boire.

— Oui : Elsa Greer. Vous ne me ferez pas croire qu'après s'être résolue à tuer son mari, elle aurait eu le moindre scrupule à supprimer aussi la fille.

» Mais laissons cela. Tenons-nous-en aux faits. Caroline Crale dit qu'elle va descendre de la bière fraîche à son mari. Elle monte à la maison, prend une bouteille dans la glacière de la serre et la lui apporte. Elle le sert et lui tend son verre.

» Amyas Crale le vide d'un trait et décrète : "Tout a un goût infect, aujourd'hui."

» Mme Crale remonte à la maison. Elle déjeune et paraît semblable à elle-même. On lui a trouvé l'air un peu soucieux, mais cela ne nous aide guère car il n'existe pas de comportement type de l'assassin. Il y a des assassins calmes et des assassins nerveux.

» Après le déjeuner, elle redescend à la Batterie. Elle découvre le cadavre de son mari et se conduit, si l'on peut dire, comme on s'attend que tout un chacun le fasse en pareilles circonstances. Elle est apparemment très émue et envoie la gouvernante téléphoner à un médecin. Nous en arrivons alors à un fait qui n'était jusqu'à présent connu de personne.

Il se tourna vers Mlle Williams.

— Vous n'y voyez pas d'inconvénient ? demanda-t-il.

— Je ne vous ai pas demandé le secret, répondit cette dernière, un peu pâle.

Lentement, mais en ménageant ses effets, Poirot raconta ce que la gouvernante avait vu.

Elsa Dittisham se tourna vers la petite femme toute menue dans son grand fauteuil, et la regarda d'un air ébahi.

— Vous l'avez vraiment vue faire ça ? demanda-t-elle.

Philip Blake bondit sur ses pieds.

— Mais alors, le problème est réglé ! s'écria-t-il. Et réglé une bonne fois pour toutes !

Poirot le considéra sans animosité.

— Pas nécessairement, dit-il.

— Et je n'en crois pas un mot, jeta sèchement Angela Warren.

Il y eut une lueur hostile dans le regard qu'elle décocha à la gouvernante.

Meredith Blake tirait sur sa moustache, l'air consterné. Seule Mlle Williams demeurait imperturbable. Elle était assise très droite, une tache de couleur sur chaque joue.

— J'ai dit ce que j'avais vu, insista-t-elle.

— Bien sûr, reprit Poirot, nous n'avons que votre parole pour…

— Vous n'avez que ma parole.

Elle riva sur lui ses indomptables yeux gris.

— Et je n'ai pas l'habitude qu'on la mette en doute, monsieur Poirot.

Ce dernier inclina la tête.

— Je ne la mets pas en doute, mademoiselle Williams. Ce que vous avez vu s'est déroulé exactement comme vous l'avez dit. Et c'est parce que vous l'avez vu que j'ai acquis la certitude que Caroline Crale n'était pas – ne pouvait pas être coupable.

Pour la première fois, John Rattery, le grand jeune homme qui semblait dévoré d'angoisse, se fit entendre :

— Dites-nous vite pourquoi, monsieur Poirot.

Lequel se tourna vers lui.

— Cela va de soi. Je vais vous le dire. Qu'a vu Mlle Williams ? Elle a vu Caroline Crale, apeurée, essuyer méthodiquement des empreintes, puis appliquer les doigts de son mari mort sur la bouteille de bière. Sur la *bouteille*, notez-le bien. Or, la cicutine était dans *le verre*, pas dans *la bouteille* : la police n'a trouvé aucune trace de poison dedans. Il n'y a jamais eu de cicutine dans la bouteille. *Et cela, Caroline Crale ne le savait pas.*

» Drôle d'empoisonneuse qui ne se rappellerait même plus dans quoi elle a mis le poison qui a tué son mari !

— Mais alors, objecta Meredith, pourquoi…

Poirot ne lui laissa pas le temps d'achever :

— Oui, *pourquoi* ? pourquoi Caroline Crale a-t-elle si désespérément essayé de faire croire à un suicide ? La réponse est – doit être – très simple. Parce qu'elle savait qui avait empoisonné son mari, et qu'elle était déterminée à tout faire, à tout supporter plutôt que de laisser soupçonner cette personne.

» Nous touchons à présent au but. De qui s'agissait-il ? Qui Caroline couvrait-elle ? Philip Blake ? Meredith ? Elsa Greer ? Cecilia Williams ? Non, il n'y a qu'une seule personne qu'elle pouvait vouloir protéger à tout prix.

Il resta un moment silencieux. Puis :

— Mademoiselle Warren, si vous avez apporté la dernière lettre de votre sœur, j'aimerais la lire tout haut.

— Non.

— Mais, mademoiselle Warren…

Angela se leva. Sa voix retentit, froide comme du métal :

— Je vois très bien où vous voulez en venir. Vous insinuez, n'est-ce pas, que j'aurais tué Amyas Crale et que ma sœur le savait. Je réfute cette allégation avec la plus vive énergie.

— Cette lettre…, commença Poirot.

— Cette lettre m'était destinée. À moi et à moi seule.

Poirot tourna les yeux vers les deux jeunes gens.

— S'il vous plaît, tante Angela, supplia Carla Lemarchant, faites ce que vous demande M. Poirot.

— Voyons, Carla, grinça Angela, un peu de pudeur ! C'était ta mère, tu…

La réponse fusa, nette, violente :

— Oui, c'était ma mère. Et c'est pourquoi j'ai le droit de vous demander de lire cette lettre. Je parle en son nom. Je veux que cette lettre soit lue.

Lentement, Angela Warren tira le papier de son sac et le tendit à Poirot.

— Je regrette bien de vous l'avoir montrée, maugréa-t-elle.

Elle tourna ostensiblement le dos à tout le monde et se mit à regarder par la fenêtre.

Tandis qu'Hercule Poirot lisait tout haut la dernière lettre de Caroline Crale, la pénombre s'épaississait dans les recoins de la pièce. Carla eut la sensation d'une nouvelle présence, d'une présence qui prenait corps, qui écoutait, respirait, attendait. « Elle est ici, pensa-t-elle. Ma mère est ici. Caroline Crale est ici, parmi nous ! »

Hercule Poirot se tut.

— Vous conviendrez avec moi, je pense, que cette lettre est remarquable, reprit-il. Remarquable par sa beauté, d'abord, mais aussi pour une autre raison. Remarquable par ce qu'il y manque : elle ne contient aucune protestation d'innocence.

— C'était superflu, lança Angela Warren sans tourner la tête.

— En effet, mademoiselle Warren, c'était superflu. Caroline Crale n'avait pas besoin de dire à sa sœur qu'elle était innocente parce qu'elle estimait que sa sœur le savait déjà – et pour cause. Tout ce qu'elle voulait, c'était la réconforter, la rassurer, la dissuader de parler. C'est pourquoi elle répète avec tant d'insistance : *Tout est bien ainsi, ma chérie, tout est bien ainsi.*

— Elle l'a dit parce qu'elle voulait que je sois heureuse, voilà tout, dit Angela Warren. Vous ne pouvez pas comprendre ça ?

— Qu'elle ait voulu que vous soyez heureuse, c'est évident. C'est même son unique préoccupation. Elle a une fille, mais ce n'est pas à elle qu'elle pense – cela viendra plus tard. Non, c'est sa sœur qui occupe son esprit, et elle seule. Sa sœur qu'elle doit rassurer, qu'elle doit encourager à vivre sa vie, à être heureuse, à réussir. Et afin d'alléger ses scrupules, elle ajoute une phrase très significative : « *Quand on a une dette, il faut la payer.* »

» Cette phrase dit tout. Elle se réfère explicitement au fardeau que Caroline portait depuis si longtemps, depuis qu'adolescente, dans un accès de rage incontrôlée, elle avait lancé un presse-papiers à la figure de sa sœur bébé et l'avait défigurée à vie. Maintenant, enfin, elle a l'occasion de payer sa dette. Et si cela peut vous réconforter, sachez que je suis persuadé qu'en agissant ainsi, Caroline Crale a effectivement atteint une paix et une sérénité qu'elle n'avait jamais connues auparavant. C'est cette conviction qu'elle réglait sa dette qui a fait que l'épreuve du procès et le verdict ne l'ont pas affectée. Aussi étrange que cela puisse paraître en parlant d'une condamnée pour meurtre, tous les éléments se trouvaient réunis pour qu'elle soit heureuse. Oui, beaucoup plus que vous ne pouvez l'imaginer, comme je vais vous le montrer maintenant.

» Pour voir combien cette explication clarifie les faits et gestes de Caroline, considérons la suite des événements de son point de vue à elle. Tout d'abord, la veille au soir, survient un incident qui ne peut manquer de lui rappeler sa propre erreur de jeunesse : Angela jette un *presse-papiers* à la tête d'Amyas Crale. Le même geste, souvenez-vous, que le sien, des années auparavant. Angela crie qu'elle voudrait "qu'il crève". Et le matin suivant, Caroline va dans la petite serre et surprend sa sœur en train de tripoter les bouteilles de bière. Rappelez-vous les mots de Mlle Williams : "Angela se tenait à côté de la glacière… rouge de confusion comme quelqu'un qui n'a pas la conscience tranquille." Pour avoir fait l'école buissonnière, dans l'esprit de Mlle Williams. Mais dans celui de Caroline, l'air coupable d'Angela, se voyant surprise, a une autre cause. Car au moins une fois déjà, souvenez-vous, Angela avait versé quelque chose dans le verre d'Amyas. Elle pouvait donc fort bien avoir recommencé.

» Caroline prend la bouteille qu'*Angela lui tend* et la descend à la Batterie. Elle en verse un verre à Amyas, il le boit d'un trait et fait la grimace en disant : "Tout a un goût infect, aujourd'hui."

» Sur le moment, Caroline ne soupçonne rien. Mais quand elle redescend à la Batterie après le déjeuner et qu'elle découvre son mari mort, elle ne doute pas un seul instant qu'il a été empoisonné. Ce n'est pas *elle* qui l'a fait ? Qui d'autre, alors ? Et c'est là que tout lui revient à l'esprit : les menaces d'Angela, sa tête lorsqu'elle se fait surprendre penchée sur la glacière… Elle est coupable… coupable… coupable. Pourquoi a-t-elle fait ça ? Vengeance de gosse à l'encontre d'Amyas, peut-être pas avec l'intention de le tuer mais de le rendre malade ? Ou alors pour la protéger elle, Caroline ? Aurait-elle compris qu'Amyas allait abandonner sa sœur et lui en aurait-elle voulu ? Caroline se rappelle si bien la violence incontrôlée de ses propres émotions, à l'âge d'Angela ! Elle n'a dès lors plus qu'une idée en tête. Comment protéger cette sœur bien-aimée ? La petite a manipulé la bouteille, il doit donc y avoir ses empreintes dessus. Elle se hâte de les essuyer. Si seulement on pouvait croire à un suicide ! Pour cela, il faut qu'il y ait celles d'Amyas. Alors elle essaie désespérément de lui enrouler les doigts autour de la bouteille, en faisant attention que personne ne la voie…

» Cette version, si on l'accepte, peut tout expliquer. Le souci que Caroline se fait pour Angela, son insistance à l'éloigner, à la mettre hors d'atteinte. Sa crainte qu'elle ne soit interrogée par la police. Et enfin, le fait de vouloir à tout prix qu'elle quitte l'Angleterre avant le début du procès. Car une chose la terrifie : qu'Angela ne craque et n'avoue.

4

VÉRITÉ

Lentement, Angela Warren se retourna. Son regard, dur et méprisant, parcourut les visages braqués sur elle.

— Vous êtes ridicules et aveugles, tous autant que vous êtes. Ne savez-vous donc pas que si je l'avais tué, j'aurais avoué ? Je n'aurais jamais laissé Caroline payer pour une faute que j'aurais commise. Jamais !

— Vous avez pourtant bien trafiqué la bière ? interrogea Poirot.

— Moi ? Trafiqué la bière ?

Poirot se tourna vers Meredith Blake.

— Dites-moi, cher monsieur, vous déclarez dans votre récit avoir entendu, le matin du meurtre, des bruits dans cette pièce qui se situe juste sous votre chambre.

Meredith Blake confirma de la tête.

— Mais ce n'était qu'un chat.

— Comment saviez-vous que c'était un chat ?

— Je… je ne me rappelle plus, mais j'en suis absolument sûr. La fenêtre était juste assez entrouverte pour en laisser passer un.

— Elle n'était pourtant pas bloquée dans cette position. Elle aurait très bien pu être ouverte plus grand pour qu'un être humain puisse entrer et sortir.

— Peut-être, mais je sais que c'était un chat.

— Vous ne l'avez cependant pas vu de vos yeux ?

— Non, je ne l'ai pas vu, répondit lentement Blake, perplexe.

Il fronça les sourcils.

— Pourtant, ça ne fait aucun doute, dit-il.

— Je vous expliquerai tout à l'heure ce qui vous rend tellement affirmatif. En attendant, réfléchissez à ceci. Quelqu'un aurait pu arriver chez vous, ce matin-là, s'introduire dans votre laboratoire, prendre quelque chose sur une étagère et repartir ni vu ni connu. Mais si c'était quelqu'un d'Alderbury, il ne pouvait s'agir ni de Philip Blake, ni d'Elsa Greer, ni d'Amyas, ni de Caroline Crale. Nous savons très bien ce que ces quatre personnes faisaient. Ce qui nous laisse Angela Warren et Mlle Williams. Mlle Williams est venue par ici, vous l'avez même rencontrée quand vous êtes sorti. Elle vous a dit être à la recherche d'Angela. Celle-ci était partie tôt se baigner, mais Mlle Williams ne l'a pas vue dans l'eau, ni sur les rochers. Elle pouvait facilement avoir nagé jusqu'à ce côté de la crique – ce qu'elle a d'ailleurs fait plus tard dans la matinée lorsqu'elle s'est baignée avec Philip Blake. Mon idée est donc qu'elle serait venue ici par la mer, aurait pénétré dans la maison par la fenêtre et aurait subtilisé quelque chose sur l'étagère.

— Je n'ai rien fait de tel ! protesta Angela Warren. Du moins, pas pour…

— Ah, coupa Poirot avec un petit cri de triomphe, *vous vous en souvenez enfin !* Vous m'avez bien dit, n'est-ce pas, que pour jouer un mauvais tour à Amyas Crale, vous aviez un jour chipé de l'herbe à chats – comme on appelle ça communément ?

— De la valériane ! s'exclama Meredith. Mais bien sûr !

— Voilà. Et c'est ça qui vous a donné cette certitude qu'il s'agissait d'un matou. Vous avez le nez très fin. Vous avez senti la faible mais désagréable odeur de la valériane, et même si vous ne vous en êtes pas rendu compte, elle a suffi pour glisser dans votre subconscient le mot « chat ». Les chats adorent cette herbe et ils en cherchent partout. Elle est particulièrement horrible au goût, et votre petit exposé de la veille a suggéré à cette polissonne d'Angela l'idée d'en mettre dans la bière de son beau-frère qui, elle le savait, buvait toujours cul sec.

— Alors, c'était ce jour-là ? dit Angela, tombant des nues. De la valériane, oui, je me souviens parfaitement d'en avoir chapardé. Même qu'après, j'ai manqué de me faire pincer par Caroline qui est arrivée au moment où je sortais une bière ! Bien sûr, que je me rappelle… mais sans avoir jamais fait le rapprochement des dates.

— C'est normal, puisqu'il n'y avait aucun lien *dans votre esprit*. Les deux événements, pour vous, étaient aux antipodes l'un de l'autre : le premier, du même acabit que les précédents vilains tours que vous aviez joués, le second une tragédie vous tombant dessus sans crier gare, comme une bombe qui a réussi à gommer dans votre esprit tous les autres incidents de moindre importance. Mais moi, j'ai remarqué que quand vous en parliez, vous disiez « J'ai chipé, etc. *pour la mettre* dans le verre d'Amyas ». Vous ne disiez pas que vous aviez effectivement mis votre projet *à exécution*.

— Bien sûr que non, puisque je ne l'ai jamais fait. Caroline est arrivée juste au moment où je dévissais le bouchon de la bouteille, et… Oh !

Elle avait poussé un cri effaré.

— Ainsi Caroline a cru… elle a cru que c'était *moi*… !

Elle s'interrompit, regarda autour d'elle et reprit, avec son calme habituel et sa voix posée.

— J'ai d'ailleurs l'impression que c'est ce que vous pensez tous.

Puis, après une nouvelle pause :

— *Je n'ai pas tué Amyas*. Ni à la suite d'une mauvaise blague ni autrement. Si je l'avais fait, jamais je n'aurais gardé le silence.

— Ça c'est évident, ma petite, souligna avec force Mlle Williams.

Elle foudroya Poirot du regard.

— Il faudrait être *fou* pour penser une chose pareille, grinça-t-elle.

— Je ne suis pas fou et je ne pense pas une chose pareille, se défendit-il sans se départir de son calme. Parce que je sais très bien qui a tué Amyas Crale.

Lui aussi marqua un temps de silence avant de déclarer :

— Il est toujours dangereux de tenir pour certains des faits qui n'ont pas été prouvés. Prenons la situation telle qu'elle se présentait à Alderbury. Un scénario vieux comme le monde : deux femmes et un homme. Nous avons cru établi qu'Amyas Crale voulait quitter son épouse légitime pour l'autre femme. Mais je puis vous affirmer maintenant *qu'il n'en a jamais eu l'intention*.

» Ce n'était pas la première fois qu'une femme lui tournait la tête. Il en tombait amoureux fou pendant un temps, mais cela ne durait pas. Ses partenaires étaient en général des femmes d'une certaine maturité : elles n'attendaient pas trop de lui. Cette fois au contraire, si. Il s'agissait d'une toute jeune fille sans expérience et qui était, au dire de Caroline, terriblement sincère et spontanée. Autant elle pouvait paraître avoir les pieds sur terre et la langue bien pendue dans la vie courante, autant elle n'écoutait plus que les élans de son cœur quand il était question d'amour. Et, parce qu'elle s'était prise d'une passion folle pour Amyas, elle croyait dur comme fer que la réciproque était vraie, que leur amour allait durer toute la vie. Sans même l'avoir interrogé, elle était persuadée qu'il allait quitter sa femme pour l'épouser.

» Alors pourquoi, me direz-vous, Amyas Crale ne l'a-t-il pas détrompée ? Ma réponse est la suivante : à cause du tableau. Il voulait le terminer.

» Cela pourra paraître incroyable à certains, mais pas à ceux qui connaissent les artistes. D'ailleurs nous avons déjà accepté cette idée dans son principe. La conversation entre Crale et Meredith Blake prend à présent tout son sens. Crale est dans ses petits souliers. Alors il essaie de rassurer Meredith, lui tape sur l'épaule et lui affirme, avec un optimisme béat, que ça finira par se tasser. Pour Amyas, voyez-vous, tout est simple. Il fait un tableau, et il ne laissera pas ces deux hystériques jalouses – comme il dit – le gêner dans ce qu'il considère comme l'œuvre de sa vie.

» S'il avait dit la vérité à Elsa, c'en était fini du tableau. Peut-être dans les premiers élans de son ardeur avait-il parlé de quitter Caroline. Ce sont des choses que disent les hommes lorsqu'ils sont amoureux. Peut-être l'avait-il seulement laissé supposer, et le laisse-t-il supposer jusqu'au moment du meurtre. Qu'Elsa se monte la tête, c'est le cadet de ses soucis. Elle peut bien penser ce qu'elle veut, du moment qu'elle se tient tranquille encore quelques jours.

» Il n'a jamais été homme à s'embarrasser de scrupules. Ce n'est qu'après, et après seulement, qu'il compte lui dire la vérité : que tout était terminé entre eux.

» Je crois pourtant qu'il a fait un effort, au début, pour ne pas s'embarquer trop loin avec Elsa. Il lui a bien expliqué quel genre d'homme il était. Mais aucune mise en garde ne pouvait porter. Elle s'est précipitée au-devant de son destin. Pour un homme tel que Crale, les femmes étaient des jouets. Si on lui avait posé la question, il aurait répondu qu'Elsa était jeune, qu'elle s'en remettrait vite. C'est ainsi que le cerveau d'Amyas Crale fonctionnait.

» Sa femme était vraiment la seule personne qui importait pour lui. Il ne se tracassait pourtant pas trop à son sujet : elle n'aurait qu'à s'armer de patience quelques jours encore. Qu'Elsa ait mis les pieds dans le plat l'avait certes mis en colère, mais il croyait toujours, optimiste, que ça finirait par "se tasser". Caroline lui pardonnerait comme si souvent dans le passé. Quant à Elsa… eh bien elle n'aurait qu'à se faire une raison. Les problèmes de la vie étaient vite réglés, avec lui !

» Je crois quand même que le dernier soir, il a commencé à se faire du mauvais sang. À propos de Caroline, pas d'Elsa. Peut-être lui a-t-elle claqué la porte de sa chambre au nez. Quoi qu'il en soit, après une nuit agitée, il l'a prise à part à la fin du petit déjeuner et lui a tout expliqué : qu'il avait effectivement eu le béguin pour Elsa, mais que c'était fini et que dès qu'il aurait terminé son tableau, il ne la reverrait plus.

» C'est en réaction à cela que Caroline s'est écriée avec indignation : "Toi et tes histoires de femmes !" Cette phrase, voyez-vous, rangeait Elsa dans la même catégorie que les autres, ces autres femmes qui avaient passé leur chemin. En réaction à cela aussi qu'elle a ajouté, toujours sur le même ton, qu'un jour elle le "tuerait".

» Elle était outrée, révoltée par sa dureté, par son cynisme envers cette fille. Quand Philip Blake a vu Caroline dans le hall et l'a entendue se murmurer à elle-même : “C'est trop cruel !”, c'est à Elsa qu'elle pensait.

» Quant à Crale, il est sorti de la bibliothèque, a trouvé Elsa avec Philip Blake et lui a ordonné sur un ton brusque de descendre reprendre sa pose. Ce qu'il ignorait, c'est qu'Elsa Greer, assise juste sous la fenêtre de la bibliothèque, avait tout entendu. Le récit qu'elle a fait par la suite de cette conversation était faux. D'autant que personne n'était là pour la contredire, souvenez-vous.

» Imaginez le choc qu'elle a dû recevoir, à entendre ainsi la vérité toute crue !

» Meredith Blake nous a dit que la veille, en attendant que tout le monde sorte de son laboratoire, il se tenait devant la porte, tournait le dos à la pièce et parlait à Elsa Greer. Ce qui signifie que celle-ci lui *faisait face* et qu'*elle et elle seule* pouvait voir par-dessus son épaule ce que Caroline fabriquait à l'intérieur.

» Elle l'a donc vue prendre ce poison. Elle n'a rien dit mais s'en est souvenue lorsqu'elle a entendu la conversation de la bibliothèque.

» Quand Amyas Crale sort, donc, elle invoque l'excuse du pull à prendre pour monter jusqu'à la chambre de Caroline et chercher la cicutine. Une femme devine vite où une autre femme est susceptible de cacher quelque chose. Elle la trouve donc et, prenant garde à n'effacer aucune empreinte et à ne laisser aucune des siennes, en prélève une certaine quantité à l'aide d'une pipette de stylo. Elle redescend alors et accompagne Amyas à la Batterie. Là, il ne fait aucun doute qu'elle lui verse de la bière et qu'il l'avale d'un trait comme à son habitude.

» Pendant ce temps, Caroline ne décolère pas. Elle profite de ce qu'elle voit Elsa remonter à la maison – cette fois vraiment afin de prendre un pull – pour filer jusqu'au jardin et dire ses quatre vérités à son mari. Ce qu'il fait est une honte ! Elle ne le tolérera pas ! C'est trop cruel, trop méchant pour cette fille ! Amyas, agacé d'être dérangé dans son travail, répond que tout est réglé et que dès que le tableau sera terminé, il se chargerait de lui faire plier bagage : "*Tout est réglé. Je veillerai à ce qu'elle fasse ses valises. Je te le garantis.*"

» C'est alors qu'ils entendent les deux Blake approcher. Caroline s'en va et, légèrement embarrassée, bafouille quelque chose au sujet d'Angela, de la pension, de tout ce qu'elle a à faire. C'est ainsi que, par une association d'idées tout à fait naturelle, les deux hommes s'imaginent que la bribe de conversation qu'ils viennent d'entendre se référait à Angela.

» Elsa arrive alors tout sourire de la maison, le pull à la main, et vient une dernière fois, calme et détendue, reprendre sa pose.

» Elle espérait bien, cela ne fait aucun doute, que les soupçons se porteraient sur Caroline et que le flacon de cicutine serait trouvé dans sa chambre. Or, voici que Caroline fait son jeu, à présent : elle descend de la bière fraîche et en sert un verre à son mari.

» Amyas le vide, fait la grimace et dit : "Tout a un goût infect, aujourd'hui."

» Mesurez-vous l'importance de cette remarque ? Il trouve un goût infect à tout. Ce qui signifie qu'autre chose avait mauvais goût *avant* cette bière. Un goût *qu'il a encore dans la bouche.* Autre chose. Philip Blake parle de la démarche titubante de Crale, se demande "s'il avait bu". Mais ce léger vacillement était *le premier signe que la cicutine faisait son effet.* Celle-ci lui avait donc *déjà été administrée quelque temps avant que Caroline ne lui apporte la bière fraîche.*

» Elsa Greer se réinstalle alors sur son mur gris, prend la pose et, pour empêcher Amyas d'avoir des soupçons avant qu'il ne soit trop tard, se met à deviser gaiement, comme si de rien n'était. Elle aperçoit Meredith sur le banc du haut, lui adresse un petit geste de la main et joue sa comédie avec encore plus de conviction.

» Et Amyas Crale, qui déteste la maladie et refuse d'admettre qu'il n'est pas bien, s'obstine à peindre jusqu'à ce que ses jambes se dérobent sous lui et que sa langue s'engourdisse. Alors il se laisse choir sur le banc, impuissant, mais l'esprit toujours clair.

» À la maison, la cloche du déjeuner retentit. Meredith quitte sa clairière et descend à la Batterie. Elsa profite, j'imagine, de ce bref moment pour quitter son poste sur le rempart, se précipiter vers la table et verser les dernières gouttes de poison dans le verre qui avait contenu l'ultime et inoffensive boisson. Elle devait se débarrasser de la pipette de stylo dans le sentier : on la retrouvera réduite en miettes. Puis Meredith arrive à la porte du jardin.

» La lumière est vive, là, pour quelqu'un qui sort de la pénombre. Aveuglé, il ne peut que distinguer vaguement son ami affalé dans une posture qui lui est familière, et qui tourne vers lui un regard qu'il qualifie de mauvais.

» Jusqu'où Amyas avait-il compris ? Jusqu'où était-il conscient de ce qui s'était passé ? Impossible à dire, mais son œil et sa main ont travaillé fidèlement.

Hercule Poirot fit un geste en direction du tableau accroché au mur :

— J'aurais dû comprendre la première fois que j'ai vu cette toile. Car elle est éloquente. C'est le portrait d'une meurtrière peint par sa victime, le portrait d'une jeune femme regardant son amant mourir…

5

ÉPILOGUE

Dans le silence – silence horrifié, consterné – qui suivit, le dernier rayon du soleil couchant vint mourir sur la chevelure brune et le renard clair de la femme assise à côté de la fenêtre.

Elsa Dittisham se redressa sur son siège puis s'adressa à Meredith.

— Faites sortir tout le monde, je vous prie. Qu'on me laisse seule avec M. Poirot.

Elle resta immobile jusqu'à ce que la porte se fût refermée derrière eux.

— Vous êtes très fort, n'est-ce pas ? dit-elle.

Poirot ne répondit pas.

— Que croyez-vous ? Que je vais passer aux aveux ?

Il fit non de la tête.

— Heureusement, parce qu'il n'en est pas question. Je ne reconnaîtrai rien. Et ce que nous disons ici en tête-à-tête n'a aucune valeur : c'est votre parole contre la mienne.

— Tout à fait.

— J'aimerais savoir ce que vous comptez faire.

— Je ferai tout mon possible auprès des autorités pour obtenir la réhabilitation posthume de Caroline Crale.

— Quelle blague ! s'esclaffa-t-elle. Se faire réhabiliter pour une chose qu'on n'a pas commise ! Enfin. Et à mon sujet ?

— Je transmettrai mes conclusions aux autorités. Si elles décident qu'il y a lieu d'engager des poursuites contre vous, elles le feront. Je puis vous dire qu'à mon avis, il y a insuffisance de preuves : rien que des présomptions, aucun fait précis. Qui plus est, on y regardera à deux fois avant d'entamer une procédure contre quelqu'un de votre rang sans un dossier solide.

— De toute façon, ça me serait égal. Au contraire, si je devais me retrouver sur le banc des accusés pour défendre ma peau, ça mettrait peut-être un peu de piment dans mon existence. Je pourrais y trouver – qui sait ? – un certain plaisir.

— Votre mari ne serait pas de cet avis.

Elle ouvrit de grands yeux.

— Vous croyez que je me soucie de ce qu'il pense ?

— Non, bien sûr. De toute votre vie, vous ne vous êtes jamais souciée de ce que pensait autrui. L'eussiez-vous fait que vous seriez peut-être plus heureuse.

— Vous allez me plaindre, maintenant ? lâcha-t-elle sur un ton acerbe.

— C'est que vous auriez tant à apprendre, ma chère petite.

— J'aurais à apprendre quoi ?

— Toute la gamme des émotions et des sentiments des adultes : pitié, compassion, compréhension. Vous n'avez jamais rien connu d'autre que l'amour et la haine.

— J'ai vu Caroline subtiliser la cicutine, reprit-elle. J'ai cru qu'elle voulait se suicider. Ç'aurait simplifié les choses. Mais le lendemain matin, j'ai tout entendu. Il lui a dit qu'il se fichait de moi comme de sa première chemise, qu'il *avait été* amoureux de moi mais que c'était fini, et que dès qu'il aurait terminé son tableau, il veillerait à ce que je fasse mes valises. Elle pouvait être tranquille, a-t-il ajouté.

» Et elle, elle s'apitoyait sur *moi*… Vous vous rendez compte de ce que ça m'a fait ? J'ai trouvé le poison, je l'ai donné à Amyas et je l'ai regardé mourir. Je ne me suis jamais sentie aussi vivante, aussi triomphante, aussi puissante. Oui, je l'ai regardé mourir…

Ses mains se soulevèrent en un geste fataliste.

— Ce que je n'ai pas compris, sur le moment, c'est que c'est *moi* que je tuais, pas lui. Bien sûr, ensuite, j'ai vu le piège se refermer sur Caroline. Maigre consolation : je ne pouvais lui faire aucun mal, rien ne la touchait, tout glissait sur elle. La moitié du temps, elle était comme absente. Amyas et Caroline m'ont échappé l'un après l'autre. Ils se sont retrouvés en un lieu où je ne pouvais les atteindre. Eux, ils ont continué de vivre. Moi, je suis morte.

Elsa Dittisham se leva. Elle se dirigea vers la porte en répétant :

— *Moi, je suis morte.*

Dans le hall, elle croisa le jeune couple dont la vie pouvait maintenant commencer.

La voiture attendait dehors, portière ouverte. Lady Dittisham monta. Le chauffeur lui enveloppa les jambes d'une couverture de fourrure.

Pour l'éditeur, le principe est d'utiliser des papiers composés de fibres naturelles, renouvelables, recyclables et fabriquées à partir de bois issus de forêts qui adoptent un système d'aménagement durable.

En outre, l'éditeur attend de ses fournisseurs de papier qu'ils s'inscrivent dans une démarche de certification environnementale reconnue.

Composition réalisée par FACOMPO (Lisieux)

Achevé d'imprimer en septembre 2011, en France sur Presse Offset par
Maury-Imprimeur - 45330 Malesherbes
N° d'imprimeur : 167073
Dépôt légal : septembre 2011 – Édition 01